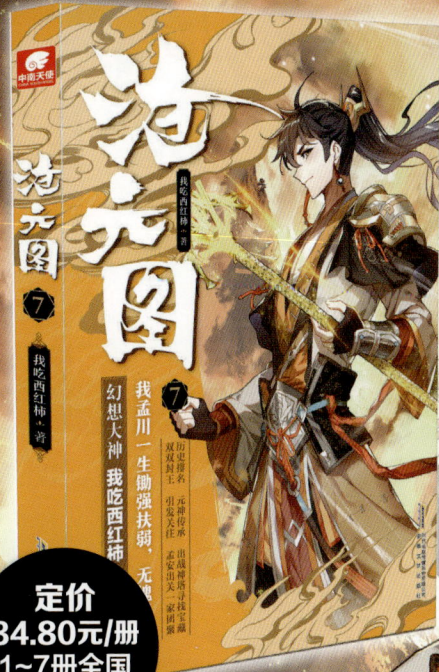

沧元图

7

我吃西红柿 著

定价
34.80元/册
1~7册全国
热销中

我孟川一生锄强扶弱、无愧

幻想大神 我吃西红柿

历史排名
元神传承
出战神塔寻找宝藏
双双封王
引发关注
孟安出关一家团聚

沧元图

7

我吃西红柿

著

幻/想/大/神 **我吃西红柿** 全/新/力/作

我孟川一生锄强扶弱，无愧于心。

朝阳终将升起 ✹ 谁也无法阻挡

◈ 历史排名 元神传承 **出战神塔寻找宝藏** ┃ 双双封王 引发关注 孟安出关一家团聚 ◈

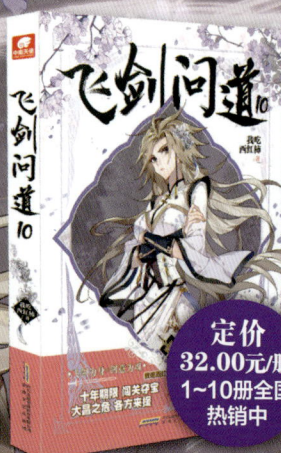

吞噬星空

典藏版 7

我吃
西红柿
著

APPTIME
时代出版
时代出版传媒股份有限公司
安徽文艺出版社

图书在版编目（CIP）数据

吞噬星空：典藏版. 7 / 我吃西红柿著. — 合肥：
安徽文艺出版社, 2021.3（2021.4重印）

ISBN 978-7-5396-7015-7

Ⅰ. ①吞… Ⅱ. ①我… Ⅲ. ①幻想小说—中国—当代
Ⅳ. ①I247.5

中国版本图书馆CIP数据核字(2020)第142214号

TUNSHI XINGKONG DIANCANG BAN 7

吞噬星空　典藏版7

我吃西红柿 著

出 版 人：段晓静
责任编辑：周　康　卢嘉洋
装帧设计：周艳芳

· ·

出版发行：时代出版传媒股份有限公司　www.press-mart.com
　　　　　安徽文艺出版社　　www.awpub.com
地　　址：合肥市翡翠路1118号　邮政编码：230071
营 销 部：(0551)63533889
印　　制：湖南天闻新华印务有限公司　　电话：(0731)88387856

· ·

开本：710 mm×1000 mm　1/16　印张：18　字数：290千字
版次：2021年3月第1版
印次：2021年3月第1次印刷 2021年4月第2次印刷
定价：32.00元

· ·

（如发现印装质量问题，影响阅读，请与出版社联系调换）

目录 CONTENTS

目录
CONTENTS

第297章

宇宙佣兵

碧岩星是宇宙中等文明国度黑龙山帝国控制的星球之一，是其周围六大属国的重要枢纽，比初等文明国度的帝都星还要重要，这里有宇宙星河银行和宇宙第一银行的分行。

繁华城市的核心地带，一座美丽的建筑屹立，它周围有一个巨大的草坪，在这种寸土寸金的地方，有这样的大草坪，简直太奢侈了。

街道上，一些来自其他星球的人看着这座建筑，眼中流露出羡慕之色，这座建筑正是宇宙星河银行。

“好高大！”

“真漂亮！”

罗峰和雷神仰头看着这座堪称艺术品的建筑，赞叹不已。

“这建筑好有气势啊，是怎么建的？”洪眼睛一亮。

这来自地球的三兄弟仿佛乡下小子，惊讶地看着这座高大的建筑。这座建筑完全显示出了宛如宇宙星空的立体效果。看着这座建筑，仿佛看到了美妙绝伦的星空。

“上次在虬龙星，我进去过一次，可是此刻再次看到，还是觉得很震撼。”罗峰忍不住赞叹道。

“看！走向宇宙星河银行大门的人的气势都不一样。”雷神噘噘嘴，示意他们看不远处。

罗峰和洪当即看去。

的确，走向宇宙星河银行的人，顾盼之间，气势显然不一般。毕竟这里的最低储蓄金额是1亿黑龙币，恐怕普通星球首富的全部资产都没有这么多。

"走，我们进去。"罗峰说道。

"嗯。"洪、雷神都充满期待。

三人并肩走向宇宙星河银行的大门。

街道上的行人看到这三人走向宇宙星河银行，自然羡慕不已。

"我们什么时候才能走进宇宙星河银行的大门呢？"

宇宙星河银行的门很大，表面仿佛有一层流水，实则是一种光影效果。

"如果不是宇宙星河银行的老客户，而是来开户的，要走那边。"罗峰熟稔地说道，"不过，我是老客户，你们跟我来，可以直接从正门进去。"

三兄弟当即步入其中，里面无比开阔，首先映入眼帘的是大厅。

"先生，你好，请在这边暂时休息。今天客户略多，抱歉。"一个容貌绝美，穿着宇宙星河银行马甲的少女躬身行礼。

"明白。"

罗峰看到前十二个沙发上都坐了客户。

三兄弟按照顺序坐在第十三个沙发上，沙发旁边自动浮现出屏幕，屏幕上出现各种各样的选项。

"想喝什么，都是免费的。"罗峰说道。

"哦？"洪、雷神都饶有兴趣地看起来。

三人静静等待。

一批批客户进入里面的接待室，后面又有客户在排队。

忽然，原本安静的大厅一下子喧哗起来。

须知，能进入宇宙星河银行的，都是有身份，或者是自恃有身份的，就算在别的地方再嚣张，来到这里，都会努力表现得彬彬有礼，在此处大声喧哗是很反常的事情。

"嗯？"罗峰转头看去。

三人走进大厅。

为首的一人穿着黑色作战服，身材精壮，身高两米左右，皮肤呈青黑色，额头上有第三只眼。在他的身侧，还有一个人和他属于同一个种群，略显瘦弱，最后一人全身笼罩在黑袍中。

三人唯一的相似点是左胸前挂着勋章，勋章的图案是血色浪涛上有一颗星球。

"这是……"罗峰瞳孔一缩。

"我在虚拟宇宙网络上看过这个图案。"雷神压低声音。

旁边的洪目光炽热。

大厅内的其他客户都在看着刚刚进来的三个人，或屏气凝神，或压低声音和同伴议论起来。

"宇宙佣兵！真正的宇宙佣兵！"

"我竟然能见到宇宙佣兵。"

"这可是宇宙一星佣兵啊！"

"宇宙一星佣兵竟然出现在碧岩星，这实在是……"

宇宙星河银行碧岩星分行内，包括罗峰、洪、雷神三人在内的客户，甚至银行服务人员都无比激动。

这三人来自宇宙中最强大的一个团体，也是宇宙中的第一大势力——宇宙佣兵联盟。

超过九成强大的武者和精神念师都会加入宇宙佣兵联盟。虽然宇宙佣兵联盟比较松散，但是在浩瀚的宇宙中，任何一个宇宙国都不敢得罪宇宙佣兵联盟。罗峰的老师，也就是陨墨星主人呼延博就曾经是其中的一员。

修为达到行星级，只能算是冒险者。

修为达到恒星级，才有资格参加考核，争取"宇宙见习佣兵"的称号。

修为达到宇宙级，才有资格参加宇宙一星佣兵的考核。

……

修为达到界主级，才有资格参加宇宙三星佣兵的考核。

修为达到相应等级的武者仅仅有资格参加考核，至于能否获得称号，还要看考核能否过关。宇宙佣兵的考核难度非常大，正式的宇宙一星佣兵都是经过筛选的宇宙级强者，部分没能通过宇宙二星佣兵考核的域主级强者，也只能算宇宙一星佣兵。

也就是说，眼前的三个宇宙一星佣兵起码是宇宙级强者，说不定是域主级强者。

宇宙佣兵是让人心生敬意的强者。他们一次次在生死间闯荡，经历各种危机，拥有无比强大的实力。

宇宙佣兵联盟是浩瀚宇宙中无数人尊敬、崇拜的一个团体。有些人是宇宙级强者，却没胆子去当佣兵，或者说，根本没能力通过佣兵考核。

宇宙见习佣兵考核堪称宇宙中最严厉的考核，其死亡率极高。

"三个宇宙佣兵！"罗峰心跳不禁加速。

"这可是能在白矮星上战斗的强者啊！"洪看着三个宇宙佣兵，忍不住赞叹道。

洪作为地球上的强者看到高高在上的宇宙佣兵，不免心生向往。

"终有一天，我也要成为宇宙佣兵！"

宇宙佣兵可是金字招牌，其震慑力比宇宙级强者要强得多。

佣兵几乎都有同伴，且同伴的修为不会低多少，而且都是共同经历过生死的。

即便是诺岚山家族的人，也不敢招惹这三个宇宙佣兵，除非冒着整个家族被灭亡的风险……

"三位尊敬的客人！"

一个穿着深绿色制服，全身皮肤呈紫红色，头上长着两根金角的胖子乘坐流光电梯出现在一楼大厅，跑过来，谦逊有礼，道："我是宇宙星河银行碧岩星分行的行长比特厄，请三位尊敬的客人随我来。"

"嗯！"为首的三眼宇宙佣兵眉头微皱，用第三只竖眼探察了一下比特厄，微微点头。

随即，三个宇宙佣兵跟着比特厄，直接乘坐流光电梯上楼了。

下一瞬，大厅像炸开了锅。

"这三个宇宙佣兵好有气势啊！"

"嗯！其中两个是毗湿族的人，还有一个全身罩在袍子里，看不清面容。"

"二叔，他们怎么上楼了？这宇宙星河银行办理业务不都是在一楼吗？"

"普通客户在一楼办理，星级客户都是在楼上办理。"

"星级客户是什么标准？"

"不知道。反正我们总公司的掌权人资产上万亿黑龙币，也只是宇宙星河银行的普通客户，达不到一星客户的标准。"

……

银行大厅中，客户们议论纷纷。

罗峰、洪、雷神三人忍不住低声议论起来。

"依我看，这三个宇宙佣兵应该是一星客户。"雷神说道。

"有可能，反正星级客户门槛很高。"罗峰说道。

说话间，已经轮到罗峰办理业务了。

"先生，轮到你了。"银行的服务人员显得很谦逊。

"大哥、二哥，我去去就来。"

说完，在服务人员的带领下，罗峰进入了里面的接待室。

"我想转账。"罗峰对里面的操作人员说道。

"请问，你的账号是？"操作人员笑着问道。

巴巴塔早就将账号告诉罗峰了，罗峰此刻激动得很。老师留给他三个账户，三个账户分别在他的修为达到恒星级、宇宙级、域主级时才能获得。第一个账户里面的钱肯定是最少的，不过，他的老师可是陨墨星主人，此等大人物，仅仅拔下一根汗毛，那都粗得很呢！

"84928593WOXH85285285032。"罗峰缓缓报出账号。

"请稍等！"操作人员迅速输入，而后静静等待虚拟宇宙网络那边的传输反应。

"这，这是……"突然，操作人员瞪大眼睛，眸中满是震惊之色。

她看向罗峰，声音略显颤抖："尊敬的客人，麻烦你稍等，我去通知行长。"

话落，她就跑了出去，不久之后又赶了回来，紧张地看着罗峰："尊敬的客人，会有另外的人先招待你，请稍等片刻。"

她这才头也不回地冲了出去。

九楼。

比特厄正在为三个宇宙佣兵办理业务。

"虽然有点麻烦，不过很快就能搞定，请稍等。"

在碧岩星这种小地方，就算是宇宙星河银行分行行长，偶尔也要接待一星客户，毕竟能达到一星级标准的客户非常少。

就在这时，外面的门直接被拉开了。

"嗯？"三个宇宙佣兵都转头看去，脸上露出不悦之色。

为首的宇宙佣兵用第三只眼睛盯着来人。

"怎么回事？"比特厄很不满。

接待贵宾的时候，怎么能随便打扰呢？

进来的是一个头生两根金角的胖乎乎的男子和一个女子，两人都朝比特厄使了个眼色。

比特厄微微一惊。

这两人一个是副行长，一个是业务操作人员，按道理，是不会如此不知礼数的。

看到他们脸上的神色，比特厄意识到了什么，连忙朝面前的三个宇宙佣兵行礼："请稍等片刻。"

说完，他迅速走出去，同时带上房门。

"怎么回事？"比特厄皱眉，看着眼前的两人，"弟弟，你不知道我在招待三位一星客户吗？这可是大事！"

"我知道。"长相酷似比特厄的胖子额头冒出了冷汗，"不过，我要说的事情更重要。"

"什么事？"比特厄大惊。

"我们到机密室再说。"那业务操作人员连忙说道。

比特厄眼睛微微眯起。

三个宇宙佣兵所在的接待室是用特殊材料建造而成的，念力都无法穿透墙壁，是完全隔音的，甚至能隔绝很多探测信号。而机密室更是宇宙星河银行的重地，它运用了一项非常重要的技术建造而成，就算是不朽级强者，都很难偷听到。

很快，三人进入了机密室。

机密室中，比特厄看着两人，道："说，到底什么事？"

"大事。"副行长有些激动。

"行长，"那业务操作人员压低声音说道，"下面有客人要取钱并转账，他的账户是……是五星账户。"

"什么？"比特厄脸色大变。

天哪！很多星球的宇宙星河银行分行行长偶尔才能碰到一星客户，几十年才能碰到一个二星客户，一辈子怕是都见不到一个三星客户，更别说传说中的五星客户了。须知，就算是宇宙级强者，能成为一星客户就算不错了。

五星客户，这是什么概念啊？

能拥有五星账户的客户，买下星球都是轻而易举的。在这种客人眼里，银蓝帝国等初等文明国度都不算什么。即便在宇宙高等文明国度中，那也是了不起的大人物！

比特厄傻眼了。

"没错！哥，你不信的话，可以查看一下。现在整个银行的控制权限完全转移了，由智能操控，我们的一言一行完全处于被监视之中。刚才我们如果敢在机密室外谈论五星客户，银行的智能会瞬间将我们击杀。"副行长道。

比特厄擦拭了一下脑袋上的汗。

宇宙星河银行可是超级大银行，绝对是把顾客放在第一位的，更别说是五星客户。五星客户的资产存放在宇宙星河银行，宇宙星河银行用来周转，每天都能产生巨额利润。这种客户的秘密一旦外泄，会给宇宙星河银行造成巨大的损失。就算是毁灭一颗星球，宇宙星河银行也必须保证五星客户的秘密不被泄露。

第 298 章

巨额财富

接待室。

"巴巴塔，我怎么觉得不对劲？"罗峰摸了摸下巴，用意念询问巴巴塔。

"哪里不对劲？"巴巴塔装傻。

"刚才那个操作人员的眼神不对劲，忽然对我如此恭敬，之前那些人看到宇宙佣兵都没这样。"罗峰缓缓地说道，"巴巴塔，快告诉我，到底是怎么回事，你可别瞒我。"

"好吧！我说！"巴巴塔笑笑，"你刚才报的账户实际上是个五星账户。"

"五星账户？！"罗峰眉头一皱。

之前他在银行大厅听其他人说了，连资产达万亿黑龙币的客户都只是普通账户，没达到一星客户的要求。

更不知道五星账户是什么概念。

"老师不可能给我的第一个账户就有这么多钱吧？"罗峰道。

罗峰的修为达到恒星级、宇宙级、域主级，分别可以得到三笔款项，这才第一笔，应该没有多少才对。

"那是当然！第一笔钱是最少的，只是你的老师资产的九牛一毛。至于第二个账户，是你的修为达到宇宙级后才能打开的账户，而你的修为达到域主级时能获得的账户也是这个。同时它也是你的老师当年使用的五星账户。"巴巴塔回道。

"老师当年用的五星账户？！"罗峰一怔。

陨墨星主人的麾下可是有九个不朽级的超级强者。在乾巫宇宙国，都是了不起的大人物，这种大人物使用的账户是五星账户，倒也不奇怪。

"你老师给你留下的三个账户，实际上都是这个五星账户。"巴巴塔又道。

"什么意思？"罗峰不懂。

"同样的账户，不同的密码，以不同的方式打开，里面的资产不同。"巴巴塔说道。

罗峰恍然大悟。

在地球上，有一种银行卡也有这样的设置，输入一个密码，里面余额是1万；输入另一个密码，余额却是1000万；输入第三个密码，余额或许就是10亿。如果银行卡的主人被强盗绑架并勒索，只需报出银行卡的第一个密码，被取出的只有1万而已。

"这个账户是总账户，你老师给你留的三份遗产都在这个账户里。不过，这个账户有三种打开方式，使用不同的打开方式，你能得到的遗产是不一样的。"巴巴塔解释。

"原来是这样。"罗峰点点头。

就在这时，比特厄急匆匆地从门口跑进来，热情地道："尊敬的客人，请随我来。"

罗峰跟着他乘坐流光电梯，来到大厦的第十三层。

"尊敬的客人，"一道清脆的声音从一个金属机器人口中发出，"宇宙星河银行欢迎您。"

罗峰疑惑地离开流光电梯。

比特厄恭敬行礼，而后乘坐流光电梯下去了。

"请跟我来。"金属机器人对罗峰说道。

"行长走了，让机器人招待我？"罗峰心中疑惑。

他并不知道，碧岩星分行等级太低，就算是行长，都没有权限来招待他。

华丽舒适的接待室内。

"84928593WOXH85285285032。"罗峰坐下后，直接用宇宙通用语说道，"这是账号，我要取钱。"

"请稍等！"金属机器人道。

仅仅片刻，它又说道："请用精神念力扫一下我的手臂触板。"

只见它的金属手臂上忽然出现一块奇异的黑金色的触板。

"精神念力？！"罗峰讶异，随后露出笑容。

巴巴塔说过，取钱的其中一个要求：精神念力的最低修为必须达到恒星级，且必须是陨墨星一脉的精神念力。

罗峰心念一动，精神念力扫过触板。

"嘀！"一道提示声响起。

"数据符合！"金属机器人看着罗峰，"请输入三重四维波段密码。尊敬的客人，您可以选择用意念输入、语音输入，或者手动输入。"

三重四维波段密码非常复杂，而且会根据时间、空间等因素时刻发生变化。根据原始密码、时间、空间坐标、精神念力层次等计算出此刻的新密码，计算方法是陨墨星主人定下的。

而且，这样的密码整整有三重。

"好长的密码。"罗峰用智能光脑连接宇宙星河银行系统，而后用意念输入密码。

"查询余额。"罗峰忐忑地发出指令。

罗峰的老师堪称富可敌国，可是，他的遗产分成了三份。如今罗峰的修为只达到恒星级，只能得到最少的一份，这一份到底有多少呢，罗峰没太大把握猜到，他根本不知道老师是怎么想的。

"希望能买下地球。"罗峰默默祈祷。

"嘟！"罗峰的护臂屏幕上浮现出一组数据。

看到那一长串数字，罗峰眼睛都花了。

"个、十、百、千、万……亿，100亿？！"罗峰盯着最后的货币符号，"乾巫币？！"

"100亿乾巫币！"罗峰一脸喜色。

老师真是够意思！

通过官方兑换的话，100亿乾巫币能兑换10万亿黑龙币；如果是通过黑市兑换，甚至能兑换十几万亿黑龙币。就连宇宙级强者，也得卖掉几颗星球，才有这么多资产。

"你的老师认为，你的修为达到恒星级时，刚好能在宇宙中闯荡，100亿乾巫币差不多够了。毕竟就算是那些大家族嫡系子弟，能得到1亿乾巫币都算不错了。"巴巴塔说道。

罗峰点点头。

"巴巴塔，我的修为达到宇宙级和域主级后，分别能得到多少乾巫币？"罗峰追问。

巴巴塔是老师的智能，老师在虚拟宇宙网络中设置这三个账户，巴巴塔肯定很清楚。

"不能说，不能说。"巴巴塔硬是不说。

"不说拉倒！"

罗峰目前已经很满足了。这可不是黑龙币，而是昂贵的乾巫币。即便是那些大家族嫡系子弟，资产都比不上罗峰，如今罗峰算是恒星级强者中的超级大富豪。

须知，一颗普通星球的首富资产可能才1亿黑龙币左右，而罗峰的资产抵得上十几万颗普通星球的首富。

"转账！"罗峰看着金属机器人，直接说道，"转到和我的精神印记绑定的账户。"

这个账户是和老师的精神印记绑定的，虽然设置了其他打开方法，但是打开一次太麻烦了。他将钱转到和自己的精神印记绑定的账户，这是最保险、最方便的办法。

宇宙星河银行碧岩星分行正门外。

罗峰、洪和雷神走了出来。

"罗峰,账户里的钱够吗?"雷神问道。

"够不够?"洪也紧张地看着他。

想要申请买下地球,可是需要一笔巨款。

"小菜一碟!"罗峰得意一笑,"走,去黑龙山帝国官署申请买下地球。"

银河系,地球。

普通老百姓依旧和平常一样过日子,他们根本不知道来自宇宙的舰队抵达地球了,而地球的武者、科学家等诸多精英待在生存基地中,同样不知道危机即将降临,此事只有最高层知道。

海洋上空,两艘巨型战舰并列悬浮着。

其中一艘战舰上,诺岚山家族的八大亲传弟子站成一排,都看着控制室的巨大屏幕。这些都是修为达到恒星级九阶的年轻人,个个神情凝重,脸上没有一丝笑容。

"扫描完毕!地球人口近70亿,其中1.8亿人分别转移到了六座生存基地中。可以说,地球上超过99%的学徒级、行星级武者都在生存基地,而生存基地之外的人,修为几乎连学徒一阶都没达到。"战舰智能迅速统计并禀报。

作为星际战舰,它的扫描范围非常广。

地球半径不到6400千米,星际战舰要将地球完全扫描一遍很容易。

一个黑皮肤青年怒道:"谁说这是一个没有主人的落后星球?这个星球可是连生存基地都有。我就不信,这么一颗小小星球拥有能够制造生存基地各个部分的工厂,这绝对是不可能的。"

一名诺岚山家族嫡系弟子微微点头,道:"我赞同。这颗星球和宇宙肯定有什么联系。"

"那我们现在该怎么办?"

"布罗肯定是被这颗星球上的土著给杀了。"

"别说什么土著了,这颗星球绝对不是土著星球。这颗星球上建立了六座生存基地，且都是C级别的。要知道，在宇宙中，普通的星球根本建不起生存基地，更别说建造六座生存基地。"

本来以为地球人很好对付，可现在一看，地球的精英全部躲在生存基地中，外面的是连学徒一阶都没达到的普通人。显然对方是早有准备，之前从网络搜集的信息也不能全信。

这让八大亲传弟子很不爽。

"安静。"一道低沉的声音响起。

其他七人循声看去，说话的人是普拉，是八人中地位最高的。

"地球的精英都躲在生存基地中，我们根本奈何不了他们。"普拉的目光扫过其他七人，"现在你们按照原计划迅速搜集地球上的各种矿石，进行取样，至于我，这就去见老师。"

普拉从小就是诺岚山家族中最出色的晚辈，修为达到了恒星级九阶，而且拥有领域，是家族长辈最看好，最有希望达到宇宙级的族内子弟。当然，和洪、雷神这种行星级就拥有领域的逆天"怪物"没法比。

天才拥有特权，普拉能轻易面见族长、老族长，比布罗要强多了。

虚拟宇宙，乾巫大陆，黑龙山岛屿。

"嘟！"

屏幕上浮现两人，双耳尖尖，双眸微微泛红，一个身材魁梧，一个让人感觉容易亲近。

"老师，老族长。"普拉恭敬行礼，心中则十分惊诧。

两位族长竟然都在。

"我有重要的事情禀报。"

"说！"身材魁梧的现任族长御柯·诺岚山说道。

"地球上的人对我们的到来早有防备，高层和精英全部躲进了生存基地，而且那些生存基地都是C级别的，我们根本无法攻破。"普拉沉声说道，"据我推断，地球上珍贵的资料等肯定被收集或者消除了，我们根本探察不到。而且，建造生存基地程序非常复杂，以地球人现在的能力绝对做不到，生存基地应该是从宇宙中买来的。"

屏幕上，现任族长和老族长脸色大变。

显然，地球已经跟宇宙联系上了。

"我查过，地球还是无主的。"老族长说道。

"老师、老族长，我们已经抵达地球，下一步该怎么办？"普拉恭敬地问道。

两位族长压低声音交流起来。

普拉一时不敢再打扰。

半晌，御柯·诺岚山看向普拉，目光冷厉。

"普拉，首先，以最快的速度取样、收集数据，并记录星际坐标，而后快速将这些送到离地球最近的黑龙山帝国官署驻扎星球碧岩星。既然地球是无主的，我们必须立即将地球买下来。

"第二，在地球上展开搜索，看有没有当年那位不朽级强者留下的宝物。

"第三，记住，即便是最坚固的堡垒，也往往可以从其内部攻破。既然无法强行攻破那些生存基地，那么，你们或者对地球上的其他人进行精神催眠，或者进行人心蛊惑。总之，掌控地球上的人类，有利于我们发掘地球上的宝物。

"第四，我记得你说过，地球上有大量怪兽。你们可以驯兽，和怪兽交流，它们是地球上的生物，或许它们知道地球上的一些事情。"

"明白！"普拉连忙应道。

"去吧，立即实施！"御柯·诺岚山下令。

"是！"普拉应命。

当普拉指挥上千个恒星级强者，乃至上万个行星级强者行动时，罗峰还在碧岩星的黑龙山帝国官署。

"这是这颗星球的坐标，这是我们抵达这颗星球的星际坐标飞行记录。关于这颗星球的取样、数据等，全部在这里了。"罗峰说道。

罗峰、洪和雷神三人坐在椅子上，洪和雷神不会说宇宙通用语，只能靠辅助光脑和智能光脑进行翻译，只有罗峰能和官署内部人员沟通。

其中一名官署接待人员说道："如果星际坐标记录等没问题，你会得到1000亿黑龙币的奖励……"

"不，我不要奖励。"罗峰看着接待人员，"我发现了一颗无主星球，是有优先购买权的，我要买下它。"

原本议论纷纷的官署人员一下子安静下来，转头看向罗峰。

"买下一颗生命星球？"接待人员忍不住问道。

这可不是购买兵器、宝物之类的，购买一颗生命星球可是要付出很大代价的。

"是的，我要买下它。"罗峰说道。

第 299 章

机械族宇宙飞船

碧岩星帝国官署算是黑龙山帝国庞大疆域中的一个小地方。

购买生命星球？

这么多年，官署的人难得遇到一个这么有钱的买主。

"三位，请跟我上楼。"一名精瘦的官员说道。

"好！"

罗峰、洪、雷神三人跟着他，很快来到帝国官署的三十四楼。

"罗先生是吗？"帝国官员看着罗峰，"你确定要买下资料上名为'地球'的星球？"

"确定！"罗峰斩钉截铁地道，"我应该能买吧？"

"罗先生，你作为这颗无主星球的第一个信息提供者，当然具有第一购买权。"帝国官员郑重地道，"不过，我得提醒罗先生，刚才我们将这颗无主星球的数据发送到帝国总部，那边给我们的回复是：待确认一切没问题后，会奖励你1000亿黑龙币。你知道这个奖励的含义吗？"

"奖励的含义？"罗峰一怔。

罗峰忽然想起当初巴巴塔对自己说过的一句话——发现无主星球，黑龙山帝国会根据无主星球的价值给出不同的奖励，最低奖励100亿黑龙币，最高奖励1000亿黑龙币。

"这是最高奖励！"罗峰明白了。

"是的！"帝国官员点点头，"虽然你们提供的这颗无主星球的大量数据还需要确认，但是单单根据其坐标，帝国总部已认定这是最高规格的生命星球。发现者能够得到的是最高额度的奖励，而你们要买下这颗星球，也需要出最高价。"

罗峰、洪、雷神三人彼此相视一眼。

购买地球到底要花多少钱，之前罗峰和两位兄长讨论过。

按照帝国的法律，直接购买的话，最低要付3000亿黑龙币，最高要付3万亿黑龙币的购买金，这个是给发现无主星球者的优惠价。如果是正常的星球进行拍卖，肯定不会有上限价格的。

"你的意思是，地球是最高规格的生命星球，售价要高得多？"罗峰忍不住问道。

"是的！帝国总部是这么回复的。"那个官员点点头。

"果然是这样！"雷神撇撇嘴。

罗峰和洪都很无奈。

之前巴巴塔就猜到了，地球可是一个不朽级强者统领过的生命星球，很可能被认定是最高规格的生命星球。

"那我要买下地球，需要付3万亿黑龙币，对吗？"罗峰看着帝国官员。

"是的！"帝国官员点点头。

"好的！我买！"罗峰没有丝毫犹豫。

地球在罗峰心中是无价的，无论花费多少黑龙币，他都舍得。

"抱歉。"那个官员歉然道，"罗先生要买下地球，首先，要提交申请；其次，你们提供的有关地球的大量数据，需要经过帝国总部各个部门的审核，确认无误后，才能正式跟你交易。"

"唉，跟地球上一样，办事都要走流程。"雷神嘀咕道。

"那需要多久？"罗峰问道。

"我只是帝国偏远星球上的一个小小官员，不确定总部各个部门审核下来需要多久。我只能告诉你，帝国的法律限定是最慢30天，最快的话，不确定。如果你是帝国大家族的人，或许只需喝杯茶的工夫，就能搞定。"那个官员脸上露出一丝笑容。

罗峰的脸色则大变。

洪和雷神的脸色也很难看。

"30天？"罗峰急了。

诺岚山家族舰队已经抵达地球，肯定会在地球上搜集数据、采样。他们也有星际坐标飞行记录，可以进行宇宙穿梭，抵达碧岩星。而且，诺岚山家族背景深厚，估计帝国官署为其办事的效率会高得多。

购买程序没完成，罗峰无法安心，谁知道会出什么幺蛾子？

"绝对不能等30天。"雷神低声说道，"我看出来了，这里的办事程序跟地球上的一样。若是慢慢拖，说不定会出什么岔子，必须速战速决。"

"就算不出岔子，30天过去，地球都不知道变成什么样了。"洪皱眉道。

罗峰微微点头。

罗峰抬头看向那个官员，站了起来，直接朝他走去。

"罗先生，你干吗？"那个官员心一紧。

罗峰双手撑在面前的桌子上，探过身去，紧紧地盯着那个官员："我要你以最快的速度搞定它。"

"抱歉！"那个官员摇摇头，"我只是偏远星球上的一个小官员。"

"7天内搞定，我给你1000万黑龙币！"罗峰声音低沉，竖起食指，"3天内搞定，我给你1亿黑龙币。"

那个官员眼睛圆睁。

他们的薪水其实很高，可是就算奋斗一辈子，也不可能拥有1亿黑龙币，那可是普通星球首富的资产啊！

1亿黑龙币足以令他买下恒星级保镖和一大群美丽的奴仆，并让亲戚朋友和族人都仰视他，让他过上舒适的生活。

那个官员的呼吸都有些乱了。

"一天内搞定，我给你5亿黑龙币！"罗峰五指伸开，继而又道，"一个小时内搞定，我给你10亿黑龙币！"

那个官员眼珠子都快瞪出来了。

天哪！天上掉馅饼了吗？

"罗先生，"那个官员连忙说道，"刚刚我说只需喝杯茶的工夫，只有帝国大家族的大佬们发话，帝国的最高层直接下令，才有这么快。因为此事牵扯的部门太多。一个小时内搞定，我没有把握，不过，我有把握一天内搞定。"

罗峰笑了。

"不过，我现在需要钱来铺路。"那个官员再次说道，"因为购买星球需要审核，牵扯到十二个部门，我必须用钱将每一个部门的人都打点好。按照正常程序，一般要超过十五天，才能办好。不过，我和那些部门的人都认识，只要打点好他们，自然不需要那么久。你如果请大人物出马，从高层入手，估计还没我快，因为我是圈内人。"

"请罗先生先给我1亿黑龙币，我马上行动。"那个官员说道，"罗先生此等大人物，要杀我简直跟捏死一只蝼蚁一样容易，我绝对不敢吞了罗先生的钱而不办事。"

"很好。"罗峰点点头，"我可以先给你2亿黑龙币，事成之后，再给你3亿黑龙币。"

罗峰都愿意用3万亿黑龙币购买地球了，还在乎再付出5亿黑龙币吗？这只是零头而已。罗峰心里很清楚，鼠有鼠道，让这种帝国官员办事，估计比自己请高升·威帝帮忙更快。而且，他只是一个大家族的子弟，恐怕不认识黑龙山帝国那些部门的要员，他也要拜托别人帮忙。而罗峰不想欠他人情，人情债不好还。

银河系，地球。

C国境内，希望号生存基地。

"妹妹，妹夫到底什么时候才能回来啊？还有，那些外星舰队什么时候走啊？"徐刚坐在椅子上，显得有些急躁。

"哥，你急什么，你如今可是在生存基地中，总比在外面生活的普通人要安全得多。"徐欣不满地道，"不仅仅是你，全球的所有高层都在等罗峰的消息，我们如今不能做什么，只有耐心等着。"

徐刚深吸一口气。

妹妹说得对，他们现在能做的只有等。

地球上，各个大陆上空或者海洋上空不时有人疾速飞过。短短半天的时间，宇宙外星舰队抵达地球的消息就传遍了各地，很多老百姓都知道了。

那个身高近3米，全身都是绿皮肤，眼睛大得像铜铃的，显然不是地球人。无数这样的怪物从城市上空飞过。

地球上的老百姓怎么可能没发现？

诺岚山家族舰队现在正按原计划行动。

"普拉大人，我们与地球上的怪兽沟通过了。有一个奇异的海域，那个海域就是地球上诸多典籍中记载的名气颇大的百慕大海域。"

三名恒星级八阶精神念师恭敬地在前面带路，普拉跟着飞过去。

"轰隆隆！"四人一道冲入海中，而后迅速下沉。

"普拉大人，看，那边。"三名恒星级八阶精神念师都有些激动。

普拉仔细看去。只见远处有一道庞大的模糊的白色影子，随着几人不断靠近，那白色影子渐渐清晰。

这是一座比地球上任何摩天大楼都要高大的巨型金字塔，这座金字塔没有丝毫腐坏的痕迹，光洁如新。

"普拉大人，这座银白色金字塔高1200米，悬浮在海域中。"其中略胖的黑皮肤精神念师介绍道。

"金字塔！"普拉双眸放光，不由得飞过去。

他伸出手，抚摩着金字塔的表层。整座金字塔通体呈银白色，诡异的是：它没有一个金属合金接口，仿佛是由银白色金属浇灌而成的。

"这，这，这……"普拉说不出一句完整的话，身体颤动起来。

"这可是大宝藏啊！"他双眸通红，显然很激动。

第300章

激动万分

巨大的银白色金字塔悬浮在百慕大海域深处，虽然历经数万年，但是时光没在上面留下一丝痕迹。

"这是机械族的宇宙飞船！"普拉激动万分。

人类号称浩瀚宇宙中的巅峰族群之一，另外还有一些族群能够和人类比肩，机械族就是其中之一。所谓机械族，准确地说，每一个族人都是智能生命，整个机械族将科技发展到了不可思议的地步，而且每一个机械族人都是绝世强者。

不同于人类需要慢慢修炼，智能生命只要有一副强大的躯体，智能中蕴含足够的战斗技术，就能成为绝世强者。按理说，智能生命再强，也无法达到不朽级，可是机械族打破了这个魔咒。机械族中有堪比不朽级的强者，比如当初死在陨墨星号飞船上的那位强者。

"机械族的科技可是最发达的。"普拉双眸发亮，"整个宇宙的人类族群的很多科技都是从机械族那里学到的。机械族的宇宙飞船最低都是C级，我看这艘飞船很可能是D级，或者是更高级别。"

普拉无法明确辨别出飞船的级别。

人类对于金属、合金的利用比较简单，容易分辨出用的是什么金属或者合金。但机械族建造的这艘宇宙飞船很高级，普拉根本无法分辨出其材质是什么，像是一种新材质。

所以，机械族的D级一般会被人类直接认定为D9级，是本级别中最好的。机械族的飞船造价非常昂贵，比同级别的人类制造的飞船昂贵得多。

"入口，入口在哪里？"普拉大声问道。

"普拉大人，入口在那边！不过，入口非常危险，我们扔一些破损的兵器进去，瞬间就被绞碎了。"

"那是好事！"

普拉直接飞了过去。

金字塔飞船入口靠近底部的位置有一条三棱柱通道，外舱门早已开启，可是无法进去。

"检验攻击强度。"普拉手一翻，手中便出现了一件备用兵器，那是一把很长的剑。

他随手一扔，将长剑抛进三棱柱通道。

"哧！"三色流光从三棱柱通道的三面墙壁发出，瞬间扫过长剑。

锋利无比的长剑发出哧的一声，就瞬间化为飞灰，消失不见了。

"好！"普拉朗声说道，"连C2级硬度的兵器都轻易被毁掉了！"

这意味着宇宙级二阶武者都挡不住此等攻击。

"这入口的防御力越强越好！"

普拉当即扔出第二件备用兵器，同样也是一把长剑。这些备用兵器都不值钱，其前身是原力兵器或者念力兵器。

"哧！"这次，长剑受到三色流光的攻击，微微震颤，缓缓碎裂。

"C5级硬度的兵器比较难破坏！"普拉微微点头，露出笑容，"很好，非常好。"

一般来说，宇宙飞船的最强攻击绝对不会是入口被动攻击。因为入口被动防御是要长期维持的，且是在入口通道内发生的，注定不可能是很强的攻击。比如黑龙山X81型飞船，其入口的攻击不是很强，也就能击杀普通的行星级二阶或者三阶强者，可它的激光炮是B6级的，攻击力极强。

"只是入口通道，攻击力就这么强！看来，这起码是D级飞船，很可能是E级飞船。"普拉心中暗道。

"如果是D级飞船，就太好了！机械族的D级宇宙飞船堪比人类的D9级飞船！"普拉很激动。

每个级别的飞船使用的元素都不同。直径达百米的飞船，比如黑龙山X81型飞船，是C5级的，便宜的C5级飞船价值几个亿黑龙币。而C9级飞船就算是纯粹用合金制造的，也需要近百亿黑龙币，毕竟C9级飞船的防御力比C5级飞船要强数十倍。

至于D级飞船，这可是强者才能拥有的，宇宙级强者和域主级强者大多乘坐此等宇宙飞船。诺岚山家族的第一任族长诺岚山乘坐的就是一艘D5级飞船，当时买下这艘飞船花费了200亿乾巫币。

D1级飞船要上千亿黑龙币，而D9级飞船则比D1级飞船昂贵得多，就算是合金制成的，价格也是D1级飞船的近千倍。可以说，要卖出数十颗乃至上百颗生命星球，才买得起一艘D9级飞船。对域主级强者而言，这是很昂贵的。

当然，普拉他们发现的等级堪比D9级飞船的机械族宇宙飞船，体积大，用材多，价格更高。可以说，大多数域主级强者都买不起。

"高度达100米的D9级飞船，如果我们诺岚山家族倾家荡产的话，尚且买得起。可是，这机械族宇宙飞船高度达1200米，我们整个家族的资产加起来，都远远不够将其买下。如果这艘机械族宇宙飞船是E级别的，那就更不可能买下……"

虚拟宇宙，黑龙山岛屿。

大厅中，八名亲传弟子并肩站立，他们的面前浮现出了屏幕，屏幕上出现了当代族长御柯·诺岚山的图像。

"老师，"普拉激动万分，"我们在地球的海域中发现了一艘机械族宇宙飞船。"

"机械族宇宙飞船？！"御柯·诺岚山愣住了。

"是的！老师，那艘机械族宇宙飞船高达1200米，据我估计，起码是D级别的。"普拉连忙说道。

D级别的机械族宇宙飞船，那可是大多数域主级强者才能拥有的，其珍贵程度可想而知。

"这……"御柯·诺岚山双眸发亮。

"老师，"另外一个俊美青年高声说道，"不单单如此，我们还发现地球不久前遭受了吞噬兽的攻击。所谓吞噬兽，实际上就是星空巨兽中极为罕见的，以暴虐著称的金角巨兽。不过，袭击地球的金角巨兽当时仅仅达到了恒星级一阶，属于幼兽。"

"金角巨兽幼兽？！"御柯·诺岚山震惊了。

一头活的金角巨兽幼兽要比D级机械族宇宙飞船还要昂贵得多。或许，E级机械族宇宙飞船才能和金角巨兽幼兽一样珍贵。

不过，对诺岚山家族而言，这些都是宝藏。

"不过，我们搜集到信息，这头金角巨兽幼兽被地球人击杀了，我们正在寻找它的尸身。"俊美青年说道。

"被击杀了？"御柯·诺岚山眼睛瞪大，随即深吸一口气，"普拉，数据、采样的情况如何？"

"我正准备向您汇报，数据、采样已经搞定了。"普拉说道。

"很好！"御柯·诺岚山微微一笑，"马上派遣一艘小型飞船，让其带着这些数据、采样，还有你们的星际坐标飞行记录，去碧岩星，申请购买地球。地球是我们诺岚山家族的，绝对不能被其他人夺去。还有，关于地球上的一切，必须保密，执行最高保密级别。"

"是！"八名亲传弟子应道。

"地球上估计还有其他宝藏，而最了解地球的是地球人。你们以最快速度控制住地球人，记住，不要硬来，采取怀柔策略。"御柯·诺岚山说道。

"明白！"八名亲传弟子应道。

"很好！"御柯·诺岚山说道。

C国，J基地市，TJ城。

虽然宇宙外星舰队降临地球，但是普通老百姓生活照旧。

"地球上的人类，你们好！我们是来自宇宙中的诺岚山家族，我们是怀抱善意而来的，别怀疑我们的力量……"

地球上家家户户的电视机或者电脑屏幕瞬间出现了同一个画面，一个双耳尖尖的俊美男子说着陌生的语言，屏幕下方出现了地球通用语的字幕。

"看！这是你们地球，我只需要击出一拳，就能毁掉一条山脉或者一座岛屿。"

屏幕瞬间切换，九个恒星级九阶强者一拳就击毁了一座高山，强烈的冲击波毁灭了周围千米内的一切。看到如此可怕的场景，地球上的人都傻眼了。

这可比洪、雷神对战金角巨兽的场景还要可怕啊！

"当然。"普拉面带微笑，缓缓说道，"我说了，我们是怀抱善意而来，所以不会攻击任何城市。你们地球上一共有五大国和二十三个基地市，一个小时后，地球上所谓王级怪兽大多会被我们消灭，每一个基地市的街道或者广场会出现十头王级怪兽的尸身。如果我们愿意的话，一个小时，就能让地球毁灭。"

普拉露出了伪善的笑容，道："我们是怀抱善意而来，可是你们地球上的高层和精英都躲在生存基地中，这让我们很不高兴。我希望，地球上的高层和精英可以和我们诺岚山家族友好商谈，给予我们这些'外星人'一点尊重。"

"如果地球上的高层和精英不尊重我们，拒绝我们的善意，那么，我们不介意用野蛮的手段来征服你们！"普拉嗤笑一声，"地球人，听着，我给你们12个小时，好好想想。12个小时后，我们若是见不到地球上的高层和精英，得不到起码的尊重，我们就会动用野蛮手段，每隔一个小时，就毁掉一个基地市。"

普拉的讲话一结束，整个地球沸腾起来了。

地球人只有12个小时的考虑时间，若是推迟一个小时做决定，就会有一个基地市被毁灭，一个基地市一般都有上亿人啊！

老百姓都慌了。

生存基地中的高层和精英也乱了。

"你们真是冷酷！生存基地外面还有那么多老百姓，你们能眼睁睁地看着他们灭亡吗？为了保护高层和精英，放弃六十多亿人的生命？谁知道罗峰他们三人什么时候才有回信？我反对，我反对拒绝外星人的提议，外星人不一定都是凶残的。"

"冷静，别被诺岚山家族伪善的面目给欺骗了！生存基地一旦打开，他们闯进来，我们后悔就晚了！"

"可是，他们无比强大，要毁灭地球是轻而易举的。他们有必要装出善良的样子吗？杀了我们这些所谓的精英，对他们来说，又有什么意义？"

"是啊！他们已经下了最后通牒，到时候我们不出去，不跟他们洽谈，每隔一个小时，他们就毁掉一个基地市，到时可是会有上亿人丧命啊！"

"请大家认真考虑一下，若有超过三分之二的人投票表示赞同，那么我们将按他们的意思执行。"

"各位与会者，慎重投票啊！你们的每一票决定了外面六十多亿人的命运！"

"请再等等！罗峰他们三人都在遥远的星球，为守护地球而努力。这些生存基地就是他们带来的，请相信他们！我们一旦低头，整个人类将陷入无尽的黑暗中。"

"可是，我们无法眼睁睁看着六十多亿人就这么死去啊！"

……

当生存基地内人心惶惶的时候，各大基地市早已乱象丛生。

有一些人开始趁乱抢劫，还有成千上万人跪下乞求地球上的高层和精英打开生存基地，去和外星人谈判。此外，还有人高喊那是外星人的阴谋。

"罗峰，罗峰，赶紧打开通信器啊！"徐欣当即发信息给罗峰。此刻，她周围站着罗峰的父母和亲人，还有一些基地市的高层。

所有人都期盼着，在星球一端的罗峰能传来好消息。

第 301 章

天空中的投影

碧岩星，帝国官署。

"3小时29分，一切搞定，不负罗先生所望。"那个官员站起身来，脸上满是汗水，"恭喜你，罗峰先生，从现在起，你就是地球的领主了。哦，不对，我该称呼你'领主大人'。恭喜你，领主大人！"

"谢谢！"罗峰笑道。

旁边的洪和雷神都掩饰不住内心的激动。

手续办妥后，罗峰的黑龙山帝国的公民身份变更成星球领主。

"我们赶紧离开碧岩星！"

"嗯！我们现在就回地球！"

"对，马上联系地球的人。"

罗峰、洪、雷神三人以最快的速度赶到了碧岩星的星球停泊港，乘坐一艘银灰色宇宙飞船，离开碧岩星，开始进行宇宙穿梭。

暗宇宙中。

飞船正在不断前行。

罗峰、洪、雷神三人都待在各自的舱室中，进入虚拟宇宙。

三人出现在黑龙山岛屿的一条宽阔的街道上，混在人群中。其他人看到这三人，十分不屑。在虚拟宇宙中，只有没有房产的人上线时会直接出现在街道上，而有房产的人都是出现在自己家里。

"老三，现在咱们也算是有钱人了，回头在虚拟宇宙中买个房子吧！"雷神低声道。

在地球上，他可是高高在上的，不承想，在这个虚拟宇宙中，竟然被鄙视了，着实不爽。

"行！过去我们的钱少，不能乱花，现在完全够，回头买个大房子。"罗峰点点头。

在虚拟宇宙中，一旦买下房产，就可以将自己亲友的编号和房产绑定，亲友们一旦上线，也可以直接出现在房子中。

比如罗峰和徐欣，一个在遥远的星球，一个在地球，若没有房产，两人同时进入虚拟宇宙的话，不会在同一条街道上出现。除非像洪、雷神、罗峰这样，现实中就在一起，才会出现在同一条街道上。

"此事回头再说，我们赶紧联系地球上的人。"洪说道。

"嗯！"罗峰点点头。

三人迅速进了旁边的一家餐厅，进了包厢后，立即联系地球的人。

一个屏幕出现了，屏幕上是徐欣的脸。

"罗峰！"徐欣露出喜色。

"徐欣，现在地球怎么样了？"罗峰、洪、雷神三人都看着屏幕。

"很糟糕！"徐欣神色凝重，"你们看一下这段视频！"

一般人进入虚拟宇宙，都是用辅助光脑或者智能光脑，徐欣用的虽然是虚拟宇宙发行的意识感应头盔，但是作用比地球上的普通电脑强得多。

徐欣将地球上的那段视频上传到虚拟宇宙网络，而后进行播放。

"这是诺岚山家族的人在地球上的所有电视、网络直播的视频。"徐欣解释道。

"嘟！"视频开始播放。

罗峰、洪、雷神看了这段传遍地球的视频，脸色大变。

看完了视频内容，他们能猜到地球的情况有多糟糕。

"罗峰，"徐欣连忙说道，"现在地球很乱，六大生存基地持反对意见的高层和精英很多，而外面的老百姓完全处于慌乱中。"

罗峰、洪、雷神眉头紧蹙。

他们当然清楚那段视频在地球上会引起什么样的风暴。

"弟妹，"洪沉声说道，"视频中的人说只给地球人12个小时，过去多久了？"

"已经过去4小时8分。"徐欣立即回道。

"好的，我们知道了。半个小时后，我们再联系。"洪说道。

"嘟！"通信结束。

罗峰、洪、雷神三人相视一眼。

"现在老三已经是地球领主了，用法律震慑诺岚山家族应该有用。"雷神说道。

"嗯，诺岚山只是卡罗帝国的一个大家族，面对黑龙山帝国，诺岚山绝对不敢乱来。"洪点点头。

"我明白。"罗峰表示赞同，"不过，我在想，单单靠法律震慑只是一方面。另一方面，我们自身实力要够强，所以我想看看能不能买到一个宇宙级一阶奴隶。"

"宇宙级一阶奴隶？！"洪和雷神都瞪大眼睛。

"嗯！我只是在考虑，并没有决定。"罗峰缓缓说道，"如果宇宙级一阶奴隶的价格在我的承受范围内，那是好事。毕竟武力增强，我们底气才足啊！"

洪和雷神都点点头。

宇宙中虽然有法律，可法律是相对而言的，黑龙山帝国的法律对于诺岚山家族有强大的威慑力，因为诺岚山家族和黑龙山帝国比起来太弱了。同理，如果罗峰的老师，也就是陨墨星的主人，直接抢夺星球，黑龙山帝国连一句话都不敢说。

在宇宙中，强者为尊，自身武力足够强，就有足够的底气。

"嘟——"罗峰发出了通话申请，通话对象是当初他在虬龙星购买奴隶认识的奴隶主管。

不愧是奴隶商人，仅仅几秒钟，就接通了。

屏幕上出现了一个身材消瘦、面带笑容的绿发男子。

"罗峰先生，你能联系我，我很高兴。"绿发男子笑着说道。

"兀剌，"罗峰点点头，算是打招呼，"我这次联系你，是想问一问，你们老板能不能搞到……宇宙级一阶奴隶？"

"宇宙级一阶奴隶？！"兀剌瞪大眼睛。

奴隶的最高等级就是宇宙级，要想让一个宇宙级一阶强者当奴隶是很难的。首先，得活捉宇宙级一阶强者；其次，要在对方无法反抗的情况下，对其植入生物芯片。要做到这个程度，不单单是实力比对方强就行的，还需要很多人配合。

"你真想买的话，还是可以的。"兀剌看着罗峰，"就看罗峰先生有没有足够多的资金了。"

"买一个宇宙级一阶奴隶要多少钱？"罗峰问道。

"那可是以万亿黑龙币为单位的，至于真正交易，一般都是用乾巫币结算的。"兀剌提醒罗峰。

"报个数。"罗峰催促道。

兀剌看向罗峰，十分惊讶。

他第一次见到罗峰时，就感觉罗峰气质不一般，估计资产不少。没想到，罗峰竟然直接询问宇宙级一阶奴隶的价格，这可不是一般的有钱人能买得起的。

"超过10万亿黑龙币，大概100亿乾巫币。"兀剌回道，"这还是最低的价格。"

"见鬼！"罗峰暗骂一声。

"当我没问。"罗峰很干脆地说道，"兀剌，回头再聊，我还有事。"

"好的！我有的是时间，罗峰先生随时可以联系我。"兀剌依旧很热情。

奴隶商人就是这样，很懂人情世故。兀剌很清楚，罗峰可是大客户，平常服务好了，让罗峰心情愉悦，说不定什么时候就能接到一个大单子。

"嘟！"通信结束。

包厢内，罗峰、洪、雷神三人面面相觑。

"宇宙级一阶奴隶的价格竟然这么贵，我还以为只需两三万亿黑龙币就能搞定。"罗峰嘀咕道。

老师给自己留下的第一笔资金是100亿乾巫币。购买地球，花费了3万亿黑龙币，如果用乾巫币支付的话，只需要21亿乾巫币。显然，对黑龙山帝国而言，自然愿意得到更多的乾巫币。现在罗峰的资产也就79亿乾巫币和几亿黑龙币。

"这价格是挺吓人的。"洪、雷神点点头。

"哈哈！罗峰，你竟然要买宇宙级一阶奴隶，你怕不是傻了。"一道邪恶的声音响起。

正是罗峰肩膀上的巴巴塔发出来的。

"你要知道，一个宇宙级强者只要加入一个帝国，就能得到十几个星球，尽管都是普通的星球，可这些星球加起来，价值却近十万亿黑龙币。虽然宇宙级一阶强者是宇宙级强者中实力最弱的，但是其价值超过十万亿黑龙币是肯定的。这还只是宇宙级一阶强者，至于宇宙级二阶、三阶，乃至六七阶的强者的价值更高。"

罗峰闻言一怔，随即不满地道："你怎么不早说啊？"

"我刚才在玩虚拟游戏呢，这可比跟你们聊天好玩多了。"巴巴塔得意地道。

"虚拟游戏？！"罗峰、洪、雷神三人很无语。

"那可是要花钱的。"罗峰没好气地道。

"玩虚拟游戏花不了多少钱，玩一百万年，一亿黑龙币就够了。对你而言，只是零头而已。"巴巴塔道。

听了它的话，罗峰不知道该说什么了。

其他的辅助光脑、智能光脑再聪明，也不会未经主人允许就擅自做什么。而巴巴塔早已进化成智能生命，它会悲伤，会喜悦，能感悟，还能自己做决定，跟人类没有多大区别，所以它才喜欢玩虚拟游戏。

每一个人进入虚拟宇宙，都有虚拟助手。在虚拟宇宙中，诸多操作几乎都是通过虚拟助手完成的。

巴巴塔刚好是罗峰的虚拟助手，自然能不经过罗峰的同意就取到钱。在虚拟宇宙总系统的判断中，自然会判定为是罗峰下令让虚拟助手做的，系统当然会允许，谁让罗峰竟然将巴巴塔这个智能生命当辅助光脑或者智能光脑使用呢。

"好了！罗峰，你现在都成为地球领主了，通过虚拟宇宙网络，直接将黑龙山帝国发给你的领地所有权证明发送到地球，然后让地球所有国家把这份证明进行公开直播，并且，将黑龙山帝国宪法中关于领地保护法的信息播放一遍。诺岚山家族毕竟只是黑龙山帝国境内的一个小家族，不敢乱来的。"巴巴塔直接说道。

"当然，你首先得将他们在地球上的诸多行为给记录下来，他们若是敢违背黑龙山帝国宪法，那就是找死。"巴巴塔信心满满。

罗峰、洪、雷神三人相视一眼。

他们的确是准备用这一招，可还没想清楚具体步骤。

"就这么办！"罗峰道。

"小家伙，你竟然对黑龙山帝国宪法这么清楚！"雷神惊诧地摸摸巴巴塔的脑袋。

"别摸我的头，也别叫我小家伙，要唤我恶魔大人，明白吗？"巴巴塔瞥了雷神一眼，而后不再理会雷神，继续去玩虚拟游戏了。

过了五万年才能够再次进入虚拟宇宙，巴巴塔怎么可能不尽情地玩呢？至于地球的安危，与他无关。对它而言，因为罗峰的关系，稍微出谋划策已经很不错了。

按照巴巴塔说的，罗峰迅速开始录制视频，并且整理黑龙山帝国给自己的资料证明等。

"就这样吧。"罗峰看向洪和雷神。

"嗯，没问题。"雷神点点头，"肯定有用。"

"差不多了。"洪也点点头。

"那我就将这些都发送过去，下面的事，就交给地球的人操作了。"

罗峰深吸一口气，向徐欣发出通话申请。

银河系，地球。

诺岚山家族的强者们在地球上疾速飞行，特别是其中的上千个恒星级强者，很多强者的速度都比当年的金角巨兽要快得多。

"太不可思议了！"

"天哪！"

"这，这是什么……"

包括普拉在内的八大亲传弟子，还有不少修为达到恒星级九阶的诺岚卫，都惊讶地看着前方。

那里有一个笼罩在毒气中且不断散发着有毒气体的巨大圆球，直径超过800米。

之前探索这个地方的一个恒星级三阶强者和一个恒星级五阶强者都中了毒，瞬间丧命。

"肯定是宝物。"一群人盯着古怪的圆球。

这个圆球散发的毒气能毒杀恒星级强者，绝对不是一般的玩意儿。

"嘟——"瞬间，八大弟子的辅助光脑都响起了声音。

"大人，C国的生存基地上空出现了巨大的投影，你们快看。"

八大亲传弟子的辅助光脑屏幕上都出现了同一画面。

此刻，地球上家家户户的电视机或者电脑都切换到了同一画面。同时，地球上的六大生存基地上空出现了三维虚拟投影。

"卡罗帝国诺岚山家族的强者，你们好！我是罗峰。不久前，你们所在的这颗星球已经成为我的领地。"一道洪亮的声音响彻整个地球。

"这是黑龙山帝国颁发的领地所有权证明，你们可要看清楚。"

"他没有撒谎！"

"这真的是黑龙山帝国颁发的领地所有权证明。"

诺岚山家族舰队的人都愣住了，或是看着自己的屏幕，或是看着高空中的巨大投影。

投影中，罗峰正在侃侃而谈，旁边展示了领地所有权证明。罗峰说的是宇宙通用语，屏幕下方有字幕。

随后，罗峰手中出现了虚拟书，那是黑龙山帝国的《帝国法》。

罗峰翻阅着《帝国法》，表情严肃："根据黑龙山帝国《帝国法》第12章第61、62、63条的规定，未经星球管理者允许，擅闯星球，可当作星盗论处。诺岚山家族之前不知道这颗星球有领主，不算有罪。现在我已经告诉你们了，这是我的领地。我作为地球领主，要求你们……马上从我的领地消失，否则，诺岚山家族将会遭到黑龙山帝国大军的征讨！"

地球上所有的电视机和电脑都传播着罗峰那铿锵有力的声音。

此时，不管是躲在家的，还是在外面的，一个个或是看着电视机、电脑屏幕，或是看着街道上的大屏幕。此刻，所有的人都安静下来了。

他们都认了出来，屏幕上那个侃侃而谈的男人就是地球的骄傲——罗峰。

第 302 章

撤不撤

"罗峰！"

"没错！是罗峰！听罗峰所说，这群外星人所属的诺岚山家族是那黑龙山帝国境内的。"

"这黑龙山帝国是宇宙中的国度吗？"

"罗峰是地球人，他成了宇宙国度的星球领主，还是我们地球的领主？"

"谁知道呢？"

通过罗峰在全球直播的这段话，众人轻易判断出：黑龙山帝国是强大的宇宙国度，比这个看似无比强大的诺岚山家族还要强大数倍，而地球的骄傲罗峰成了黑龙山帝国任命的星球领主。

他们当然很高兴啊！

如果地球注定要归属宇宙，必须有人当地球领主的话，他们当然希望是地球人来当领主。更何况，罗峰、洪、雷神是地球上的超级强者，其中任何一人当地球领主，地球人都没有抵触情绪。

"不知道罗峰的话管不管用。"

"不知道诺岚山家族的强者撤不撤退。"

人们隐隐有些担心。

……

六大生存基地。

"罗峰说出了自己星球领主的身份，到底有没有用啊？"

"宇宙国度和我们地球不可能完全一样，说不准。"

"看着吧，很快就有结果了。"

……

地球上不管是普通百姓，还是高层和精英，都在等着诺岚山家族强者做出反应。

罗峰三人乘坐的飞船依旧在暗宇宙中迅速前行。

虚拟宇宙，黑龙山岛屿。

餐厅的包厢内。

罗峰、洪、雷神三人看着眼前的屏幕，和徐欣保持着通话。

"徐欣，怎么样了？"罗峰连忙问道，"那诺岚山家族强者有什么反应，有没有撤退？"

"卫星监察显示，那两艘战舰还停在海洋上空，没有任何动静。"徐欣也很焦急，"可能诺岚山家族的强者正在讨论对策吧！"

罗峰眉头一皱。

"放心，他们不敢留下。"旁边的雷神笑着说道，"他们若是不走，我们将他们的行为拍摄下来，传送到黑龙山帝国。黑龙山帝国可以直接将其判定为星盗，黑龙山帝国是很强势的宇宙中等文明国度，绝对不允许这样的家族逍遥法外。"

"若是超级大家族，结果还很难说。可诺岚山家族并非大家族，对黑龙山帝国而言，要毁灭它简直轻而易举。"雷神信心满满。

听了这番话，洪和罗峰微微点头。

"说再多都没用。"罗峰眉头一皱，"看他们到底怎么选择吧！"

罗峰三人和徐欣保持联系，默默等待着地球那边传来消息。

地球，海洋上空。

两艘巨型星际战舰停在半空中,其中一艘战舰的控制室中,八大亲传弟子挺身站着,气氛压抑。

之前发现奇异的巨型圆球的喜悦早就被抛之脑后,现在他们心中很烦恼。

"那个罗峰说自己是地球领主?!"

"这个星球竟然有领主了!"

"这下该怎么办?"

若是诺岚山家族不撤离地球,那就是重罪!地球有领主,那么地球就是领主的私人领地。侵犯其他人的领地,甚至在领地中肆意抢掠,这种行为是绝对不被《帝国法》允许的,他们会被直接定性为星盗。

所谓星盗,就是星空强盗,是各大帝国都非常厌恶,都想要杀之而后快的。

"随我一起去见族长。"普拉沉声道。

"是。"其他七人都应道。

这种事情只有让族长来处理了。

半分钟后。

虚拟宇宙,黑龙山岛屿。

一座豪奢的住宅的大厅中,八大亲传弟子并排站着,他们面前浮现出了巨大的屏幕,屏幕上显示出了两个人,正是当代族长御柯·诺岚山和老族长德温·诺岚山。

"老师、老族长,这是之前在地球上公开播放的视频。"普拉恭敬地说道。

而后,视频开始播放。

当看到黑龙山帝国授予的地球所有权证明时,两位族长的脸色非常难看。尤其是,罗峰还拿出黑龙山帝国的《帝国法》,直接念了出来,他们更愤怒了。

"马上从我的领地消失,否则,诺岚山家族将会遭到黑龙山帝国大军的征讨!"

听到视频的最后一句话,两位族长一时间不知道该如何是好。

他们发现地球上有巨大的宝藏,可是,地球一下子成为别人的领地了。

"地球是罗峰的领地?!"御柯·诺岚山仍旧不敢相信。

"是的，老师。我刚刚查过，黑龙山帝国那边的确有记录，罗峰应该是今天成为地球领主的。"普拉补充道。

"浑蛋！"御柯·诺岚山气得直咬牙。

"这个罗峰是谁？他是哪个家族的？"旁边的老族长问道。

"他是地球的三大超级强者之一，现如今应该是行星级九阶强者。"普拉回道。

"什么？他竟然是地球人！"德温·诺岚山瞪大了眼睛。

一个地球人摇身一变就成了地球领主，这简直不可思议。要知道，购买一颗生命星球，要付出极大的代价。虽然发现生命星球的人可以拿到优惠价，但是地球是最高规格的生命星球，要买下地球，需要3万亿黑龙币，这么多黑龙币，绝非普通人能够拿得出的，所以老族长才问罗峰是哪个家族的。

"是的，他是地球人。"普拉点点头，"依我看，他应该是拿到了地球上的什么宝藏，将其卖掉，得了一大笔黑龙币，然后买下了地球。"

"地球宝藏？！"

两位族长一想到地球上那艘机械族宇宙飞船，就觉得惋惜。那可是机械族的飞船，最低都是D级别，若是换成黑龙币，比整个诺岚山家族的资产都要多。

"老师，我们怎么办，撤还是不撤？"普拉急切地问道。

"老族长，我们到底撤不撤？"其他亲传弟子也无比焦急。

"我们没太多时间犹豫，长时间逗留地球，会被判定为星盗。"普拉又道。

御柯·诺岚山没有回答，只恨恨地道："浑蛋！我要杀了罗峰！"

"撤！"德温·诺岚山低喝一声。

八大亲传弟子一怔。

"老族长！"御柯·诺岚山惊讶地看着德温·诺岚山，"我们就这么放弃了？"

德温·诺岚山怒斥道："御柯，你是不是傻了？我们不放弃，又能怎么样？那机械族宇宙飞船再昂贵，我们又能怎么样？一旦我们被定性为星盗，黑龙山帝国大军想毁灭诺岚山家族根本不费吹灰之力。难道我们要因为地球宝藏而让整个家族陪葬吗？"

"我们……"御柯·诺岚山有些迟疑。

"我知道你的想法。没错，得到宝藏之后，我们可以逃走，可是诺岚山家族是族祖这么多年辛辛苦苦创建起来的，难道你忍心看着族祖的心血白费？"德温·诺岚山怒道。

御柯·诺岚山沉默了。

是啊！当初族祖，也就是家族的创始人诺岚山，独自建立了诺岚山家族，并以他的名为家族的姓氏，经过数万年的发展，才有今天。

"撤退！"德温·诺岚山再次下令。

御柯·诺岚山长叹一口气，没有说话。

普拉等八大亲传弟子看了看两位族长，而后恭敬应命："是！"

地球。

随着普拉一声令下，原本分散在地球各地的诺岚山家族成员迅速朝两大舰队会合。既然决定撤退，诺岚山家族当然不会遮遮掩掩的，反而大张旗鼓，目的就是要让那位地球领主没有借口去向黑龙山帝国法庭起诉。

六大生存基地。

通过卫星，地球上的高层和精英们清楚地看到，诺岚山家族的大量人马正迅速朝舰队会合。

"哈哈！撤退了！"

"他们真的撤退了！"

"诺岚山家族开始集合人马了。"

"快看，一个个都进入了战舰。"

"我们赢啦！"

"胜利啦！"

众人欣喜若狂。

很快，徐欣就将这个好消息传递给了暗宇宙中的罗峰三人。

罗峰、洪、雷神三人看着视频，只见诺岚山家族的人马迅速会合，进入了战舰。

"看样子，他们真要撤退了。"雷神双眸发亮。

"别急。"洪紧紧地盯着屏幕，"待诺岚山家族的舰队飞离地球后，再说这话。"

"嗯！要成功了！"罗峰屏息以待。

他期盼那两艘战舰离开地球的那一刻到来！

"轰隆隆——"

在地球诸多卫星的跟踪拍摄下，两艘巨型星际战舰终于开始加速，朝上方飞去，很快便进入了大气层。

这一幕直接被发送到地球上的电视机和电脑屏幕上。

"我们本来已经绝望，以为将来我们所有人都会受到来自宇宙的诺岚山家族的统治。可是，当那巨大的三维虚拟投影在天空中出现，当那个人影出现在巨大的投影中，我们就想起当初那个义无反顾进入海底和金角巨兽决一死战的人。是的！他就是罗峰！他是守护地球的英雄！"

电视中的主持人慷慨激昂地说着，眼泪不受控制地流了下来。

"胜利啦！"

"我们赢了！"

街道上的人看到，广场上的巨大屏幕显示出那两艘星际战舰腾空离去的场景，都跳了起来，激动地大喊。

"罗峰、洪、雷神自从得知诺岚山家族舰队即将降临地球的消息，就不顾生命危险，进入宇宙，为地球人争取最后一丝生机。他们成功了！"

电视和电脑播放了罗峰、洪、雷神三人无比激动的视频，这段视频是他们通过虚拟宇宙网络发送过来的。

宇宙飞船的控制室中，雷神激动不已。

"当我看到地球上的各个基地市无数人激动高呼时，我感同身受，同样欣喜不已。他们都是我的同胞，地球是我们共同的家啊！"

"是的！成功了，我们终于成功守住地球了！"洪再冷静，此刻眼眶都湿润了。

"我无法再待在虚拟宇宙中了。"罗峰也无比亢奋，"看着传来的全球各地的情景，我太激动了，我现在就想回到地球，回到我的家！"

"我也是！"雷神连连点头。

"是的，我们这就回家。"洪点点头。

宇宙冒险型飞船朝地球对应的暗宇宙坐标疾速前行。

此刻诺岚山家族的两艘战舰内，气氛无比压抑。为首的战舰中，八名亲传弟子都在控制室中，脸上没有丝毫笑容。

"浑蛋！"

"怎么会这样？罗峰怎么这么巧就成了地球领主？"

普拉微微皱眉。

"嘟！"一道提示声响起。

见其他亲传弟子都看向自己，普拉低声道："族长要见我。"

说完，他立即走向自己的舱室。

虚拟宇宙网络中。

御柯·诺岚山和德温·诺岚山恭恭敬敬地站着，他们旁边站着一个身材精瘦、眼神冷厉的双耳尖尖的男子，男子身上穿着深绿色的作战服，胸口挂着一个奇异的巨斧勋章。

"你们这是为家族和我考虑？"男子怒气冲天，"家族算什么！当年我白手起家，建立了诺岚山家族，将来照样能重建诺岚山家族，最重要的是实力，你们明白吗？现在我已经是宇宙级九阶强者，只差一点，我就能成为域主级强者。如果我能拥有惊人的财富，就能请到不朽级强者指导我，就能有所突破，成为域主级强者。到时候，我就拥有100纪元寿命，将来重建的诺岚山家族将更加辉煌！"

"征讨？笑话！我们家族的精英可以直接乘坐飞船，进行宇宙穿梭，大不了，脱离黑龙山帝国！至于诺岚山家族掌管的那些星球，扔掉就是。将来等我成为域主级强者，诺岚山家族将会比现在强百倍！"男子冷冷地道，"更何况，即使抢掠地球上的宝藏，也不至于将整个诺岚山家族给搭进去。毕竟掌管的那么多星球，直接抛弃怪可惜的。"

在族祖面前，两位族长不敢还一句嘴。

"嘟！"一道提示声响起。

"哦，指挥舰队的小家伙来了。"男子脸上露出一丝笑容。

第 303 章

诺岚山的命令

普拉恭敬地站着，他的面前倏地出现一个屏幕，屏幕上出现三道人影。

"嗯？"普拉一怔。

屏幕上，有他的老师御柯·诺岚山，还有老族长德温·诺岚山，然而，这两位族长都毕恭毕敬地站在一个穿深绿色作战服的男子身侧，男子的胸口上挂着一个奇异的巨斧勋章。

普拉心中顿时掀起了滔天巨浪。

巨斧勋章可是本级别最强战士最有力的证明，是强者们在巨斧斗武场经历一次次生死厮杀后才能获得的最高荣誉。

巨斧斗武场是供强者们彼此厮杀，其他人押注的地方。

比如宇宙级强者进行斗武，就是两个宇宙级强者在一颗无人星球或者星空中，在巨斧斗武场人的监督下，进行生死搏杀，直至一方死亡，另一方才算胜利。因为是生死搏杀，敢于参加斗武的都是有一定把握或者绝招的。

参加者，即斗武者。

赢十场，获得巨斧斗武场的"勇士"称号。

赢百场，获得巨斧斗武场的"斗武王"称号。

赢千场，获得巨斧斗武场的"巨斧武者"称号。

也就是说，死在诺岚山手上的宇宙级强者超过一千个。每一场生死对决，都是一场绝对的冒险，是对生命的挑战。能够赢得一千场，才算是真正的宇宙级最强战士。

所谓行星级的领域强者，只是在本级别的强者中号称无敌。而巨斧武者是要靠取得一场场生死搏杀的胜利，用一千个宇宙级强者的性命来获得的，由此可见诺岚山有多么强大！

在诺岚山家族，族祖诺岚山就是一个传奇。在卡罗帝国内，诺岚山家族是当之无愧的第三家族。

第一家族是皇族，有域主级强者。

第二家族是威帝家族，主要势力在黑龙山帝国内，也延伸到了乾巫宇宙国，其整体实力比皇族不知道强多少。

其他家族中，很多家族也有宇宙级九阶强者，可是诺岚山家族是毫无争议的第三家族，且有大量恒星级强者愿意投靠诺岚山家族。诺岚山麾下的弟子，包括本族人，就有六个宇宙级强者。

能建立拥有八千诺岚卫的军团，而且诺岚卫都是恒星级九阶强者，控制的星球超过一千个，诺岚山可说是当之无愧的传奇人物。

虽然一个星系一般只有一个宇宙级强者，但是在有老师教导的情况下，出现宇宙级强者的概率就大得多。有的地球人能在陨墨星主人的教导下，修为达到界主级，可见有强大的老师的好处极大。放眼整个银蓝帝国，或许宇宙级强者少得可怜，可是在黑龙山帝国这个掌控八千多个星系的强大帝国中，古老家族众多，连不朽级强者都有，宇宙级强者当然非常多。

所以，黑龙山帝国还是有宇宙级巨斧武者的。当然，域主级巨斧武者和界主级巨斧武者在黑龙山帝国算是传说了，因为整个黑龙山帝国的域主级强者并不多，进过巨斧斗武场的更是少之又少。

千万年来，庞大的黑龙山帝国才出了一个域主级巨斧武者。至于界主级巨斧武者，这在乾巫宇宙国都是个传说。

"巨斧武者！宇宙级巨斧武者！"普拉不由得激动起来，"在黑龙山帝国，现如今获得过'宇宙级巨斧武者'称号的强者也就十二个，其中六个依旧是宇宙级九阶强者，四个是域主级强者，两个是界主级强者。"

"族祖！我总算见到族祖了。"普拉连忙说道。

"你叫普拉？"诺岚山看着普拉，"我听说过你，你是我们诺岚山家族年轻人中最有希望成为宇宙级强者的。"

"普拉见过族祖。"普拉恭敬地行礼。

"嗯。"诺岚山微微点头，"听说你们在地球上发现了机械族宇宙飞船，而且那头金角巨兽尸身也在地球上？"

"是的！"普拉连忙回道，"机械族宇宙飞船就在地球的海域中，只是飞船入口的防御力太强，我们无法进去。至于那头金角巨兽幼兽，的确是在地球上殒命的，不过，我们在地球上停留的时间太短，搜索区域太小，还没有找到那头金角巨兽的尸身。"

诺岚山眼睛一亮。

作为巨斧武者，他结交的朋友的实力都很强大，眼界都非同一般。他自然知道金角巨兽的尸身是很稀罕的，就连不朽级强者都愿意购买，乾巫宇宙国绝对愿意购买下来，将其解剖，以用于研究。

不朽级强者和乾巫宇宙国随便报个价格，都远远比诺岚山家族能报的最高价格要高。

"飞船还是其次，金角巨兽的尸身才是真正的稀罕物，就算只是制作好，当标本收藏，那也属于最顶级的收藏品。"诺岚山心中期待得很。

普拉道："我们担心那金角巨兽的尸身已经腐……"

"不可能！"诺岚山打断他的话，连忙说道，"金角巨兽拥有体内世界，就算死了一千年，肌肉腐烂，但它的骨骼和鳞片还会完好保留。更何况，你们发来的资料中写着它才死了三年。"

"普拉，"诺岚山冷冷地道，"我命令你和舰队中的精英留下来，组成一支小队，乘坐一艘宇宙飞船，悄然前往地球并留在那里，目标是金角巨兽的尸身。"

"留在地球？"普拉大惊，"族祖，地球可是有领主的……"

"那又如何？"诺岚山面无表情，"我只是命令你带领一支精英小队暂时潜伏在地球，寻找金角巨兽的尸身，就算日后你们的行踪暴露，自称星盗不就成了？地球人有什么证据证明那支精英小队是我诺岚山家族的？"

"族祖，我们刚离开地球，地球就出现了星盗，地球人不会怀疑吗？"普拉道。

"记住！黑龙山《帝国法》讲的是证据，没有证据，就算明知是诺岚山家族的人，那个地球领主罗峰也没有任何办法。"

"明白。"普拉连连点头。

"去吧！"诺岚山当即下令，"务必找到金角巨兽的尸身。"

"族祖，我们在地球上还发现了一件奇异的宝物，您看。"

普拉说完，当即播放了一段视频，那是在地球C国境内发现那毒气圆球时拍摄的视频。

"宝物？！"诺岚山看着视频，脸上露出了震惊之色，当即喝道，"普拉，我绝对不允许你们任何一个人碰它。给我听清楚，别自作主张！"

御柯·诺岚山和德温·诺岚山都愣住了，他们没见族祖这么惊怒过。

"族祖。"普拉一愣。

"还不去办事！"诺岚山冷冷地喝道，"记住我的话，别去碰那玩意儿，千万别碰！"

"是！"普拉当即离开了虚拟宇宙。

"族祖？"

御柯·诺岚山和德温·诺岚山都看着他们的族祖，好奇得很。

诺岚山低喝一声："别问那么多！希望它是死的，若是活的……"

他仿佛看到无数星系毁灭时的场景，不由得身体一颤。

"地球到底是什么地方？"诺岚山心中十分惊恐，"就算地球上有无数宝藏，我也绝对不去地球。至于那机械族宇宙飞船，必须派出宇宙级五六阶强者才能拿到手，我派麾下的弟子去即可，我也不能亲自去。若那东西是活的，逃都来不及。"

太阳系。

诺岚山家族的两艘巨型战舰飞离地球的同时，一艘直径约为100米的宇宙飞船从其中一艘战舰内飞出，并开启了隐身效果，小心翼翼地返回地球。

C级宇宙冒险型飞船隐身，地球人根本无法发现。

"陀雷武，这是族祖亲自下的命令，你务必完成。这是详细计划。记住，无论什么时候，绝对不能让地球人抓住你们是诺岚山家族成员的把柄。"

20个恒星级九阶强者和60个恒星级七八阶强者，这就是诺岚山家族组成的精英小队。

在地球人不知道的情况下，他们悄悄潜入地球，开始搜寻金角巨兽的尸身。

暗宇宙中。

罗峰他们乘坐的飞船继续疾速前行。

"哈哈！熬过了这一次，以后就轻松多了。"洪笑道。

罗峰、洪、雷神三人都开心得很。

"是啊！就算他们知道我们地球上有宝物，可是，若要再派人来，必须从虫洞进入虚无区域，然后飞行两年零八个月才能到达地球。"雷神得意得很，"时间越长，我们准备得就越充分。"

罗峰点点头。

"诺岚山家族的这一批人走后，就算派遣宇宙级强者前来，也需要两年零八个月才能抵达地球，到那时……我的本体金角巨兽怕是早就达到宇宙级了。"罗峰心情愉悦。

第 304 章

搜寻

地球，某个丛林。

一艘宇宙冒险飞船潜入一片丛林的某一水域，这艘飞船的信号屏蔽器、隐身系统等都很强，地球人根本无法发现它。

丛林深处，一名名穿着深蓝色作战服的战士或是盘膝坐在地上，或是依偎着大树，或是坐在树杈上。

丛林中那些可怕的怪兽根本不敢靠近他们。

"嗖——"这时，突然有四人从远处的水域中冲了出来，这四名战士都身穿黑色作战服。

"队长！"四名战士快速起身，齐声唤道，说的都是宇宙通用语。

此次，诺岚山家族的精英小队分成了四支更小的队伍，由四人分别带领，这四位队长分别是陀雷武、戎至、阿尔曼、阿布罗特，这四人又以陀雷武为首。

"嗯！既然都到齐了，说吧，你们各自负责的海域的搜寻结果如何？"陀雷武沉声道。

陀雷武是一个壮硕的黑皮肤男子，头发则是黑色和青色混合。

虽然这里一共有20名诺岚卫，而且都是恒星级九阶强者，但是，同样是恒星级九阶强者，其战斗力也是不同的。陀雷武在八千名诺岚卫中实力排前10位，他一人就能抵得上10个普通恒星级九阶强者。

"队长，找不到，根本找不到金角巨兽的尸身。"

"队长，几天下来，我们将整个海域全部搜索了一遍，都找不到金角巨兽的尸身。"

"我们也是。"

"队长，兄弟们都找不到，怎么办？"

战士们都看着四位队长。

四位队长彼此相视一眼，身材最为魁梧的阿尔曼沉声说道："我们耗费这么长时间，将整个海域搜索了一遍，都没找到金角巨兽的尸身，下一步是不是按照普拉大人的计划行事？"

"嗯。"陀雷武点点头，"按照普拉大人所说，金角巨兽幼兽尸身的下落只有两个可能：其一，地球人得到了，或是将其解剖，或是收藏了；其二，地球人没有得到，金角巨兽的尸身还在海域中。既然我们在海域中没有找到金角巨兽的尸身，那十有八九是被地球人得到了。"

A国，华府基地市。

"多么美好的日子啊！"鲍里斯·布伦特面带笑容，走出大楼。

不远处的警卫见状，连忙拉开轿车的门。

鲍里斯·布伦特进入车内，两名保镖跟着迅速进入车内，司机立即发动引擎。

"在生存基地里，实在是太压抑了，那么一点地方，让人很不舒服。还好，那群可恶的外星人已经离开了。"鲍里斯·布伦特对身侧的保镖笑道，"大卫，我们是不是该感谢一下罗峰先生？"

"是的，先生。"保镖笑着回道。

"嗯。"鲍里斯·布伦特点点头，"据我们从虚拟宇宙网络得到的讯息，地球这一片根本就是虚无区域，下一次那群外星人来地球，起码是几年后了。到时，我们一定能对付他们。"

保镖保持微笑。

经历这一次劫难，地球人对未来充满了希望。

"喂，亲爱的，还有五分钟，我就到家了。

"是的，放心，我已经准备好礼物。嗯，到时候，会给你一个惊喜的。"

鲍里斯·布伦特打着电话，忽然脸色大变，他发现司机竟然将车子开到了一条陌生的路上。

他连忙喝道："走错路了！快开回去！"

话刚出口，他感到无比困倦，而后进入睡眠状态。

不管是保镖，还是司机，都被催眠了。

轿车不断前行，直至来到一条没什么人的巷子，才猛地刹住。

"嗖！嗖！"

两人出现在轿车旁，一个是陀雷武，另外一个穿着深蓝色的作战服，长着一双三角眼，这人是20个恒星级九阶强者之一。

"快问他。"陀雷武下令。

"是，队长。"三角眼男子看着鲍里斯·布伦特，没说话，辅助光脑则开始发问——

"告诉我，你的名字。"

"鲍里斯·布伦特。"鲍里斯·布伦特如实回道。

"地球人和金角巨兽大战，那金角巨兽的尸身现在在哪里？"三角眼男子的辅助光脑继续询问。

"不知道。"鲍里斯·布伦特双眸无神。

陀雷武和三角眼男子相视一眼。

"那你可知金角巨兽的尸身最有可能在哪里？"三角眼男子又问道。

"当初，六位英雄联手对付金角巨兽，最后C国的罗峰击杀了金角巨兽。当时人们都以为罗峰死了，一年多后，罗峰竟然活着回来了。金角巨兽的尸身到底在哪里，罗峰应该最清楚。"鲍里斯·布伦特回道。

三角眼男子追问道："还有没有其他可能？"

"或者是被其他国家的人得到了，或者被海域怪兽吃掉了。"

巷子里死一般地寂静。

"队长？"三角眼男子看着陀雷武。

"罗峰！"陀雷武思忖片刻，打开通信器，"戎至、阿尔曼、阿布罗特，你们三个分别带队，以最快速度将地球五大强国的首脑抓住，我会亲自去抓地球领主罗峰的家属。"

"是！"另外三位队长恭敬应命。

Y城，西湖别院，罗峰的城堡中。

诺岚山家族舰队进行宇宙穿梭，离开了太阳系，被放在太阳系中的监视仪器拍摄到了。

既然诺岚山家族的人离开了，生存基地中的许多人当然就出来了，毕竟生存基地的人均面积实在太小。

"平平、小海，你们要听爷爷和奶奶的话。"徐欣吃过午饭，笑着对两个儿子说道。

"妈妈，我们要跟你一起出去。"小海道。

"妈妈公司还有事。"徐欣亲了两个儿子一口，而后就去车库，开着车，离开了城堡。

危机解除，生活逐渐步入正轨。

城堡周围有大量强者守卫，这些强者都是罗峰当初买的奴仆。

"跑快点，小海好棒啊！"

"平平，加油！"

罗洪国、龚心兰在城堡门口的草坪上陪着两个孙子玩耍。

不远处，甄楠坐在椅子上，看着书，偶尔看着平平和小海，低下头，轻轻抚摸自己的肚子。

……

"大家千万要小心。

"出手后，迅速抓住地球领主的亲人。"

天空中，以陀雷武为首的强者化作流光，迅速飞向Y城。他们的身上都带着模拟隐身装置，就算是在生命星球上，也能够起作用。

"还有300千米，很快就到了。"

"行动要快！"

……

城堡门口的草坪上，罗洪国夫妇还在陪着两个孙子玩耍。

"呜呜——"刺耳的警报声瞬间响彻整座城堡。

"保护小主人！"

不远处的蒙二和蒙四脸色大变，宛如两道闪电，蒙二瞬间就抱住了平平和小海，蒙四则迅速到了罗洪国夫妇身边，其他恒星级一阶护卫则迅速跑向甄楠。

草坪和城堡的距离不超过100米，他们瞬间就带着罗峰的家人冲进城堡中，进入了防守最严密的罗峰卧室。

"轰隆隆——"城堡的防卫系统迅速开启。

以罗峰卧室为中心的十余个地方的闸门迅速落下，全部关死。城堡最核心的区域都是用C级金属打造的，能保证宇宙级强者都无法攻破。

卧室中。

"这，这是怎么回事？"

罗洪国夫妇脸色苍白。

"爷爷！"

"奶奶！"

两个孩子也慌得很。

"城堡的警戒系统范围为2万米。"蒙二表情严肃，沉声说道，"根据来人的实力不同，警戒系统会发出不同的警报声。刚才的警报声很刺耳，说明来人的实力和我相当，至于其具体实力，探察一下防御系统即可得知。"

虚拟宇宙网络，黑龙山岛屿。

"先生，买下这座庄园，需要1500万黑龙币，绝对是身份高贵的人的象征。"

罗峰、洪、雷神三人正在看房子，他们准备在虚拟宇宙中购置房产。

"真贵！虚拟宇宙中的东西都这么贵。"雷神咂咂嘴。

"等下。"罗峰收到了通信申请，对方的精神印记对应的虚拟宇宙网络编号竟然来自他父亲。

"嘟！"罗峰三人的面前出现了屏幕。

一脸惊恐之色的罗洪国出现在屏幕上，他焦急地道："罗峰，外星人攻进了我们家，防御系统显示是5个恒星级九阶强者和15个恒星级七八阶强者，那个诺岚山家族的人根本没有全部撤走。"

罗峰、洪、雷神三人脸色大变。

"爸，有没有人受伤？"罗峰急切地问道。

"卫队死了不少人，我们和平平、小海，还有甄楠，都躲进了你的卧室，暂且没事。可是，徐欣和罗华都因为公司有事，现在还在外面呢！"罗洪国焦急地道。

第305章

怒火冲天

地球，C国。

罗峰的城堡是Y城的标志性建筑，此刻却遭受着诺岚山家族的人疯狂的攻击。

"轰——"

在一次次攻击下，城堡不断地破损。

数个强者一次次用重拳或者兵器狠狠袭击城堡，强烈的冲击波肆虐开去，将西湖别院方圆几千米的草坪直接掀起，露出下方难看的烂泥和石头，大量碎石飞溅。

西湖别院外的街道和居民区的人都受到波及，那些飞溅的石子威力很大，惨叫声、痛哭声此起彼伏。

以西湖别院为中心，方圆数千米的区域遭到毁坏，死伤的民众成百上千。

幸好这群恒星级强者都集中攻击城堡，如果是分散式攻击，一招即可将一个小区化为虚无。

"怎么还没攻破城堡？"陀雷武悬浮在城堡上空，面露惊讶之色。

其他十九名手下化作十九道流光，一次次攻击城堡。

"队长！"一道深蓝色人影蓦地停下，急切地道，"这城堡绝对不是地球本土建造的，这是宇宙中专门给富豪们定制的移动城堡，城堡的构建非常重视安全性能，特别是城堡核心区域，安全级别绝对是C级的。"

"浑蛋！"陀雷武面色铁青。

"队长！"另外一名队员瞬间出现在一旁，悬空而立，焦急地道，"我们无法攻破城堡，还是直接去抓罗峰的妻子和弟弟吧。"

"这城堡中有罗峰的父母和两个孩子，是他最重要的亲人，抓住他们才是最有效的。"陀雷武冷冷地道。

"队长，地球上是一夫一妻制的，他的妻子对他也是很重要的。"一名队员说道。

陀雷武眉头一皱，道："算了，既然抓不住他的父母和孩子，马上去抓他的妻子和弟弟。"

"是！"一群队员恭敬应命。

"唰——"数道流光疾速离去，只留下已经破损不堪的城堡，还有早就成为一片烂地的草坪。

"呜呜——"

警笛声回荡在Y城上空。

"天哪！"

"老天爷，这，这是怎么回事……"

一些警察站在道路上，惊讶地看着远处。

前方的大地上，出现了一条条数千米长、数十米深的沟壑，美丽的西湖别院早就成了一片废墟，只有破烂不堪的城堡依旧屹立未倒。

"罗峰的城堡够坚硬的，在那些外星人的猛烈攻击下，只有墙壁遭受损坏，但散发出的冲击波将周围的地面和西湖别院的院墙全部摧毁了。"

两名军官坐在车上交谈着。

"死了多少人？"

"丧命的有812人，受伤的有数千人。"

"没想到，诺岚山家族的人还没走。"

对于地球人而言，西湖别院变成一片废墟，周围平民受到波及，此事的确是大事，但是更让他们震惊的是，诺岚山家族的人居然还没有离开地球。

"徐欣，赶紧去生存基地！别迟疑，马上去。"

随身带着意识感应器头盔，徐欣很快就收到了罗峰的通知，当即调用一架战斗机，直接飞向生存基地。

战斗机已经到了半空中，竟然硬被人拽到了地面。

"哗！"

舱门打开，徐欣看到外面有一群长相与地球人迥异的外星人。

"罗夫人，跟我们走一趟吧！"一名队员的辅助光脑发出电子音。

一名队员一把抓住徐欣的手，直接将其拖了出来。

"嗖！"队员们带着徐欣一道飞走了。

除了在抓罗峰的父母和孩子时出了点问题，在抓捕五大强国的领导人及徐欣、罗华的时候，都很顺利。

地球。

B基地市主要住着大涅槃时期之前的居民，还有部分居民是从别的国家迁移而来的。

B基地市，某庄园。

"戎至回来了！"

三个穿着黑色作战服的男子仰头看天，只见一支小队破空而来，迅速落地。

"戎至队长，人都抓到了吗？"

"当然！简直太轻松了。"

这三个男子都满意地点点头。

他们的飞船藏在丛林中，在地球的这段时间，他们可不想一直生活在丛林当中，所以就近选择了B基地市，并霸占了一座庄园，庄园原先的主人被他们杀了。

"把人都请过来。"陀雷武喝令一声。

"是，队长。"

五大强国领导人和徐欣、罗华都被押解到庄园的院子中。

陀雷武看着七人，脸上露出笑容："很荣幸见到各位。"

他嘴里说着宇宙通用语，辅助光脑自动翻译出地球人的语言。

在场的七人都不是一般人。地球上五大强国的领导人自不必说，徐欣是罗峰的妻子，经常使用虚拟宇宙网络，对于宇宙了解甚深。罗华虽然瘫痪了十多年，但是一直管理着庞大的资产，遇到这种事，自然很冷静。

"请问，你是谁？"A国总统第一个发问。

"我只是宇宙中的一支普通冒险小队的队长。"陀雷武微微一笑，"我想问问各位，当年地球遭遇金角巨兽攻击，各位没有忘记此事吧？"

七人都微微点头。

"很好，你们很配合。"陀雷武点点头，"那金角巨兽的尸身在哪里？"

七人眼中都闪过疑惑之色。

陀雷武见状，眉头一皱："戎至，你来催眠他们，对他们进行询问。记住，千万别损害那个女人和青年的记忆，待会儿我还要靠他们联系地球领主罗峰呢。"

"放心吧。"戎至微微一笑。

当即，无形念力迅速渗透徐欣等人的识海。

"队长，一个都不知道，就连罗峰的妻子也不知道。"

陀雷武等四名队长脸色大变。

他们在地球的目标就是找到金角巨兽的尸身。

"醒来！"戎至低喝一声。

七人顿时清醒，彼此相视一眼，表情微微变化。

"罗夫人，我要你马上进入虚拟宇宙，我会和你一起。"陀雷武沉声说道，"若你不答应，你应该知道，会死很多人。仁慈的你，一定不会拒绝吧！"

徐欣深吸一口气，点点头。

她没得选择！

面对轻易抓来五大强国领导人的宇宙冒险小队，她毫无反抗能力。

虚拟宇宙。

徐欣和陀雷武同时出现在街道上。

陀雷武带着徐欣迅速进入一家酒吧的包厢。

"联系罗峰。"陀雷武冷冷地道，"记住，按照我的吩咐行事。"

"好的。"徐欣只能向罗峰发出通信申请。

仅仅片刻，前方浮现屏幕，屏幕上出现了罗峰、洪、雷神三人。

"徐欣？"罗峰的脸上难得浮现一抹喜色，"你到达生存基地了？没事吧？"

"我没事。"徐欣连忙说道，"罗峰，刚才攻入我们家的那群人抓走了罗华弟弟，然后用罗华弟弟的电话打过来，逼问我金角巨兽尸身的下落。如果我不说，他们就杀了罗华弟弟。可我根本不知道金角巨兽尸身到底在哪里，怎么办？"

陀雷武站在包厢的角落，盯着徐欣。

按照他的计划，先让徐欣询问罗峰，徐欣是罗峰的妻子，罗峰肯定不会瞒着徐欣。如果不成的话，再用徐欣威胁罗峰，强行逼问金角巨兽尸身的下落。

"罗峰，快说，不然罗华弟弟就没命了。"徐欣急切地道。

"金角巨兽的尸身早就腐烂了。"罗峰说着，心中紧张起来。

他已经知道徐欣被抓住了。

刚刚徐欣已经暗示他了。平常徐欣和他提到罗华，都是直接说"你弟弟"或者是"罗华"，不会这么别扭地称呼"罗华弟弟"。刚刚她的一段话中出现了几次"罗华弟弟"，语调也很奇怪，显然出事了。而要靠着辅助光脑翻译的陀雷武根本意识不到。

"领主大人！"一道人影出现在徐欣旁边。

罗峰盯着屏幕上这个壮硕的男子。

"别像欺骗你的妻子一样欺骗我们！短短3年的时间，金角巨兽的尸身不可能腐烂。快说，金角巨兽的尸身在哪里？"陀雷武沉声说道，"如果你不说，你的弟弟和你的妻子，还有无数人会丧命。"

罗峰紧紧地盯着陀雷武："你是诺岚山家族的人？"

"诺岚山家族跟我们有什么关系，你在说笑吧！"陀雷武冷笑一声，而后喝道，"别废话，快说！"

"浑蛋！"罗峰表情复杂。

"我给你10秒钟，你不说的话，我就先杀了你弟弟。"陀雷武冷冷地道，"10、9……"

"别玩这些幼稚的游戏。"罗峰盯着陀雷武，"你不就是想知道金角巨兽尸身的下落吗？"

"痛快！"陀雷武笑了。

"我可以告诉你。不过，我无法百分百信你。"罗峰说道。

"我明白。"陀雷武点点头。

"我们一手交人，一手交金角巨兽尸身。"罗峰冷冷地道，"金角巨兽尸身其实根本不在地球上，而是在距离地球很远的行星上，所以任由你们在地球上怎么找，都找不到。"

陀雷武眼睛一亮，道："领主大人，我佩服你。你将金角巨兽尸身这种宝物藏得很好。"

"快告诉我，金角巨兽尸身在哪里？"陀雷武有些激动。

金角巨兽尸身极为珍贵，比整个诺岚山家族资产都值钱。

"哼！"罗峰冷笑一声，"我现在告诉你，你杀了我的家人怎么办？"

陀雷武脸色一沉。

"我会给你一个宇宙坐标，你将我的家人带到那里，而我也会安排人去见我的家人，确认他们活得好好的。到时候，你放人，我就告诉你金角巨兽尸身的下落。如果你不答应，那我绝对不会说出金角巨兽尸身的下落。而我想找到你们，解决你们，不是没有可能。"罗峰冷笑道。

陀雷武怪笑两声，道："罗峰领主果然爽快！好！按照你说的办！"

"行！"罗峰表情冷漠。

罗峰迅速和陀雷武达成一致意见，而后结束通信。

"兀剌。"片刻，罗峰联系奴隶商人。

"罗峰先生，你之前跟我说，一天内，要运送100个恒星级九阶奴隶前往白兰星进行交割。一天实在是太短了，我还得去银蓝帝国找。恒星级九阶奴隶很少，在银蓝帝国这种小地方，实在是没几个。"

　　"别废话，一天内，最多能找到几个恒星级九阶奴隶？我付全价。"罗峰低喝道。

　　"8个！一天内，我最多送8个恒星级九阶奴隶抵达白兰星，而且这些奴隶不限种群、性别等。"兀剌无奈地道，"罗峰先生，有必要这么急吗？一天时间真的太少了，要知道，将100个奴隶从虬龙星运到白兰星，最快都得10天呢。"

　　罗峰当然清楚。

　　让奴隶商人一天内运送100个恒星级九阶奴隶抵达白兰星，的确很难。毕竟，一天的时间，奴隶们飞行的距离是有限的。

　　"好的！那就8个！"罗峰说道。

第306章
杀戮场

和兀刺通完话，12小时后，罗峰三人抵达白兰星。

白雪飘飘，寒气逼人。

飞船降落在仓库基地内的城堡前。

"主人。"奴仆卫队在基地前恭敬等候。

"嗯。"罗峰点头。

他迅速冲出舱门，雷神和洪也一同下来。

"主人订购的金属早已经到了，都存放在仓库里。"奴仆卫队队长恭敬地道，"并且，奴隶商人的飞船抵达，押送来了3个奴隶。"

"哦。"罗峰微微点头。

他订购的金属是金角巨兽在恒星级期间需要吞噬的最佳金属组合，可以令其进化效率提高近90倍。之前，他一次订购的这种金属组合耗费了上百亿黑龙币，现在差不多没有了，金角巨兽的进化效率只达到之前的51倍。

奴隶卫队队长目送罗峰、洪、雷神三人进入城堡。

奴隶卫队队长有些惊讶。

过去主人经常面带笑容，这次怎么煞气这么重？

自从夺舍后，罗峰身上的煞气变得极重，只是，过去他和父母、妻儿、弟弟等人生活在一起，加上自己很克制，煞气变淡了许多。这次，他的妻子和弟弟被诺岚山家族的人掳走，令他很愤怒，煞气已然抑制不住了。

白兰星城堡顶楼。

抵达白兰星已经快9个小时，就在刚刚，最后5个恒星级九阶奴隶已经送到。

"老三，你一个人带着这些奴隶回地球，不需要我们一起去吗？"雷神瞪大了眼睛。

"大哥、二哥，这次战斗主要是靠恒星级九阶奴仆，我和你们根本插不上手。我之所以回去，是为了更加灵活地指挥他们。如果不是要指挥他们，我也没必要回去的。"罗峰解释道。

洪和雷神点点头。

这是恒星级九阶强者的对战，他们分别是行星级九阶强者和恒星级一阶强者，即便回去，也无异于送死。

"老三，一定要小心。"雷神叮嘱道。

"千万别逞能。"洪也叮嘱道。

罗峰微微点头："我知道，我先走了。"

自从知道妻子和弟弟被抓走，罗峰一直想要回地球救人，为了等8名恒星级九阶奴隶，这才待到现在。

城堡门口。

洪和雷神目送罗峰带着8名恒星级九阶奴隶进入飞船，消失在天际。

雷神深吸一口气，看向身侧的洪，道："大哥，你的心里不好受吧？"

"有点。"洪微微仰头，遥看飞船消失的方向。

"我也不好受。"雷神低叹一声，"过去，无论遇到什么样的危险，我们俩都能帮一把。可是，这一次，我们根本插不上手，这种无力的感觉真不好受。"

"的确不好受！"洪点点头。

几十年来，两人一直是地球上的超级强者。不论是大涅槃时期，还是和金角巨兽作战，他们为了守护地球，拼尽全力。这一次，诺岚山家族给地球带来劫难，他们却根本没法插手。

"我们的实力还是太弱了。"洪沉声道。

"是啊，我们的实力太弱了。"雷神点点头，"其实，不仅我们两个的实力弱，老三的实力也比较弱。和强大的诺岚山家族一比，简直相差十万八千里。"

洪摇摇头，沉声说道："去虚拟宇宙！"

"虚拟宇宙？"雷神一怔。

"虚拟宇宙聚集了宇宙中无数强者，我们得找一条适合我们修炼的快速路！"洪说道。

虚拟宇宙中。

洪和雷神坐在一家酒吧角落的桌子旁，洪通过智能光脑探察讯息。

"怎么样？"雷神问道。

"我找到了一个非常适合武者修炼的地方。"洪笑着说道，"不过，这个地方的价格很高，武者的实力不同，缴纳的费用也有所区别。"

"老三给了我们各5亿乾巫币，肯定够用。"雷神道。

"的确够用，5亿乾巫币可不是小数目。"洪点点头，"不过，随着我们实力增强，5亿乾巫币也会用光。"

"那到底是什么地方？"雷神追问。

"杀戮场！"洪缓缓地道。

武者若想尽快提升实力，埋头苦修是不行的，除非是蛮卡星人、金角巨兽此类天生血统强大，注定可以成为域主级强者和界主级强者的。事实上，蛮卡星人成为域主级强者后，他们也需要费尽心思去争取突破。

尽快提升实力，战斗才是最好的方法，最好是势均力敌的战斗，那种能够让人感觉到死亡威胁的战斗！

"大哥，我们实力提高得最快的时候，是大涅槃时期，因为大涅槃时期有各种各样的怪兽需要我们去对付。可是，随着我们的实力超越了那些怪兽，我们实力提升的速度就慢了。几十年的时间，才提升两三阶。"雷神道。

"嗯。"洪点点头。

不战斗的武者，还能称为武者吗？

洪和雷神找到了一条正确的路，战斗的确是提升实力的最佳办法。这也是大多数厉害的武者和精神念师都愿意加入宇宙佣兵联盟的原因，也是巨斧斗武场这种每场战斗必有一方死亡的可怕场所，却依旧受欢迎的原因。

……

"这就是杀戮场？"洪和雷神进入一个大厅。

这大厅非常宽阔，堪比一座城池，不过，里面的人并不多。

"真气派！"雷神忍不住赞叹。

"能不气派吗？这个地方的消费高得很，我的修为达到了行星级九阶，一天都要缴纳100万黑龙币或者700乾巫币，这可不是一般人能够承受得了的。"洪忍不住说道。

100万黑龙币，都能买下白兰星的一个大型仓库基地了。在这里，却只是一天的费用。

"可是，还是有很多人愿意来这里。这个杀戮场的宣传语真够吸引人的——想要什么样的敌人，可以自己要求。"雷神啧啧称奇。

"是啊，这也是我喜欢的。"洪点点头。

杀戮场是一个非常奢侈的战斗之地，付费者可以任意向虚拟宇宙系统提交自己的要求。洪是行星级九阶强者，境界是领域二重，他完全可以要求对手是行星级九阶、境界领域三重的强者，当然，他也可以要求对手是100个行星级九阶强者。

在现实中想找到这样的对手非常难，可是在虚拟宇宙中能够立刻实现。当然，虚拟宇宙和现实还是有区别的，否则巨斧斗武场不会那么受欢迎。

"秃鲁，这次捞着了吧？"

"还行。不过，我们小队死了三个人。没法子，几支小队一起发现了新世界，怎么可能不火拼？也不知道是哪个界主级强者创造的一方世界，里面的一些奇物我是没捞着，好歹弄到了1万方宇宙晶，也算是赚了。"

"1万方宇宙晶？那这个世界肯定没被挖掘过啊！"

三个男子从一旁走过，他们的左胸前都有勋章，勋章的图案是血色的浪涛上悬浮着一颗星球。

"宇宙一星佣兵。"

洪和雷神相视一眼。

佣兵勋章、巨斧勋章等都是受到虚拟宇宙认可的，虚拟宇宙的客户终端意识感应器、辅助光脑、智能光脑扫描使用者的身体时，会自动记录下来，使用者可以选择隐藏或者显示。

"刚才他们说的是什么世界？"雷神忍不住问道。

"我听到他们提到了界主级强者，我听说过界主级强者能创造一方世界。"洪摇摇头，"此事离我们还很遥远。走吧，进去战斗吧。"

"嗯！"雷神点点头。

自此，洪、雷神二人开始了在杀戮场战斗的日子。

杀戮场是宇宙中的强者经常来的地方，他们在现实中遇到某个敌人，完全可以先进入杀戮场，设定和敌人实力几乎相当的对手，然后与之对战。

当然，真实的和虚拟的终究会有一些区别，永远无法设定出和现实中的敌人一模一样的对手。

当洪和雷神在杀戮场经历一次次战斗时，罗峰的宇宙飞船经过8个小时的暗宇宙穿梭，终于抵达地球。

C国东部荒野区。

一个穿着血红色战衣，双眸隐隐有着红色火焰的男子站在那里，他的身后站着8人，矮的只有1.2米，高的却有4米多，有男有女，其中一个男子的头上顶着一个狮子头。

这就是罗峰购买的8个恒星级九阶奴隶。因为时间仓促，罗峰没有仔细挑选，所以这8个奴隶和上次买的奴隶区别很大，上次买的奴隶和地球人长得很像，不仔细看的话，根本分辨不出来。

"从现在起，你们和我之间的距离不得超过100米。"罗峰用宇宙通用语说道。

"是，主人！" 8名恒星级九阶奴仆恭敬地回道。

罗峰面无表情，双眸中犹如有火焰在燃烧。

"巴巴塔，接入全球卫星网络，通过全球各国的监控系统寻找诺岚山家族那群浑蛋的踪迹。"罗峰下令。

"是！"

第 307 章

救人

荒野区，罗峰和麾下的8名奴仆默默等待。

"罗峰，那群浑蛋应该屏蔽了信号，而且使用了隐身系统，各国的监控系统都找不到他们。"巴巴塔不爽地道，"咦？"

"怎么了？"罗峰问道。

"我发现有智能系统侵入了地球卫星网络。嘿嘿，还是个小家伙。"巴巴塔显得很兴奋，"哦，我查到了，这应该是个初等智能光脑，那初等智能光脑接入地球网络的端口的地理位置是B基地市。"

"B基地市？"罗峰咧嘴一笑。

一艘飞船出现在旁边，舱门自动开启。

"出发！"罗峰一声令下。

八大奴仆当即跟随罗峰进入飞船中。

罗峰乘坐的宇宙飞船很快就到了B基地市。和诺岚山家族的人一样，罗峰的飞船也可以屏蔽信号而且能够隐身。有巴巴塔在，罗峰的飞船可比诺岚山家族的更厉害。

B基地市。

陀雷武等人占据的庄园大概距离罗峰6万米，飞船悬浮在半空中。

"记住，所有人不得离我超过100米远。"罗峰看着八大奴仆，冷冷地道，

"此外，你们不得发出任何声音，明白吗？"

"明白。"八大奴仆恭敬地应道。

"很好！出发！"罗峰当即飞出舱门，8名奴仆在后面跟着。

9人迅速朝庄园的方向飞去。

恐怕这支精英小队的人都想不到，他们掌握的科技远超地球，最后被发现踪迹，竟然是因为他们的智能光脑侵入地球网络系统端口的位置被发现了。没办法，和巴巴塔一比，那智能光脑的能力差太多。

"就是前面那座庄园。"巴巴塔提醒。

罗峰和八大奴仆悬浮在半空之中，然而他们周围的光线极其诡异，以至于下方街道上和居民区里的人根本看不到他们。这种隐身系统是光学系统产生的视觉隐身效果。对于强者而言，只要距离近，完全能够感应到对方的气息。

"巴巴塔，探察到里面的情况了吗？"罗峰问道。

"我的探测仪器能够探察周围2万米的区域，你也不看看我的探测仪器是哪来的，这可是从陨墨星号飞船上拆下来的。"巴巴塔自信得很。

当年在雾岛，它就是靠着这个探测仪器探察每一个人的实力、潜力等，甚至能远距离探察那些人的脑域阔度。

陨墨星号飞船是呼延博的座驾，其探测仪器何等先进，仅仅是探察一群恒星级强者，实在太容易了。

"啧啧！他们竟然还布置了防御警戒系统。哈哈，对于我来说，那简直就是个笑话。15个恒星级九阶强者，19个恒星级八阶强者，26个恒星级七阶强者，诺岚山家族的人一共有60个。被抓的是五大强国的领导人，还有你的妻子徐欣和弟弟罗华。"巴巴塔轻松地探察到了一切。

只要是2万米范围内的事物，巴巴塔都能探察得清清楚楚。

"60个恒星级强者？"罗峰眉头微皱。

15个恒星级九阶强者，45个恒星级七八阶强者。罗峰不知道的是，其中一个分队有20人，他们乘坐飞船离开地球，去罗峰设定的坐标，寻找金角巨兽尸身去了。

"巴巴塔，将每个人所在的位置和整座庄园的结构图等全部给我。"

罗峰心里很清楚，救人绝对得小心，若是出一点岔子，那就后悔莫及了。

仅仅片刻——

"从现在起，我会通过你们的辅助光脑向你们发出指令。"罗峰的目光扫过八大奴仆，"务必小心。"

"明白，主人。"八大奴仆应道。

"出发！"罗峰通过巴巴塔给八大奴仆的辅助光脑发出了指令。

八大奴仆也不吭声，紧跟着罗峰一起飞向庄园。片刻后，他们来到院墙下。

"你们四个留守在院墙外，准备接应。"罗峰发出指令。

其中四人点点头。

"其他人跟我来。"罗峰再次发出指令。

罗峰等五人悄悄进入占地面积甚广的大庄园，幸好有巴巴塔的侦察探测仪器，使得这座庄园内任何人的位置都在罗峰的掌控之中。只是，罗峰依旧不敢大意，毕竟对方阵营实力最弱的都是恒星级七阶强者，他们非常警觉，仅仅心跳都能引起他们的注意。而对于罗峰来说，控制心跳，使得心跳暂时停止并非难事。一般的学徒级武者能控制心跳，使之越来越慢，行星级武者可使得心跳停止半个小时，更别说罗峰这个恒星级一阶的精神念师了。

"有人朝这边来了，1.1秒后估计会发现你们。"

"左侧52米处，有人下楼。"

"前方……"

得到巴巴塔一次次的提醒，罗峰等人无比小心。

庄园中的一栋建筑的三楼，其中一个房间外面有两名恒星级九阶武者。

房间内。

陀雷武盘膝静坐，进入了虚拟宇宙，向诺岚山禀报情况。

"族祖，诺岚卫戎至已经率领小分队前往目的地，估计15天后抵达。"陀雷武站得笔直，脸上有着激动之色。

他面前的屏幕上显示出了一道人影，正是整个诺岚山家族拥有最高权势的男人。

陀雷武既自豪又激动。

能跟家族创始人见面，这是何等的荣耀！须知，连诺岚山家族年轻一代的精英普拉也是因为这次的事情，第一次见到诺岚山。

"15天？"诺岚山嘴角微微勾起。

"很好，你现在是诺岚卫中的大队长吧？"诺岚山随意问道。

"是的，族祖。"陀雷武恭敬地道。

"事情做完后，你就升任统领之职。"诺岚山直接说道，"且授予家族一等勋章。"

诺岚卫是外人，所以一般地位最高的就是诺岚卫统领。当然，若修为达到宇宙级，卡罗帝国、银蓝帝国等都会抢着要。留在诺岚山家族，自然可以获得更高的地位，可与族长比肩。

陀雷武露出喜色，高声说道："是，族祖！"

"你看管地球上的人质时，要小心点，别出问题。"诺岚山提醒道。

"族祖，绝对不会出任何问题，我敢以性命担保！"陀雷武道。

诺岚山点点头。

"罗峰，前方150米处就是关押人质的地方。但你们现在无法靠近那里，那栋楼是整座庄园中居住武者最多的一栋楼。诺岚山家族小队60人，有32人都在那栋楼里，包括9个恒星级九阶强者。"巴巴塔道。

庄园很大，其他楼居住的人不算多。

在巴巴塔的提醒下，罗峰不断靠近。

"关押之地的看守者是两个恒星级九阶强者。"巴巴塔再次提醒，"其他人距离关押之地都要远一点。"

罗峰心念一动，摩云战甲迅速将脸部也覆盖住了。他之所以这样做，有两个理由：一是安全，二是不想让诺岚山家族的人知道救人的是他。

"你们都是恒星级九阶强者，在宇宙中的飞行速度能达到15万米/秒。而在地球上，虽然因为空气阻力较大，飞行速度慢了很多，但是飞行速度仍能达到5万米/秒，我现在要求你们以最快速度抵达150米处的房间外面。其中两人负责牵制守卫，另外两人负责救人。"

罗峰的指令传输到四人的辅助光脑上。

四大奴仆都点点头。

"那就……"罗峰看向前方那栋楼，眼睛微微眯起，"出发！"

"嗖——"四名恒星级九阶奴仆和罗峰疾速前行。

房间中。

徐欣、罗华和五大强国领导人分别坐在地上，地上仅仅铺了被子。

"看什么看！"一名守卫坐在椅子上，看着E国领导人，嗤笑道，"就你这样，竟然能当国家首脑！你们地球才这么大点地方，竟然有那么多国家，真是可笑！宇宙初等文明国度都是有好几个星系上百万颗生命星球的……"

话音刚落，房间墙壁猛地炸裂开来。

一个穿着战甲、顶着狮子头的大汉当先冲进来，瞬间就到了守卫的面前。

当两名守卫感觉到大汉身上的强烈气息时，其他三名奴仆距离他们不到10米了，随后大战起来。

罗华等人见状，都瞪大了眼睛。

"嗖！嗖！"两根藤蔓猛地卷住罗华他们，叶子将他们分别包裹住。

罗峰控制7根藤蔓分别包裹住被困的7人。当年，雾岛的摩云藤主干上的长藤就有不少，现如今已经成长到恒星级三阶的摩云藤主干上的长藤更多了。论生长速度，罗峰的这根摩云藤的确很快。

"抓住他们！"

"快！"

庄园内瞬间喧哗起来。

守卫发出的冲击波朝四面八方袭去，不但将整座庄园夷为平地，还将周围的居民区和街道摧毁了。

"抓住那个身穿血红色战衣的人！"陀雷武宛如闪电，冲天而起。

他一眼就看到远处那血红色战衣男子的身体发出7根藤蔓，藤蔓包裹住了被困的7人。

"不用送了！"身穿血红色战衣的男子潇洒地摆摆手。

一艘宇宙飞船倏地飞来，舱门早就开启了，身穿血红色战衣的男子拖着7人迅速冲进舱内。

"嗖！"宇宙飞船瞬间消失不见了。

论速度，宇宙飞船可比恒星级九阶强者快得多。

"引他们去海域，这是坐标位置。"

同一刻，罗峰给八大奴仆的辅助光脑发出了指令。

第 308 章

金角巨兽重现

宇宙飞船中，五大强国的领导人呼吸急促，刚才他们被藤蔓包裹，现在还没反应过来到底发生了什么。

摩云战衣迅速收缩，露出了罗峰的脸。

"罗峰！"

"罗先生！"

五大强国的领导人都惊讶地看着眼前的人，随即露出狂喜之色。

旁边的徐欣、罗华也激动不已，徐欣更是直接扑到罗峰怀里，紧紧地抱住罗峰："我好怕，我怕以后再也见不到你，见不到平平和小海……"

"没事了，老婆。"罗峰轻声安抚。

他和徐欣抱了好一会儿，才松开她。

"各位，"罗峰看向其他人，"我还有事，各位暂时待在宇宙飞船内，这里是非常安全的。"

"哥，小心点。"罗华叮嘱道。

罗峰笑笑，然后轻轻捏了捏徐欣的脸，而后迅速飞出舱室。

海洋上空。

罗峰仰头看着宇宙飞船消失在天边。

"大战即将来临！诺岚山家族的这群浑蛋，真当地球是他们家的后花园，随便玩。"

罗峰冷冷一笑，直接俯冲向下方的海域，扑通一声，溅起雪白的浪花，进入了海底。

他的体内世界中，大陆依旧被金色雾气笼罩，原先一直盘踞在金属大陆中的金角巨兽突然消失了，与此同时，一个男子出现在其中。

正是罗峰。

按理说，不管是金属还是人类，一旦进入这里，都会被直接分解。当初，金角巨兽就是如此吞噬地球上那些战争基地的，这种分解之力就是体内世界本源的力量。

当罗峰出现时，这股力量却仿佛发现了自己的孩子一样，绕开罗峰而过，没有伤害罗峰丝毫。

"罗峰，待会儿你尽管对付那些浑蛋！我当初制造的附属智能融入那艘飞船，已经连接地球卫星网络，拍摄到这片海域的视频全部会被剪辑掉。放心，不会有人发现。"巴巴塔道。

愤怒的诺岚山家族精英小队一直追逐着罗峰的那8名恒星级九阶奴仆，他们的速度实在太快了，几分钟的时间，就赶到了罗峰潜伏的那片海域。

海水微微荡漾，太阳光无比耀眼。

"浑蛋！"陀雷武心中咆哮。

不久之前，他还信誓旦旦地在族祖面前，以性命保证绝对不会出任何问题。可是，一转眼，人质全部被救走了，他怎能不怒？

他们一路追杀，成功击杀了对方的一个恒星级九阶强者，己方损失了一个恒星级八阶强者。

"你们一个都跑不掉！"陀雷武双眸泛红。

此时，15个恒星级九阶强者追杀7个恒星级九阶强者。小队中恒星级九阶强者都飞在前面，18个恒星级八阶强者的速度明显慢得多，26个恒星级七阶强者的速度更慢，都落在了后面。

就在那18个恒星级八阶强者飞过海洋上空的时候，原本平静的海域忽然波涛汹涌，仿佛海底有什么巨大的黑色怪物在缓缓上升，渐渐地，露出了宛如山脉的背脊。

"快看！"

"那是什么？"

这些恒星级强者是何等警觉，听到如此大的动静，他们怎么可能发现不了？

"我怎么感觉那怪物很像资料上描述的那头金角巨兽？"一名队员仔细地观察着。

"的确很像，那怪物背部的黑色鳞甲上也有金色斑纹。"

"快看！它的头要冒出来了。"

就在这时，落在后面的26个恒星级七阶强者都赶上来了。

诺岚山家族精英小队的成员悬浮在半空中，俯视下方。

浪涛汹涌的海域中，一个巨大的头冒了出来。

那个怪物巨大无比。

这些精英小队成员是从宇宙中来的，个个见识广博，此时都很冷静。

"哗啦！"

巨大怪兽终于破水而出，身上的鳞甲在太阳的照射下，闪烁着耀眼的彩光。

那巨大头颅最显眼的就是两根黑色尖角，黑色尖角上都有着密集的金色纹路，一双巨大的暗金色眸子极具威慑力。

"金角巨兽！"一名队员激动地尖叫起来。

"真的是金角巨兽！"

"是它！就是它！"

诺岚山家族精英小队的成员们没有丝毫恐惧，反而激动地大喊起来。

"快通知队长！"

"太好了，金角巨兽竟然还活着！"

飞在最前面的陀雷武等人此时还在追赶那些奴仆。

"他们跑得真快！"陀雷武恨得牙痒痒。

除了一开始混战的时候杀了一人外，现在根本追杀不到他们，对方一心想逃，陀雷武他们想追杀是很难的。

陀雷武一想到自己在族祖面前保证过，现在却弄成这样，不由得更加愤怒。

"嘟！嘟！"他手臂上的智能光脑振动起来。

"队长，队长，是金角巨兽，活的金角巨兽！"一道激动的声音传来，同时，智能光脑屏幕上出现了金角巨兽从海底缓缓冒出的场景。

"天哪！"陀雷武眼珠瞪得滚圆。

在星空巨兽中，金角巨兽拥有最强的血统，一旦成长起来，能达到界主级九阶的巅峰，是能成为堪称不朽级的强者。这可是近乎灭绝的星空巨兽，比不朽级强者都罕见。

"这就是金角巨兽，果然名不虚传，还只是头幼兽，竟然就已如此庞大！"陀雷武忍不住赞叹。

传说中，达到巅峰境界的金角巨兽才是真正的庞然大物，只要甩甩尾巴，就能破坏一颗星球，全力出击的话，能直接摧毁一颗星球。

"快！抓住它！"陀雷武怒喝一声。

"所有人别追了，快，跟我来。"陀雷武当即通过智能光脑给其他14名队员传了视频，并下达命令。

那些恒星级强者都很疑惑，但看到视频后，个个都嗷嗷直叫，当即掉头飞去。

金角巨兽何等重要。顿时，陀雷武等人没有再追杀那7人了。

海洋上空。

"抓住它！"

"抓活的！"

陀雷武等人都蠢蠢欲动。

缓缓冒出来的金角巨兽抬头看向俯冲得最快的一群恒星级八阶强者，眸子中掠过一丝杀意。

"呼！"

它那有着鳞甲的尾巴以惊人的速度划过长空，直接击中9个恒星级八阶强者，其中5人当场丧命，其他4人则身受重伤。

"别硬碰硬，靠技巧。"

"它的身体庞大，在小空间内移动没有人类灵活。"

其他队员吓出了一身冷汗，当即改变攻击方式，飞行轨迹变得不可捉摸。

这的确是金角巨兽的一个弱点。当初，洪和雷神大战金角巨兽，一开始就是靠体形小容易迅速变向，从而进行对战的。可是，作为拥有最强血统的星空巨兽，金角巨兽也有能弥补弱点的地方，那就是全身皆如兵器。

"呼啦！"

金角巨兽的速度飙升，巨大的翅膀猛地挥动，翅膀边缘的鳞甲宛若锋利的尖刀。

"啊！它翅膀上的鳞甲防御力太……"一名队员凄厉地叫道，而后便没了气息。

"快逃！"

"它太强……"

金角巨兽的鳞甲尾巴猛地抽动，瞬间扫过3名队员，直接将他们活活抽死。

对付十几个恒星级九阶强者有些麻烦，可是对付恒星级七八阶强者，对于已经达到恒星级七阶的金角巨兽而言，简直易如反掌。

仅仅片刻——

18个恒星级八阶强者全部被它解决了。

"逃！"

"逃啊！"

"快逃啊！"

恒星级七阶强者们顿时慌乱逃窜。

这时，金角巨兽暴怒。它张开了血盆大口，一股无形的力量瞬间笼罩住周围的空间，完全包裹住那群恒星级七阶强者，顿时只见这些恒星级七阶强者的身体迅速缩小，同时朝金角巨兽的嘴巴飞去。

越靠近金角巨兽，他们的身体越小，直至变成小不点，消失在宛如黑洞的金角巨兽的嘴巴中。

金角巨兽使出了三大天赋秘法之———吞噬！

吞噬秘法乃金角巨兽的修炼天赋，可将大量金属吞噬进体内世界，且有群攻效果，它还可以直接吞噬比自己弱的生命。

金角巨兽似乎打了个饱嗝，看到远处有十余道流光迅速飞来时，直接钻入海中。

第309章

金角巨兽的实力

"金角巨兽！"

"哈哈，活的金角巨兽。"

"这真是太惊人了！"

陀雷武、阿尔曼、阿布罗特这三位队长激动地大叫起来。

其他队员也兴奋不已。

他们很清楚诺岚山家族的规矩——功劳越大，奖励自然越大。如果他们此次能抓住活的金角巨兽，得到的奖励肯定很丰厚。

"不对。"陀雷武突然停了下来。

"阿尔曼、阿布罗特，你们先带人去追金角巨兽，我等会儿就追上你们。"陀雷武下令道。

"好的！"

阿尔曼、阿布罗特二人答应一声，就带着其他人迅速消失在天边。

陀雷武则悬浮在半空中，其意识瞬间进入虚拟宇宙网络，给他的直属上司发了一封邮件，邮件中只有一句话——普拉大人，金角巨兽并没有死，它在地球上出现了，这是其他队员拍摄的它冒出海面的视频。

而后，他将那个视频也发了过去。做完这一切，他当即退出虚拟宇宙。

"扑通！"

陀雷武坠入海中，溅起雪白的浪花。因为之前肉身处于无意识的状态，自然开始直线下坠。

"我总算将这个消息告知家族了，接下来……"陀雷武从海中跃出，舔了一下嘴唇，一双眸子泛着绿光，"该我立功了！"

"活捉金角巨兽，哈哈！"陀雷武化作一道流光，以惊人的速度追了过去。

仅仅片刻，陀雷武就看到前面海洋上空有一群穿着战衣、长相各异的诺岚卫。

"怎么回事？"陀雷武喝问道，"怎么不追？"

"队长，"阿尔曼和阿布罗特转身看过来，"那金角巨兽就藏在海底，队长，你闻到血腥气了吗？"

"血腥气？"陀雷武嗅了嗅。

他是恒星级九阶强者，听力和嗅觉都比常人强得多。他当即一闻，便闻到了一股浓烈的血腥气。

"我们刚才联系了其他队员，没一个有回音。"

"是的！根本没有回音。"

"所有的恒星级七八阶队员都是这样。"

阿尔曼和阿布罗特神色凝重，郑重地说道。

陀雷武心中一惊！

其他队员全部没有回音，这太奇怪了。要知道，双方分开也就仅仅几分钟，难道他们全部丧命了？陀雷武在8000诺岚卫中，实力能排进前10，假若他一个人要杀那些实力弱的队员，也是能做到的，可是需要足够多的时间。

"金角巨兽这么厉害？"陀雷武眉头紧皱，低头俯瞰下方的海面。

以他的视力，的确能够看到海底的那一抹庞大的黑影。

"嘀！"陀雷武手腕上的智能光脑响起提示声，"远距离测试。"

"主人，下方的星空巨兽修为达到了恒星级七阶！"智能光脑再次响起提示声。

"恒星级七阶？！"

半空中的诺岚卫彼此相视一眼，低声议论起来。

金角巨兽盘踞在海底，它的身长700多米，那条鳞甲长尾接近身体的长度。

是的！此时的它修为达到了恒星级七阶！

罗峰第一次离开地球去虬龙星时，金角巨兽的修为还只达到恒星级四阶，按照其正常的修炼速度……

恒星级前三阶，一年半的时间就能搞定。

恒星级四阶、五阶、六阶，每突破一层就需要2年。

恒星级七阶、八阶、九阶，每突破一层就需要12年。

恒星级九阶突破到宇宙级一阶，竟需要50多年。

当初罗峰卖掉弧刀盘，而后花费上百亿黑龙币，购买了大量金属组合，可以使金角巨兽的进化速度提高51倍。那次归来后，罗峰在地球上修炼了一个多月，宇宙冒险者来了。3个月后，诺岚山家族舰队来了，却慑于《帝国法》又离开了，仅仅留下一支精英小队，以星盗的名义悄悄办事。又过了六七天，罗峰才和诺岚山家族留在地球的精英小队对战。

也就是说，金角巨兽用那金属组合修炼了差不多四个半月的时间，堪比正常进化了19年。

恒星级四阶到六阶，需要4年；六阶到七阶，需要12年，所以金角巨兽现在已经拥有恒星级七阶的实力。若是再过两三个月，金角巨兽的修为就能达到恒星级八阶了。

恒星级七阶的金角巨兽到底有多强？

要知道，一些受到特别教导，拥有厉害的念力兵器的精英，就能越两三阶进行战斗。当初罗峰就能轻易越三四阶进行战斗，当然，主要是因为地球的强者都没有进行过系统修炼，也没有什么好兵器，被罗峰超越也不奇怪。

在浩瀚的宇宙中，大势力培养出来的精英越两三阶进行战斗是很正常的。

在同级别同阶的情况下，金角巨兽号称无敌。只有极小的概率，与之同级别同阶的强者能战胜金角巨兽，这堪称绝世天才。

当初金角巨兽的修为只达到恒星级一阶，并且洪和雷神还都拥有领域，号称行星级无敌强者。

一开始他们燃烧了灵魂，却连金角巨兽的鳞甲都攻不破。最后，达到了领域二重的洪发出最强绝招才破开的。并不是恒星级一阶的实力有这么强，而是金角巨兽太厉害。

　　当初罗峰燃烧灵魂，用陨墨星一脉的秘法攻击身受重伤的金角巨兽，却根本无法攻破金角巨兽的灵魂防御。最后，还是将老师给他留下的传承魂印燃烧并使之化为极强的攻击，才破开金角巨兽的灵魂防御。

　　宇宙中的天才，就有一些恒星级七阶强者能越阶击杀恒星级九阶强者，但面对恒星级七阶的金角巨兽却毫无抵抗力。

　　恒星级七阶的金角巨兽可以使用吞噬天赋秘法，直接吞噬恒星级七阶的强者，击杀恒星级八阶强者也很容易。对恒星级九阶的强者，虽然也能占上风，击杀一两个，可若面对一群恒星级九阶强者，还是很麻烦的。更重要的是，一群恒星级九阶强者中一定有实力超群的。

　　比如陀雷武，一个人就抵得上10个恒星级九阶强者。虽然同级别同阶，但是战斗力有区别。

　　所以，金角巨兽才会潜藏在海里，这样一来，它的实力不受影响，那群诺岚卫却会受到很大影响。

　　海洋上空。

　　"听我命令！三支小队从三个方向一同攻击金角巨兽！我就不信了，区区恒星级七阶的金角巨兽，我们十五名诺岚卫还拿不下它。"陀雷武的眸中闪过一丝杀意。

　　"活捉金角巨兽！"阿尔曼咆哮道。

　　"对，活捉它！"阿布罗特也大声喊道。

　　"攻击！"陀雷武洪亮的声音响起。

　　"嗖——"三支小队化作三道流光，直接冲入海中。

　　"嗷——"金角巨兽不断地发出吼叫声，抬起头，暗金色眸子盯着冲向海底的三支队伍。

"轰！"它那巨大的鳞甲尾巴仿佛一条大蟒蛇猛地穿透海水，直接扫向其中一支精英分队。

"进攻！"

这支精英分队的队长阿尔曼大吼一声，顿时，一件件普通的原能兵器发出耀眼的光芒，光芒直接袭向金角巨兽的鳞甲尾巴。

阿尔曼使用的是一件一阶原能兵器。诺岚卫配备的是原能兵器和念力兵器，不过，个人的战斗力不同，所用的兵器等级也不同。一般的诺岚卫使用的是普通的原能兵器，很便宜。而厉害一点的诺岚卫，如阿尔曼、阿布罗特，使用的是一阶原能兵器，对战斗力有附加效果。至于陀雷武那种精英，使用的是最能发挥出他们恒星级战斗力的二阶原能念力或兵器。

"轰——"金角巨兽的鳞甲尾巴和其中两件原能兵器碰撞，而后迅速消失。

"手都麻了！真带劲！"阿尔曼得意地大喊一声。

主持大局的陀雷武见状，不由得笑了。

虽然对手是名气极大的金角巨兽，但是它的修为比他们低两阶，而且己方有三支分别由五个强者组成的小队，联手攻击，这样再拿不住，那就太可笑了。

"围攻！"陀雷武下令。

"好的！"阿尔曼兴奋不已。

"杀！"阿布罗特双眸发亮。

"轰——"

一时间宛如天崩地裂，三支诺岚卫分队不断对金角巨兽进行围攻。

金角巨兽的确很厉害，可是在配合默契、受过诺岚山家族严格训练的15名诺岚卫的联手攻击下，此时完全处于劣势。

"嗷——"高亢的兽吼声响起。

只见金角巨兽头上的黑色尖角上密集的金色斑纹陡然亮起，耀眼无比，而后金色流光沿着金色斑纹传到蹄爪、尾巴、双翅上。

它使出了三大天赋秘法——强化。

"大家伙玩命了。"阿尔曼连忙喊道。

"别杀它，要活捉！"陀雷武大声喊道。

"轰隆隆——"金角巨兽巨大的蹄爪猛地一踩。

阿布罗特等五名队员当即使用自己的兵器抵挡。

金角巨兽的蹄爪狠狠踩在其中三件原能兵器上，其庞大的身体一个踉跄，下一瞬，阿布罗特等五名队员直接被迫分散开来，其中两名队员喷出一口血。

"它怎么一下子变得这么强？"

"这未免太厉害了吧！"

阿尔曼和阿布罗特都瞪大了眼睛。

金角巨兽的修为比他们低两阶，竟然能击败5个恒星级九阶强者！

第 310 章

金角巨兽的最强绝招

"轰隆——"

强化后的金角巨兽实力明显大增，蹄爪踩踏、尾巴抽打、翅膀扑击，威力比之前大得多。

三支精英小队再也没有刚开始那种游刃有余的感觉，而是很吃力，双方现在处于一种势均力敌的局势。

"队长！"阿尔曼和阿布罗特靠原力进行传音。

原力传音的原理非常简单，就是让原力起到电话线的作用，让声音迅速传播到其他人的耳边，这是宇宙中的武者们常用的一种小技巧。拥有念力和原力的精神念师和武者自然拥有一些不同于普通人类的技巧，原力传音就是其中之一。

"开始吧！"陀雷武的双眸中涌现出一丝兴奋之色。

那强劲的恒星之力贯穿他的全身，而后融入他双手上的战斧之中。

"明白！"阿尔曼和阿布罗特很兴奋。

他们要使出最强绝招了！

15名诺岚卫很难再发出威力极大的集体攻击，而陀雷武、阿尔曼、阿布罗特三人能联手施展出最强攻击，发挥出最佳效果。具体以阿布罗特、阿尔曼为辅助，陀雷武为主力，施展出最强的一击。

三道耀眼的流光宛如一体，而后，一柄金色战斧直接劈向金角巨兽。

"嗷——"金角巨兽根本没有躲闪，它那粗壮有力的蹄爪直接踩踏而来。

而陀雷武等人似乎根本不屑于攻击其他地方，又或者他们担心会杀了金角巨兽，所以才选择硬碰硬。

金色巨斧和蹄爪撞击在一起。

"嗷——"金角巨兽痛苦的叫声响起。

它的蹄爪上的鳞片碎裂，蹄爪底部的肉垫出现了巨大的伤口，几乎整个蹄爪被劈成了两半。

"这家伙的鳞甲防御力很强啊！"

"我们再给它来几下。打伤它，然后再活捉。"

"哈哈！这个主意好！动手！"

陀雷武等三名队长兴奋得很。

远处的12名诺岚卫则悬浮在海洋上空，默默观战。

而受伤的金角巨兽双眸中掠过一丝杀意，它的嘴巴再度张开，只见一个被原力包裹的物体飞了出来，那是残缺的刀刃？

不，那是罗峰的最强兵器——赤混铜母残片。

此时金角巨兽正处于天赋强化状态中，无论是速度，还是其他方面，甚至是灵魂攻击力，都飙升了一个层次。

强化的金角巨兽配合赤混铜母残片，威力到底有多大呢？

"嗖——"赤混铜母残片仿佛一道流光，瞬间袭向陀雷武等三名队长。

"那是——"陀雷武的眼睛瞪得滚圆。

那一道流光已经到了他的眼前，瞬间要了他的命，随即袭向旁边的两位队长，他们也立即没了气息。

看到这一幕，远处的12名诺岚卫惊呆了。

"天哪！"

"不可能！"

"快逃！"

其中一名诺岚卫转头就逃，其他诺岚卫顿时回过神来，毫不犹豫四散逃跑。

"嗖——"一抹血红色流光比诺岚卫的速度快得多，瞬间就击毙了12名诺岚卫。

金角巨兽冷冷扫视了一眼尸身，它的蹄爪上的伤口正在迅速痊愈。

"呼！"金角巨兽倏地消失了。

一个穿着血红色战衣的黑发男子出现了。

"此次试验还算成功。如此，金角巨兽的实力到底如何，我心中也算是有底了。处于天赋强化状态下的金角巨兽，配合最强兵器赤混铜母残片，威力果然极大。"罗峰心中暗道。

而后，他用意念吩咐道："巴巴塔，回头你将赤混铜母残片伪装一下，至少让别人认不出这是赤混铜母残片。"

虚拟宇宙。

普拉正恭敬地站在屏幕前，屏幕上显示出了诺岚山家族的三位族长。

此刻，诺岚山显得很兴奋："活的？那头金角巨兽幼兽竟然还活着？你确定吗？"

"我确定。这是陀雷武等人刚刚拍摄的视频，族祖请看。"普拉高声回道。

他当即点开视频。

"嗯？"诺岚山与其他两位族长都盯着视频看。

"是的，的确是金角巨兽，看那两个尖角的长度，其修为应该达到了恒星级七阶。"诺岚山点点头，"区区恒星级七阶的金角巨兽，15名诺岚卫联手的话，绝对能占上风。"

"族祖，"德温·诺岚山忍不住道，"诺岚卫应该能够将金角巨兽给活捉吧？"

"的确有可能。"诺岚山点点头。

"我若是得到金角巨兽，凭借'巨斧武者'的称号，我可以通过巨斧斗武场卖掉金角巨兽，获得极大的好处。"诺岚山已经想好将来要怎么处理金角巨兽了。

对于一般人来说，这绝对是烫手山芋，就连宇宙级强者都很难处理金角巨兽。而诺岚山却有很安全的售卖金角巨兽的渠道。

"马上联系地球上的各名队员，我要亲自询问他们金角巨兽的情况。"诺岚山下令。

"是，族祖。"普拉恭敬地道，"我现在就联系他们，一旦战斗结束，他们会立即进入虚拟宇宙。"

普拉当即联系地球上的队员。

"嘀——"

"怎么没人回应？即便和金角巨兽大战，那些恒星级七八阶强者没必要参战吧！"普拉心中疑惑。

"安静！"诺岚山低喝一声。

时间一分一秒过去。

三位族长和普拉都焦急地等待着，5分钟，10分钟，15分钟……

诺岚山的脸色突然大变，从一开始强忍激动，到眉头紧锁，到后来脸色难看，再后来脸色铁青，到最后面无表情。

"别再连线了，死了，他们都死了。"诺岚山冷冷地道。

"唰！"诺岚山消失在屏幕上，显然是离开了虚拟宇宙。

两位族长和普拉的脸色都难看得很。

"族祖说得没错，那些人迟迟没有回应，只有一个可能，那就是他们都丧命了。"普拉心想。

首先普拉发出通话申请，那些人根本不敢不接。其次，就算是要活捉金角巨兽，那些恒星级七八阶强者也根本没必要参战，可那些人都没有回应，说明都没命了。至于那群恒星级九阶的诺岚卫，就算正在战斗，强者的战斗时间都很短，这么长的时间，没有一个人回应，显然……

此次计划彻底失败了！

浩瀚的黑龙山帝国星域有五百多个属国，其中有一个极为强大的属国，名为卡罗帝国。卡罗帝国占据26个星系。须知，很多弱小的宇宙初等文明国度仅仅有两个星系，银蓝帝国算是其中比较强大的。

卡罗帝国境内有一颗名气极大的星球——冰岚星球。

冰岚星球正是诺岚山家族的老巢，2000多名诺岚卫和3万冰岚卫都聚集在这里。冰岚卫队的入选条件是修为必须达到恒星级，也就是说，这个星球上单单恒星级强者就有好几万。

这股势力实在是太可怕了。

诺岚山家族之所以是卡罗帝国的第三家族，不单单是靠着诺岚山一个人。诺岚山实力再强，毕竟只是一个人，主要靠的还是其麾下由恒星级强者组成的大批军队，其极强的势力威慑周围数万颗星球，在本星系中，诺岚山家族一家独大。

"呼呼——"寒风呼啸。

冰岚星球极其寒冷，其中荒无人烟的极北区域中有一条黑色的山脉，这里的温度更是低到了惊人的程度。

"嗖！嗖！"两道人影疾速飞向黑色山脉。

其中一个双耳尖尖，正是诺岚山家族的人，另外一个则穿着黑色袍子，额头上长着一根弯曲的纤细小角。

两人直接飞到黑色山脉的一处洞穴中。

洞穴深处。

穿着深绿色战衣，全身弥漫着寒气的男子盘膝静坐在黑色岩石上。

"族祖！"

"老师！"

两人恭敬行礼。

"德温、百卡罗，"诺岚山睁开眼睛，扫了两人一眼，目光变得柔和了一些，"事情你们都知道了，你们此次的目的地就是地球。抵达地球后，你们的第一目标是那艘机械族宇宙飞船，至于能不能拿下金角巨兽，要看运气了。"

"族祖，我们还是有希望抓住金角巨兽的。"德温·诺岚山道。

"不。"诺岚山微微摇头，"金角巨兽智慧很高，很狡诈，它经历这次危机后，十有八九会离开地球，去宇宙中闯荡。两年多后，你们才能抵达地球，到时没有任何目标，怎么去找它？"

想要在宇宙中寻找金角巨兽，这是极难的。

两人都沉默了。

"去吧！将机械族宇宙飞船带回来！"诺岚山说道。

"是，族祖！"

"是，老师！"

两个宇宙级强者恭敬应命。

虚拟宇宙。

罗峰坐在一家嘈杂的酒吧中。

"罗峰，我已经下单，订购了一大批星球防御装备、警戒的卫星等。到时候会在太阳系内建立一套非常严密的防御系统，那些宇宙飞船如果再出现在太阳系，绝对能第一时间发现。"

听了巴巴塔的话，罗峰很满意。

此次劫难算是渡过了。

他从之前被当作人质的徐欣等人那里得知，诺岚山家族留下的精英小队一共有60人，其中有四名队长。其中一支分队循着罗峰所说的坐标去了宇宙，另外三支分队被罗峰给灭了。剩下的这一支分队，罗峰可没把它放在眼里，不过，也不能大意。

罗峰要购买一整套星球防御系统，这玩意儿是非常费钱的。一般星球最多配备低规格的星球防御系统，而罗峰选择的是高规格的。

到时候，这套星球防御系统会遍布太阳系，整个太阳系都完全处于监控中。这可是黑龙山帝国一等一的防御系统，到时候那些飞船根本隐藏不了，全部会显形。

"还有，我希望那虫洞周围也能设置警戒监察系统，一旦有飞船通过虫洞，我要第一时间知道。诺岚山家族的人估计不会死心。"罗峰道。

"放心，我早就考虑到了。"巴巴塔回道。

一切准备妥当。等星球防御系统布置好，地球暂时没有危险，罗峰也就能安心了。诺岚山家族就算真的再次派人来到地球，那也是两年零八个月之后的事了。

"老三。"

"老三。"

洪和雷神都进入了酒吧，直接朝罗峰走来。

两人得到罗峰的通知，知道地球的危险已经解除。

他们当即赶到罗峰约定的地点见面。

"嗯？"罗峰一看，大吃一惊。

这两位大哥感觉和过去有些不同。

"你们去哪儿了？我感觉你们和过去不太一样了。"罗峰有些疑惑。

"哈哈！我没说错吧，老三的感觉很灵敏，一定能察觉到。"雷神笑道。

"到底发生了什么事？"罗峰好奇地看着两人。

"你没猜错，我们去了一个很特殊的地方。"洪也笑了。

"什么地方？"罗峰问道。

洪和雷神相视一眼。

"别卖关子了。"罗峰忍不住道。

洪缓缓地道："杀……戮……场！"

罗峰皱起眉头，喃喃自语："杀戮场？"

第311章

曼落

"杀戮场是什么地方？"罗峰追问道。

"好地方。"雷神故作神秘。

"你若是去一次，也会喜欢上那里的。"洪继续卖关子。

忽然，一道清脆的声音响起。

"杀戮场是供武者、精神念师使用的特殊训练场，在那里，你想要什么样的对手，就有什么样的对手。无论是群战、一对一，还是和界主级强者对战，杀戮场都能够满足你。当然，那里每天的费用也很高。"

罗峰、洪、雷神一扭头，只见刚才说话的是罗峰肩膀上的巴巴塔。

"罗峰，"巴巴塔的声音在罗峰的脑海中响起，"去杀戮场在我培训你的计划中。本来你得到老师留给你的银行账号后，我就准备让你去杀戮场训练。不过，先前你忙着对付诺岚山家族的舰队，没时间去杀戮场。现在去吧，那地方的确很不错。"

连巴巴塔都这么说了，那地方铁定不错。

"走，现在去看看。"罗峰顿时充满期待。

"我就知道老三等不及了。"雷神一口喝光饮料。

三人结账后，离开了这家酒吧。

虚拟宇宙中的黑龙山岛屿无比广阔，所以，岛内设置了传送通道。根据传送距离的不同，传送费用也不一样。岛内的传送费用不高，而如果想要从黑龙山岛屿前往乾巫大陆，传送费用高得惊人。

黑龙山岛屿，杀戮场。

"哇！"

大厅极其广阔，一眼看不到尽头，大厅内的人虽然看上去稀稀拉拉，但因为大厅有一座城池般大小，估计有上万人。

"在杀戮场，消费很高，比如我，一天就要花费100万黑龙币，或者700乾巫币。"洪低声说道。

"这么贵！"罗峰吓了一跳。

要知道，白兰星等普通星球的首富资产也就1亿黑龙币左右。也就是说，那些星球的首富根本没能力供自己的孩子在杀戮场长时间训练，毕竟在杀戮场，1亿黑龙币也就够用100天。难怪这里的人流量不是很大。

"老三，你是恒星级一阶强者，想要在这里训练，一天的费用要更高一点。"洪低声道。

"没错！在这里训练，精神念师需支付的费用比武者更高。"旁边的雷神说道，"我在这里训练一天就需要花费200万黑龙币。而你是精神念师，我算了一下，一天需要花费500万黑龙币，或者3500乾巫币。"

"太黑了。"罗峰完全被吓住了。

"实力越强，在这里的消费就越高。"雷神低声说道，"如果是界主级强者来这里训练，一天需要花费的黑龙币极多，对我们而言就是一个天文数字。"

"罗峰，这不算什么！"巴巴塔的声音在罗峰脑海中响起，"杀戮场能够提供你想要对战的任何对手，你可以在这里施展空间秘法、使用念力兵器等，这样好的训练环境，花费再多黑龙币也是值得的。这是宇宙中一些家族、门派、组织、帝国等势力培养精英的好地方。"

罗峰微微点头。

"去办理银行账户绑定业务。"雷神说道，"这样一来，消费时可以直接从银行账户扣钱。"

"明白，去哪里办理？"罗峰问道。

"跟我来。"

在洪和雷神的带领下，罗峰去柜台办理了银行账户绑定业务。

大厅的尽头是一条条廊道。

"每进入一条廊道，就会直接进入一个属于你的杀戮空间。"雷神低声说道，"想要什么样的对手，尽管选择。"

"我们就不陪你进去了。"洪道。

罗峰点点头。

说话间，罗峰看到不少人沿着廊道步入深处，其中有不少宇宙佣兵，甚至还有一个宇宙二星佣兵。在黑龙山岛屿上平常难得看到高手，但在这个杀戮场，高手随处可见。

"罗峰，你看那边的老头。"雷神低声说道。

"嗯？"罗峰转头看去。

只见一个额头上满是皱纹的绿皮肤老者正眯着眼，坐在椅子上，悠闲得很。以地球人的眼光，老者的长相不堪入目，却有一种让人心中宁静的奇异感觉。

"他叫曼落，是杀戮场在黑龙山岛屿分部的总负责人。我们之前看到一场好戏，曼落狠狠地训斥了两个宇宙佣兵，可那两个宇宙佣兵根本不敢顶嘴。"雷神道。

"哦？"罗峰很惊讶。

在虚拟宇宙中，就算你是不朽级强者，也杀不了人，毕竟这里只是虚拟的世界。所以，就算是大人物，也得遵守规矩。这老者能令两个宇宙佣兵不敢顶嘴，的确很不一般。

这时绿皮肤老者朝罗峰三人看过来，咧嘴一笑。

罗峰三人吓了一跳。

"他听到我们说的话了？"

"算了，别管了，赶紧进入杀戮空间。"

罗峰、洪、雷神各自沿着一条廊道步入深处。

走着走着，周围的空间突然大变，变成了广阔的星空。

此时罗峰站在一颗陨石上，手上出现了一本金色的书，书好像是用金属制成的。他当即翻看起来，瞬间明白了。

"这就是杀戮空间！巴巴塔，发出申请，我需要1000名行星级九阶武者当对手。"罗峰眼睛一亮，"我忍太久了，该好好发泄一下了！"

自从夺舍后，罗峰几乎每天都有大战一场的冲动，只是他一直强忍着。

"没问题！"

"罗峰，我设定的战斗环境是沙漠，1000名对手使用的是普通的原力兵器，而你使用的则是三阶念力兵器遁天梭和二阶战衣。"巴巴塔说道，"申请已经发出。"

只要是宇宙中存在的兵器，杀戮空间中几乎也都有。

"轰隆隆——"

杀戮空间开始发生变化，星空消失了，周围变成了浩瀚的沙漠。

罗峰站在沙漠中，他穿着血红色的战衣，身前悬浮着遁天梭。同时，远处的天空中出现了一群穿着白色战衣，手持各种武器的武者。

"杀啊！"

"杀了他！"

武者们红着眼，冲向罗峰。

罗峰却微微一笑。

下一刻，遁天梭分解成30把很薄的飞刀，这30把飞刀之间相隔很小的距离，自然组成剑鱼的形状，同时每把飞刀之间隐隐由金色丝线相连。

遁天梭第二形态之剑鱼阵！

那1000名实力强大的武者俯冲而下，逼向罗峰。

"嗖！"罗峰冲天而起，直接迎了上去。

"啊——"

金色剑鱼飞到哪里，哪里就是一片血雨腥风，然而那些武者完全不在意，疯了一般追杀罗峰。

时间一分一秒过去。

武者们没有一个后退，直至最后一名武者殒身，从空中坠落，战斗才结束。

罗峰站在沙漠中，长舒一口气："好多了。"

"你之前强行压制心底的杀意，时间越长，心中越难受，最后整个人很可能发狂。现在你毫无顾忌地大战了一场，好好发泄了一番，你不觉得舒服才怪。"巴巴塔道。

"巴巴塔，这就是夺舍的副作用吗？"罗峰无奈地道。

对金角巨兽夺舍前，罗峰解决坏人时也很果断，但心中并没有嗜血的冲动。金角巨兽以嗜血著称，虽然他的灵魂强行压制住了嗜血的冲动，却无法将其完全消除。

"你得了便宜还卖乖！"巴巴塔没好气地道。

"哈哈。"罗峰看了看自己的身体，"如果此次不是设定我有一件二阶战衣，我恐怕就死了。"

1000名行星级九阶武者要杀一个恒星级一阶强者很容易。虽然罗峰的意识强大，念力兵器的威力惊人，但他还是受到了几次重创，都是靠二阶战衣削弱了这些武者大半的攻击力，才让他撑过来。

他心里压抑了数年的嗜血冲动此刻尽情发泄出来了。

第一次，他击杀了1000名行星级九阶武者。

第二次，他和10名恒星级一阶武者对战，杀了8人，自己重伤身亡。

第三次，他直接将对手设定为雷神，且设置自己的修为达到了恒星级一阶，领域一重，使用二阶原力兵器，还有二阶战甲，结果，反被雷神所杀。这时他才知道过去自己比雷神强的，的确是占了念力兵器的便宜。若是雷神有一件二阶原力兵器，自己根本不是雷神的对手。

第四次，他设定对手是洪，且两人的实力相当……

……

一共进行了98次战斗，罗峰才感到无比疲倦，同时无比痛快。有生以来，他还没经历过这么痛快的战斗，可以任意选定对手，设定对手和自己的实力。

"累了吧？"巴巴塔看着躺在沙漠中的罗峰，"罗峰，你既然已经结束战斗，我就跟你讲讲这杀戮场最大的用处。这个地方的消费很高，像你这样的强者，一天需要3500乾巫币；宇宙级一阶精神念师，一天需要35万乾巫币；域主级一阶精神念师，一天需要3500万乾巫币；界主级一阶精神念师，一天需要35亿乾巫币。你知道为什么会这么贵吗？这里消费这么高，为什么界主级一阶精神念师还愿意来这里训练？"

罗峰闻言一愣。

界主级精神念师若是加入一个强大的帝国，就能得到一个星系当封地，能够统领一方世界。对于这样的强者而言，35亿乾巫币不算什么。若杀戮场没有足够大的价值，也根本吸引不了他们。

"杀戮场有一个重要的用途，你、洪、雷神都不知道。"巴巴塔昂起脑袋，得意地道。

第 312 章

杀戮场的真正用途

"什么重要用途？"罗峰急切地问道。

"第一种用途大家都知道，就是可以选定想要的对手，进行战斗。至于第二种用途，就比较重要了。"巴巴塔脸上露出得意的笑容，"你刚才看了那本金色的书，知道可以尽情选择对手，对吗？"

"是的。"罗峰点点头。

"第二种用途就是，你可以设定一个对手，让他的身体素质、精神念力、意识、绝招、兵器等，都和自己一模一样，唯一的区别是对手的战斗经验无比丰富，极其善于战斗。"巴巴塔说道，"你明白我的意思吗？"

罗峰一怔，随即狂喜。

也就是说，他可以设定对手是自己，而且是经验丰富、极其擅长战斗的自己。一旦交手，就能通过对手的战斗方式、技巧等汲取经验，毕竟对手的其他方面和自己是一样的。

"通过这种方法，你可以快速汲取战斗经验。"巴巴塔又道。

"当然，以上两种都不是最重要的。"巴巴塔嘿嘿一笑。

罗峰愣住。

听到巴巴塔说第二种用途，他就非常兴奋。显然，这是可以快速提升战斗经验最有效的办法。

"宇宙中的强者，哪一个不是极其狡猾、战斗经验丰富的？所以，对他们吸引力最大的是……杀戮场有时候充当了老师的角色。"巴巴塔郑重地道。

"老师？"罗峰一怔。

"没错！"巴巴塔点点头，"罗峰，以你现在的意识强度，最多可以操控多少把飞刀？"

"36把！"罗峰回道。

金角巨兽越强，罗峰的意识就会越强，现在金角巨兽达到了恒星级七阶，所以罗峰的意识可以同时操控36把飞刀。

"按照遁天梭三大形态九层境界，振幅强度达到36，你就已经拥有遁天梭第五层的实力了。可是，你为什么依旧只能施展30把飞刀组成的剑鱼阵？"巴巴塔追问道。

"振幅强度达到36，只是达到第五层实力的门槛，要真正发挥出遁天梭的威力，还有很多难关。"罗峰忍不住说道，"灵活性、运用的技巧、驱动方式等，一次次失败，一次次等待，我要很久才能真正发挥出遁天梭的威力。现在我的振幅强度虽然有36，但还要琢磨很久，才能发挥出遁天梭第五层的威力。"

"罗峰，如果现在设定一个对手，其使用的兵器也是遁天梭，而且可以发挥出遁天梭第五层的威力……"巴巴塔笑了，露出两颗獠牙，"这样一来，你不就能亲眼看到别人是怎么操纵遁天梭的？"

罗峰眼睛一亮。

有人在自己眼前一次次演练，和自己看书去学，根本不一样。

"而且，你可以设定对手能够完美地操控遁天梭，这样一来，你就能看到，到底怎么操控遁天梭，才能发挥出它最大的威力。"巴巴塔又道。

"完美？"

遁天梭的第一形态是钻山锥，操控的时候根本没什么技巧，就是一道光线射出去。而第二形态剑鱼阵要灵活得多，而且需要更多技巧，第三形态更是复杂。

这个情况下，使用者的操控能力尤为重要。在不同的人手里，遁天梭能发挥出不同的威力。同样是施展剑鱼阵，完美地操控遁天梭的话，或许战斗力能提高一两倍。

"某种程度上，杀戮场就是免费的陪练，免费的老师。你想学遁天梭，只要将对手设定成自己，这样就成了。"巴巴塔笑道。

"其实，这种对手还算是一般的。换作你的老师，他身为不朽级强者，在空间方面颇有成就，就能做到用空间秘法掩盖宇宙坐标。可是，他还想要继续提升自己的实力，该怎么办呢？他完全可以设定一个同样会空间秘法的对手，甚至对手的空间秘法成就比他更高一点。

"他和对手一次次交手，空间秘法能够大大增强，这比一个人埋头苦修容易多了。"巴巴塔解释道。

罗峰恍然大悟。

许多涉及宇宙本源的秘法博大精深，单单看对手施展的话，自然不太可能学会。可是，如果自己本身有些感悟，加上一次次和懂得宇宙本源秘法的对手交手，自然更容易领悟。

"杀戮场的确堪比免费的陪练，免费的老师。"罗峰忍不住夸赞一声，随即瞪大眼睛，"不对，哪里免费了？这个地方的费用很高。"

"费用高？等你成了界主级强者，或是不朽级强者，想要获得一点突破那是何等艰难？对此等高手来说，杀戮场这种地方的性价比太高了。"巴巴塔感慨一声，"你要知道，许多强者对于宇宙的感悟往往卡在一个点上，只要找到一个领悟力略强一点的对手，并与其进行战斗，很容易刺激自己，从而实现突破。"

罗峰不由得点点头。

难怪杀戮场敢要价这么高！

"巴巴塔，这杀戮场为何能够虚拟出如此逼真的秘技？"罗峰忍不住问道。

"杀戮场的幕后老板是虚拟宇宙公司。"巴巴塔说道，"无数年来，浩瀚宇宙中不知道有多少强者在虚拟宇宙中进行交战，每一个战斗场景自然会被虚拟宇宙公司记录下来，所以虚拟宇宙公司的资料库非常庞大，其中秘技数不胜数。"

"当然，记录的那些战斗中，强者基本都是施展秘技，很少有修炼秘技的。"巴巴塔解释。

罗峰点点头。

的确，就算是虚拟宇宙公司记录下他施展陨墨星一脉的魂印秘法的情景，可是没有《魂印》修炼秘籍，依旧无法修炼。可是，对于同样修炼这一脉秘法的人来说，就有触动效果了。

"巴巴塔，帮我设定对手为恒星级一阶的金角巨兽。"罗峰道。

罗峰已经完全了解了杀戮场最重要的作用，那就是让自己明确方向，知道该如何更快地修炼。这杀戮场可是虚拟宇宙公司的资料库，虚拟宇宙公司作为宇宙中五大巨头之一，比宇宙国都要强大得多，虚拟宇宙公司肯定储备了金角巨兽的战斗场景。

"唉！又死了。再来！"

罗峰站在半空中，看着前方全身布满黑色鳞甲的金角巨兽，长叹一口气。他现在总算明白金角巨兽有多么彪悍了。

他设定自己是恒星级一阶强者，振幅强度为36，拥有的念力兵器威力极大，而设定金角巨兽的修为达到了恒星级一阶。一次次战斗，却始终是自己倒下。

"在同级别同阶的情况下，人类想要战胜金角巨兽，几乎是不可能完成的任务。即便有人做到，那人也是亿万星系中偶尔诞生的绝世天才，并得到了比你的老师还要强大的人物的悉心教导。"巴巴塔说道，"至于你，虽然你的实力提升非常快，但是控制遁天梭的技巧还不够，因此就算来10个你，也同样会落的被金角巨兽虐的下场。"

罗峰一次次被同级别同阶的金角巨兽击杀，其实还有一个原因——罗峰设定的金角巨兽十分善战。

"原来金角巨兽应该这么战斗！它的翅膀竟然宛若使出了刀法，原来其鳞甲翅膀最好的用法不是扑击，而是如刀一般疾速划过，这种动作能令其机动性大增。而它的尾巴宛若鞭子，移动速度是最快的。原本我只会让其尾巴进行简单的抽击，可是这金角巨兽的尾巴时而震荡，时而抽击，威力明显飙升。至于其利爪，不出则已，一出则场面十分惊险。"

罗峰再次被金角巨兽的蹄爪直接踩死了！

"是这样，原来是这样。"再一次复活，罗峰心中无比激动，"我终于知道以后本体该怎么修炼了。"

金角巨兽天赋好，不代表它们都一样强大。一代代金角巨兽中，很多只修炼到绝对空间秘法的第一层，不少金角巨兽的修为停留在第二层，不过，还有金角巨兽成功修炼了第三层。这说明即便是同样强大的血统，战斗力也有区别。

罗峰想让自己的本体金角巨兽成为历史上最强的怪兽。

之后的日子里，罗峰和洪、雷神在黑龙山岛屿九星湾买了一块地，按照各自的喜好建造了一些木屋，完全可以供三人的家人居住。为此，他们还将大量的意识感应头盔送到了地球。

罗峰一家人都喜欢这里。他的父母喜欢玩虚拟游戏，在虚拟游戏中享受美妙的人生。两个孩子则按照巴巴塔制订的教育计划，从小就在娱乐中接受武道方面的指导。最兴奋的无疑是罗华。

"地球上的股市跟宇宙中的金融投资系统一比，简直太简单了，这里才是投资者的天堂！"罗华无比激动。

他向罗峰要了十个感应头盔，全部给了自己的助手。自此，他和助手就待在一栋三层木屋里，分析许多宇宙国度的金融系统，从而进行投资。至于本金，当然是够的。

罗峰当初给了洪和雷神各5亿乾巫币，给罗华的自然不会少，同样是5亿乾巫币。

虚拟宇宙中的东西的确是应有尽有。

在此期间，罗峰得知，虫洞那边安置的小卫星监测器发现了一艘宇宙飞船。据他估计，那就是诺岚山家族的飞船。不过，待飞船抵达地球，已经是两年零八个月后了。罗峰现在可是处于喜悦之中，一点都不急。

"老三，你说我疯狂，大哥才疯狂。我最多3天没出杀戮空间，你看大哥，竟然8天没出杀戮空间了，他就不累吗？"

第 313 章

诺岚山

杀戮场的大厅内。

罗峰和雷神随意地聊着，这是放松身心一种有效的方法。

"罗峰、雷神，难得碰到你们两个。"

随着一道爽朗的笑声传来，一个高大的黑皮肤汉子和一个皮肤白皙的红发青年并肩走了过来。

"布雷姆、何若，请坐。"罗峰打招呼。

罗峰经常在杀戮场中训练，不时坐在杀戮场大厅中聊天，自然结识了一些同样长期在杀戮场中训练的强者。

大家心里都清楚，能够长期待在杀戮场的，不是特有钱的，就是有背景的，将来必定非同一般。

正所谓，多条朋友多条路，以后在宇宙中闯荡，说不定还要靠朋友，所以大家都有意识地在这里结识朋友。短短1个月，罗峰结识的朋友超过30位，这两位算是和自己关系很好的。

"洪还没从杀戮场出来吗？"布雷姆大声说道。

"他都8天没出来了。"雷神说道。

"好疯狂！"何若忍不住笑了，"对了，跟你们说个事，最近一段时间，我和布雷姆都不会来杀戮场了。"

旁边的布雷姆点点头。

"怎么了？"罗峰和雷神都一怔。

这两人和他们一样，都是经常待在杀戮场的。

"老师严令我和布雷姆申请成为宇宙见习佣兵，参加宇宙见习佣兵考核。"何若压低声音，"这宇宙见习佣兵考核比宇宙冒险要危险得多，据说死亡率和淘汰率都很高。一个月后，我和布雷姆若是都没来杀戮场，怕是在考核中丧命了。今天特意跟你们说一声，就是怕以后我们回不来了，你们怪我们不告而别，不够朋友。哈哈……"

"真的假的？"罗峰、雷神都很震惊。

宇宙见习佣兵考核有这么危险？

"嗯！的确很危险，不过，我们愿意拼一把。要知道，那些宇宙级、域主级、界主级强者大多是宇宙佣兵。我们若是不拼命一搏，也就当当卫队小兵，被人呼来喝去。想要成为人上人，想要过得潇洒，就得奋力拼搏，就得战斗！"

"嗯。"布雷姆点头。

罗峰和雷神彼此相视一眼。

在地球上，他们都是超级强者，根本没什么压力。不像何若、布雷姆等人，他们是被重点培养的，耗费了大量金钱、资源等，若是得不到满意的结果，很可能会被淘汰，故而压力极大。

"何若、布雷姆，那宇宙见习佣兵考核真有那么危险吗？"雷神很疑惑。

宇宙佣兵联盟的成员分为冒险者、见习佣兵、一星佣兵、二星佣兵、三星佣兵，其中冒险者是不需要参加考核的，只需去登记报名即可，而见习佣兵、一星佣兵、二星佣兵、三星佣兵都是需要参加考核的。

宇宙见习佣兵考核门槛很低，达到恒星级的都可参加，然而淘汰率极高。

"很危险。"布雷姆低声说道，"宇宙佣兵本来就是在宇宙中进行生死冒险的，所以宇宙见习佣兵考核作为入门考核，是要淘汰那些不适合当佣兵的武者或者精神念师。"

"考核地点一律是那些早被发掘过的界主世界。"布雷姆继续说道，"在界主世界中，宇宙佣兵联盟会制造许多困难，淘汰一大批人。在淘汰的过程中，运气好的话，或许能够不死，可是，整体的死亡率很高。"

"界主世界？！"罗峰一惊。

他查过资料，还问过巴巴塔。宇宙中，宇宙级强者就是一方霸主，若是域主级强者，就可以在现实中直接展现自己的强大领域。域主级强者的领域可比洪、雷神的领域要强大千万倍。至于界主级强者，不但拥有体内世界，而且能创造一方世界，在那一方世界内，一切都可按照界主级强者的想象去创造，所以可以出现很多不符合常理的现象。

"你们在聊什么呢？"一道问话声响起。

罗峰四人转头看去，只见一身黑色战衣的洪笑着走过来，整个人有一种意气风发的感觉。

罗峰暗自感叹，洪的确算得上是怪物，一次次进行极限战斗，一般人都会无比疲累，他却不会累。

"刚才听到你们说什么死亡率很高，到底是什么？"洪拉了一把椅子坐下。

"我们在说宇宙见习佣兵考核。"雷神说道。

"教官来了！"忽然，布雷姆低呼一声。

"教官？"何若当即朝大厅的入口看去。

只见三人走了过来，其中一个正是他们的教官。

布雷姆、何若顿时放下跷起的腿，显得很恭敬。

"教官？那就是你们常常提起的宇宙级强者教官昆西？"雷神嘀咕道。

"哪个？"罗峰好奇地看去。

何若低声道："就是远处穿着绿色战衣的光头。"

在虚拟宇宙中，每一个人的实力固定在初等战将的水准。虽然可以得到虚拟宇宙检测认定的实力，但是只有在特殊场合，比如杀戮空间中，才能施展和现实中同等的实力。

而在虚拟宇宙一般的场合中，不管是普通百姓，还是不朽级强者，一律都是初等战将的实力。

幸好那宇宙级教官现在实力一般，听力不强，若是听到"光头"二字，他肯定会狠狠教训何若。

"光头？"罗峰仔细看去。

远处，三人并肩走着，其中两人都是光头，一个穿着绿色战衣，一个穿着深灰色战衣。而另外一个人则耳朵尖尖，双眸微微泛红。

"嗯？"罗峰瞳孔一缩，"这人的容貌跟诺岚山家族的人好像啊！"

远处，那人似乎发现了罗峰，看了过来。

两人目光遥遥相对。

"诺岚山先生，你在看什么呢？"宇宙佣兵昆西疑惑地转头看去，随即笑了，"那两个都是我手下的学员。"

"你手下的学员？"诺岚山转过身，看向昆西，"那个穿着血红色战衣的黑发青年也是你的学员吗？"

"不，我不认识那个年轻人。"昆西连连摇头。

另外一个同样是光头的宇宙佣兵说道："那五个人中，那个大汉和红发小子是我们组织内的精英学员，其他三人不认识。"

"不是你们北龙城的就好。"诺岚山目光冷厉。

他看到罗峰、洪、雷神三人的时候，脸色大变。

他一眼就认出，身穿血红色战衣的黑发青年正是自己见过的地球直播视频中的地球领主——罗峰。

顿时，诺岚山心中升起一股怒火。

他可是巨斧武者，是何等骄傲？

他控制了1000多颗星球，麾下强者如云，他已经很久没有过这种挫败感了。可是，地球一役，他的人栽了大跟头。

"诺岚山先生，怎么了？"两个宇宙佣兵都疑惑地看着诺岚山。

诺岚山没有回应，大步朝罗峰走去。

两个宇宙佣兵连忙跟在后面。他们此次可是有求于诺岚山，自然得讨好他。

就算是宇宙级强者，地位也是有高低之分。作为宇宙级九阶且拥有巨斧武者称号的强者，诺岚山在宇宙级强者中的地位当然很高。

杀戮场的大厅极大，里面有上万名客人。

胸前挂着巨斧勋章的诺岚山和两个有一星佣兵勋章的强者吸引了不少人的目光。三人直接朝罗峰他们迅速走去。

"嗯？"罗峰眉头微皱。

"教官来了！"何若和布雷姆迅速站起身来。

洪和雷神看了诺岚山一眼，洪低声道："罗峰，这个人跟诺岚山家族的人长得很像。"

"嗯！恐怕来者不善。"罗峰眼睛微眯。

片刻——

脚步声停止，诺岚山等三个宇宙级强者站在罗峰等人的桌子前。

"见过两位教官。"何若、布雷姆恭敬地行礼。

"嗯。"那两名教官微微点头，而后都看向诺岚山。

诺岚山站在那里，俯视坐着的罗峰，冷冷地道："你就是罗峰？"

"是！"罗峰看着他，毫无惧色。

"那颗生命星球是你的？"诺岚山问出了第二句话，却没说出地球的名字。

罗峰咧嘴一笑，道："没错！"

"卖给我。"诺岚山盯着罗峰，"你报个价。"

罗峰摇摇头。

"100亿乾巫币！"诺岚山又道。

"没得谈。"罗峰没有丝毫犹豫。

"1000亿乾巫币！"诺岚山再次说道。

"我说了没得谈，不论你报多高的价，我都不会卖。"罗峰看着诺岚山，淡淡地道。

旁边的洪和雷神神色都很平静。

两个宇宙佣兵却大吃一惊。

诺岚山一来就要买下眼前这个青年名下的星球，报价更是夸张。100亿乾巫币足够买下一个顶级的生命星球了。遭到拒绝后，诺岚山直接报出了1000亿乾巫币的天价。

那到底是什么样的星球，竟然值得诺岚山报这么高的价？

要知道，就算是诺岚山，立马拿出这笔钱也是很困难的。

"你在挑衅我！"诺岚山双眸微眯，紧紧地盯着眼前的罗峰，"年轻人，我脾气并不好，今天我给你机会，你将名下的星球转让给我，一切恩怨就此了结。"

罗峰笑了。

地球是他的家乡。对别人来说，或许是有价的，可是，对他而言是无价的。

"抱歉，我就不请你喝酒了。"罗峰举杯，仰头一饮而尽。

诺岚山的脸色顿时变得更加难看。

洪、雷神两人则看都没再看他一眼。

"来，大哥、二哥，咱们干杯。"罗峰再次举杯。

"干！"洪笑道。

"一口干啊！"雷神也笑道。

三人将旁边的诺岚山仿佛当成空气一般。如果在现实中，远远看到诺岚山，估计他们早就迅速逃走了。可是，如今是在虚拟宇宙中，谁怕谁啊？

第314章
动手

　　罗峰三人旁若无人地喝酒，一旁的诺岚山脸色很难看，另外两个宇宙佣兵同样很不爽。在宇宙中，对强者保持尊敬，这是最基本的礼节。在他们看来，眼前这三个青年未免太狂妄了。

　　何若和布雷姆相视一眼，没有出声。

　　"这酒真不错！如果在现实中，价格起码会涨百倍吧！"雷神夸赞道。

　　"而且，还很难买到。"洪也说道。

　　"虚拟宇宙的好处的确很多啊！"罗峰也夸赞道。

　　此时诺岚山眼角的肌肉抽搐了几下，扫视桌旁坐着的罗峰三人，忽然低喝一声："三个不懂礼节的小家伙。"

　　然而，罗峰三人依旧没有看他。

　　"我这就让你们知道，在虚拟宇宙中，也得尊敬强者！"

　　"呼！"诺岚山的右腿闪电般斜踢向旁边的罗峰。

　　"你竟敢动手！"罗峰低吼一声，身体猛地往后一躲，同时左臂伸出，挡住这一脚。

　　"砰！"诺岚山的右腿狠狠踢在罗峰的手臂上。

　　罗峰顺势往后，趔趄着倒退几步。

　　下一瞬，酒瓶、碟子直接悬浮起来，迅速朝罗峰砸了过去。

　　"打！"雷神大吼一声。

"哼！"洪闪电般冲了上去。

在虚拟宇宙中，大家的身体素质都是初等战将的层次，有什么好怕的？

"小心，他的力量一旦爆发出来，威力极大。"罗峰大声喊道。

看到诺岚山爆发力量，罗峰是有心理准备的。可是，刚才诺岚山右腿一击之力依旧远超罗峰的想象，此刻罗峰的左臂疼痛难忍。

"想跟我斗？做梦！"

诺岚山一腿踢向最先冲来的雷神，劈出的左腿一个横扫，袭向雷神的腰部，产生一股震荡的气流。而雷神腰一扭，灵活地躲过这一脚。

"哼！"诺岚山眉头微皱。

雷神身体一软，直接缠绕住诺岚山的左腿，同时准备使出缠杀技。

"柔技？！"诺岚山脸色微变。

"嚯！"

诺岚山左腿上的肌肉直接弹了起来，左腿迅速避开雷神的缠杀。

"轰隆隆！"一道可怕的声音响起。

洪的右腿仿佛一柄尖锥，直接击向诺岚山的头。

诺岚山狰狞一笑，竟然直接往前冲，而后身体略微一低，轻易地避开了这一击。可洪击出的右脚转瞬朝下方袭来，直接袭向诺岚山的头部。

"滚！"诺岚山怒喝一声，脑袋竟然直接撞去，脖子一下子变粗。

"轰！"诺岚山的脑袋和洪的右脚硬碰硬。

洪整个人失去重心，倒飞到一旁。

而雷神十指微微拂动，犹如一阵风吹拂诺岚山那张涨得通红的脸，仔细看的话，每一根手指犹如一条巨蟒。

洪再一次疾速冲去，双拳的力道一次比一次重，无比诡异。

"破神！"不远处的罗峰低喝一声。

一道念力宛如一根绣花针，直接袭向诺岚山的脑海。

"滚！"诺岚山怒喝一声，双眸瞪大，双臂猛地膨胀，分别轰散雷神的十指和洪的双拳所发出的威力，同时击在这两人的胸膛上，令两人当场吐血，直接飞退。

周围异常寂静。

杀戮场宽敞的大厅中，不少人都看向这里。

"弄坏东西，记在我的账上。"诺岚山大声说道，随即冷冷地看向罗峰三人。

罗峰、洪、雷神都无比震惊。

一般来说，对于同级别对手，罗峰的念力攻击完全能击败对方。不过，因为在大厅中，没有念力兵器，所以他只能施展精神攻击。可是，居然对诺岚山没有任何影响似的。而洪和雷神在大涅槃时期之前武功就很了不得，一个是内家拳高手，一个精通古瑜伽、内家拳，且两人都是擅长近身战的好手，这次竟然被诺岚山给击败了。

须知，在虚拟宇宙中，大家的身体素质、精神念力强度都是一样的。

"就凭你，还想用精神念力攻击我！笑话！"诺岚山看着罗峰，冷笑一声，"在巨斧斗武场，若是没有应对精神念力攻击的方法，我怎么可能活下来？更别说连赢一千场，获得巨斧武者的称号。"

虽然此时双方的精神念力等级一样，但是，作为宇宙级九阶强者，诺岚山的意识更强。

"至于你们两个。"诺岚山看向洪和雷神，"我承认，你们的近战招式不比我的弱。可惜，你们发力不足，而我的发力是你们的两倍多。别以为这里是虚拟宇宙，就可以小看宇宙级强者，就算是同样的身体素质，宇宙级强者照样能轻易击败你们。"

"说得好！"旁边的宇宙佣兵昆西说道。

"没错！在虚拟宇宙中，弱者也得尊敬强者！"

"在意识、技巧、经验、发力等方面，这些小家伙都差得很远，竟然还敢嚣张！"

旁边有好几位宇宙级强者说话了，顿时在场的不少人看向罗峰三人的目光都很怪异。

三个小家伙竟敢不尊敬宇宙级强者。

"诺岚山，"罗峰冷冷地道，"尊敬强者是宇宙中最基本的礼节，我自然知道。在此之前，我在杀戮场大厅没有得罪过任何强者。可是，你根本不配称为强者。因为你的贪欲，死在你手上的地球人可以说是成千上万。"

此前诺岚山家族舰队入侵，的确死了不少地球人。几次战斗，受到波及而丧命的人很多。

加上诺岚山家族抵达地球后，引起各个基地市骚乱，很多人打砸抢，混乱中死的人更多。

"你刚才还想强买我名下的星球！哼！做梦去吧！杀我族人，还想让我尊敬你，真是可笑！"罗峰狠狠啐了一口。

诺岚山脸色大变，可是他根本无法辩驳，罗峰说的都是真的。

来自黑龙山帝国的一些有背景的大人物微微点头。

"原来是这样，难怪这个年轻人会和这位巨斧武者发生冲突。"

"哦，原来如此。"

"难怪他怎么都不愿意卖名下的星球。"

"这年轻人真有胆子。"

围观的人顿时改变了对罗峰的看法。

两人之间存在仇怨，那自然谈不上不尊敬。

诺岚山看着罗峰，微微点头："好能说的一张嘴。"

"不是能说，而是占理，我自然不怕你，更不会向你低头。"罗峰盯着诺岚山，冷笑一声，"诺岚山先生，若不是你有贪欲，妄想霸占我名下的星球，又为何欺负我们这三个小辈呢？我兄弟三人在这里喝酒，碍着你了吗？"

诺岚山心中恼怒，却不知道该说什么。

"怎么，又想动手？"雷神嗤笑道。

"我们可打不过你这个拥有'巨斧武者'称号的宇宙级九阶强者。"洪难得地讥讽道。

"大哥、二哥，我们走吧！"罗峰招呼一声。

"走！"洪点点头。

"不跟这种人多说。"雷神附和。

罗峰三人直接朝大厅外走去。

诺岚山脸色铁青，心中极为愤怒，可是他的确是眼馋地球上的宝藏，想要霸占地球，自然无法理直气壮。更何况，他现在不想将此事说出来，不想让其他人知道地球上有许多宝藏。

"罗峰！"诺岚山低喝一声。

罗峰转过身，看向诺岚山，笑道："诺岚山先生，你还有什么事？"

"刚才我对你们动手，你是不是不服？"诺岚山眼睛微眯。

"没错，我不服。"罗峰冷笑一声，"你是宇宙级九阶强者，经验、发力、意识等方面都比我们强，打斗根本不公平，如何让我们服气？"

"那我给你一次机会。"诺岚山低哼一声，"我找三个和你们同级别同阶的手下，分别和你们大战一场。三场中，只要你们能够赢一场，那么这一场赌战就算你们赢，事后我会给你们1000亿乾巫币。可若是你们一场都没赢，那你名下的生命星球就归我。"

"赌战可以，赌注不行。"罗峰看着诺岚山。

诺岚山气得牙痒痒。

罗峰未免将地球看得太重了。

以罗峰如今的实力，就算拥有机械族宇宙飞船等地球上的宝藏，一旦将此事暴露了，宝藏也会被人抢走。

"他竟然不愿意，这可是1000亿乾巫币啊！"

诺岚山无比渴望得到地球的法定拥有权，那样的话，就算地球上的宝藏无法发掘，他也能直接将地球拍卖，将那些宝藏一起卖掉。他若拥有地球的法定拥有权，很多事情办起来可就方便多了，没必要偷偷摸摸派遣两大宇宙级强者潜入地球。

诺岚山更担心的是：罗峰已经在黑龙山帝国申请了地球的所有权，那么，黑龙山帝国的那些大家族应该知道怎么前往地球了。如果那些大家族也对地球产生了兴趣，派遣人马从虫洞出发，前往地球，那后果不堪设想。

毕竟诺岚山家族只是卡罗帝国的第三大家族，而黑龙山帝国大家族的创始人几乎都是界主级强者，若是这些大家族插手夺宝，诺岚山家族是一点希望都没有了。

第 315 章

杀戮场之决战空间

杀戮场大厅。

诺岚山目视罗峰他们离去，目光冷厉。

那两个宇宙佣兵走了过来。

昆西笑道："诺岚山先生，只是三个小家伙，根本不值得你动怒。如果诺岚山先生不满，找个机会，在现实中直接将他灭掉就是。"

"没错，诺岚山先生，我看我们还是先进入决战空间吧。"另外一个宇宙佣兵催促道。

"等一下。"诺岚山转头看向不远处的布雷姆和何若，"你们两个过来一下。"

何若和布雷姆彼此相视一眼，心中大惊。

两位教官都得赔笑讨好的诺岚山，找他们两个有什么事？如果诺岚山要对付他们两个，实在是太容易了。

何若心中无奈："罗峰，我们这下可被你害惨了！"

"见过大人。"何若和布雷姆恭敬地行礼。

"诺岚山先生问你们什么，你们就回答什么。"昆西喝道。

"是！"二人恭敬地道。

"我问你们，"诺岚山看着两人，"罗峰的虚拟宇宙网络编号是多少？"

何若、布雷姆一怔，用眼神交流了一下，最后何若低声回道："先生，罗峰的虚拟宇宙网络编号是……"

何若报出了一长串数字。

诺岚山听完，转头就走。

那两个宇宙佣兵连忙跟上。

银河系，地球。

西湖别院重新修建。罗峰在宇宙中定制了一座等级更高的D1级城堡，整座城堡也是星球防御警戒系统的总控制中心，太阳系的诸多警戒小卫星、防御武力系统等全部受这里的控制。

城堡，七楼的星球控制室。

"主人，已经有三批飞船进入虚拟区域虫洞：第一批是D3级飞船，第二批是D1级飞船，第三批是C8级飞船。"

罗峰站在地球防御警戒系统的总控制室内，眼前是一面巨大的悬浮的屏幕，屏幕上出现了三个画面，分别是三艘宇宙飞船。

看到这一幕，罗峰微微皱眉，思忖片刻。

"这三批飞船应该来自三方势力。根据飞船的层次，就能判定飞船内的人的实力。第一批很有可能是宇宙级强者，第二批可能是恒星级或是宇宙级强者，第三批十有八九是恒星级强者。"罗峰心中迅速做出判断。

自从他申请成为地球领主后，其他星球的人前往地球的方法只有一个——从虫洞进入，然后进行两年零八个月的星际穿梭，方可抵达地球。

黑龙山帝国肯定知晓进入地球的方法，一些势力会派遣小队进入地球，此事也在罗峰的意料之中。

"罗峰，虚拟宇宙给你传送了一封新邮件。"

"哦，进入虚拟宇宙。"

黑龙山岛屿，九星湾。

很多豪宅或是毗邻水湾，或是临近低矮山脉、丘陵，各家各户都是按照各自心意建造的。罗峰、洪、雷神购买了一块毗邻水湾的地皮，在那里建造了诸多木制的建筑。

"大少爷，你这一招真漂亮！"

"二少爷，这时候应该踢腿！"

"蒙二叔叔，我什么时候才能进入内门呢？"

"快了，再练练就可以了。"

一座三层的楼阁前，黑蒙族的两个青年正在教导罗峰的两个孩子。

这时罗峰突然出现。

那两个孩子都看过来，惊喜地叫道："爸爸！"

之前，罗峰让巴巴塔安排，不时将罗平和罗海送去虚拟宇宙，玩一些具有辅助教学效果的虚拟游戏。在娱乐中学习，对于提高身体发力技巧等都有很好的效果。虽然他们还是孩子，但是比当年住廉租房的罗峰不知道强了多少倍。

而且，罗峰早就将一些孕育进化的宝物给了他们，这在宇宙的大家族中是很常见的。罗海和罗平仅仅四岁，就已经达到了中级战士的水准。这在地球上的确很惊人，不过在宇宙中显得很普通。

"谁的邮件？"

罗峰坐在旁边的椅子上，心念一动，面前浮现一面屏幕，迅速调出一封邮件。

"嗯？竟然是诺岚山发来的邮件！"罗峰很惊讶。

诺岚山竟然知道他的虚拟宇宙网络编号，可能诺岚山知道自己不会和他聊天，干脆发邮件过来。

罗峰当即开始浏览邮件，邮件的内容很长，详细说明了宇宙中的险恶，还提醒罗峰，若是暴露了机械族宇宙飞船，将会给地球带来多大的危机。

十鸟在林，不如一鸟在手。机械族宇宙飞船的确珍贵，诺岚山却认为罗峰根本守不住机械族宇宙飞船，很可能会因它而丧命，还不如现在用它换取好处。

"啧啧！诺岚山可真富裕。"

诺岚山开出了优渥的条件，这次他没提出买下地球，而是想和罗峰共同管理地球。两人以股权的形式管理地球，罗峰占大头，依旧是地球领主，诺岚山家族占小头，不过，机械族宇宙飞船得归诺岚山家族。

"诺岚山真的只要机械族宇宙飞船？"罗峰摸摸下巴，思忖着。

"别答应！罗峰，陨墨星号飞船已经破损，要修复是很难的。等你实力足够强大，将那艘机械族宇宙飞船弄到手，到时你会如有神助。"巴巴塔连忙说道，"要知道，机械族的科技先进程度远远超过人类。你可千万别答应诺岚山，这艘机械族宇宙飞船可以算是你以后的王牌宝物。"

"我明白。"罗峰点点头。

随后，他将诺岚山安排手下精心写的邮件给删除了。

仅仅片刻——

"嘟——"

"罗峰，何若、布雷姆请求通话。"

"接！"

罗峰飞快来到旁边的木屋，面前浮现屏幕，屏幕显示出了何若和布雷姆的身影。

"罗峰，很抱歉，我们将你的虚拟宇宙网络编号给了诺岚山，我们也是没有办法。不过，仅仅是虚拟宇宙网络编号，应该对你没太大影响吧？"何若说道。

旁边的布雷姆也道："我们刚刚收到了召集令，马上就要出发，参加宇宙见习佣兵考核了，回头见。"

"希望我们能够活着回来。"何若露出苦笑。

"加油！"罗峰举起拳头，"你们活着回来，泄露我虚拟宇宙网络编号的事就算了。"

"哈哈。"何若笑了，"对了，罗峰，你们三兄弟会继续待在杀戮场吧。有时间的话，进入决战空间试试吧，那里比杀戮空间更有意思。"

"决战空间？"罗峰微微一怔，"行，回头我们去看看。"

罗峰在此期间为地球筑起固若金汤的战斗堡垒。罗峰一口气在宇宙奴隶市场买了29名恒星级九阶奴隶，加上之前的7名恒星级九阶奴隶，组成了36人的精英队伍。再加上星球防御系统，地球的防御力变得极强，可以说，只要不是宇宙级强者，都能被轻易地挡在外面。

罗峰、洪、雷神沉浸在修炼中。

杀戮场。

"原来决战空间是这样的。"

"仅仅看介绍，我就觉得决战空间比杀戮空间更有意思。"罗峰三人站在杀戮场大厅中的柜台前，看着眼前屏幕上的介绍视频。

杀戮空间是专门为一个人服务的。在里面，可以设定各种各样的对手，是最佳的训练场所。而决战空间是真正的武者决斗的地方，战斗双方是两个真实的人，并非虚拟出来的。而且，决战空间中的消费金额只有杀戮空间的十分之一。

……

"我是恒星级一阶强者，暂时只能挑战同阶对手。"

罗峰、洪、雷神坐在杀戮场大厅中，三人面前都浮现出了屏幕，屏幕上出现了大量对手的相关介绍。想要战斗的话，就要发出申请，而且等对方应战。

"哈哈，大哥、老三，你们看，这人自称'第一高手'，却只胜了21场，败了921场，评价依旧是一颗星。"

在决战空间中，武者可以随便给自己起名字。一些大人物为了隐藏身份来这里训练，自然得换名字。而这种消费的地方，自然要满足客户的需求。

"我现在只能挑战同阶武者？"罗峰的目光掠过评价五颗星的武者，直接看向评价为六颗星乃至七颗星的对手。

整个评价系统中，最高评价是九颗星，绝对是同阶中的超级强者。

"这一个月下来，遁天梭的威力已经达到了第五层，我不妨选择一个七颗星的对手来练练手。"罗峰想着。

而后他正式发出挑战申请，这是他第一次向同级别同阶的对手发出战斗邀请。

一秒钟，两秒钟，一分钟，两分钟……

"我只是挑战六颗星对手，对方竟然不理我。"雷神很生气。

"我的对手也没理我。"罗峰无奈地道，"大哥，你的对手呢？"

"大哥？"雷神也看向洪。

洪摸摸鼻子，讪讪地道："我挑战了一个九颗星的对手，我觉得自己应该能够和他一战，可是，我的挑战申请直接被驳回了。系统提示：九颗星强者对挑战权限进行了设置，挑战者至少达到七星，才能和他约战。"

罗峰和雷神听了，都哭笑不得。

他们三兄弟第一次找别人切磋，竟然都被无视了。

第 316 章

挑战

洪、罗峰、雷神都很自信，所以直接挑战同阶的强者。

"也不奇怪，谁叫我们都是新人，评价一栏都是'无'呢？"雷神无奈地道，"如果我们是九颗星强者，为了不浪费时间，也会选择高评价的人进行决战。依我看，还是从头开始，闯出名声来吧。"

"嗯！二弟说得对！"

"我们先将评价升上去，到时候就能找高手比试了！"

他们虽然有信心能横扫一两颗星的强者，可还是得一步步来。

"罗峰，你取什么名字？"雷神问道。

决战空间中，为了隐藏身份，可以任意取名字。

"疯子。"罗峰问道，"二哥，你呢？"

"武神。"雷神说道。

"你真够自恋的。"罗峰笑道。

旁边的洪哑然失笑。

罗峰看向旁边的洪，问道："大哥，你呢？"

"杀手！"洪随意地道。

当年罗峰就有"疯子"这个外号，而洪在大涅槃之前就是一名杀手，至于雷神，此人过去就是个武痴，起"武神"这个外号，倒也不算夸张。

"那就开始吧！"

三人低头，不约而同向一颗星强者发出战斗邀请。

"你的挑战通过！传送至决战空间！"罗峰面前的屏幕上出现了虚拟宇宙系统的提示。

罗峰这才松了一口气。

这是他第三次约战，终于成功了。没想到，连一颗星的同阶武者都高傲得很，不屑于跟一个新人交手。

他最终邀战成功的武者名叫"血剑手"。

……

决战空间。

广袤的大草原上，有一个黑色金属铸就的擂台。

一个高大的绿色皮肤男子背着一把长剑，笔直地站在擂台上，心里嘀咕："疯子？对手竟然起名叫疯子，看来有点来头。新人，就让我来教训教训你。"

此人外号"血剑手"，12胜，3败。

擂台上倏地出现一个穿着黑色战衣，脚踏遁天梭的黑发青年，这黑色战衣和遁天梭都是从系统中选的。决战空间和杀戮空间都是可以任选兵器的，至于战衣，则必须选本级别的。

"你好。"罗峰看着眼前的绿皮肤青年。

"你很有礼貌嘛，就冲这一点，我不会揍你太惨的。"血剑手朗声笑道。

"血剑手，你是我在决战空间中的第一个对手。你同意我的挑战申请，我很感谢，我不会让你失望的。"罗峰笑道。

"好嚣张的新人！"血剑手冷笑一声。

而后，他疾速冲向罗峰。

罗峰悬浮在半空中，显得很平静。

"去！"罗峰伸手，指向血剑手。

"嗖——"

30把飞刀上的金色纹路迅速发出条条金丝，金丝形成一条金色剑鱼。这条金色剑鱼宛如活的一般，在半空中一扭尾巴，擦过血剑手。血剑手惊慌之下欲抵挡的原力神剑，穿透了他的眉心。

血剑手因为惯性飞了一段距离，而后下坠，最终尸身落在擂台外的草地上。

金色剑鱼迅速飞回罗峰的脚下，融入遁天梭中。

第一战，疯子胜！

"在杀戮空间琢磨剑鱼阵一个月，战斗超过一万次，遁天梭的威力达到了第五层。现在我操控遁天梭使用第四层的技能时更是灵活得很。对付同阶的强者，绝对不是问题。"罗峰信心满满。

他的意识强度很大，振幅强度达到36。作为恒星级一阶精神念师，他能够同时操控36件暗器，在宇宙中都算是了不得的天才。他的意识之所以强，是因为金角巨兽的灵魂很强大，又修炼了陨墨星一脉的《掌控篇》基础秘法。而遁天梭更是他的老师呼延博创造出来的，因此罗峰使用陨墨星一脉的操控方法便如鱼得水。而且罗峰在使用遁天梭方面的天赋的确很高。

"铛！"

金色剑鱼一扭身子，尾巴直接拍击在绿色刀刃上，将那念力兵器击得直接撞在了黑色擂台上，令黑色擂台上出现了一个小坑，而且有火花闪烁。

而后，金色剑鱼顺势袭向身穿黑袍的对手，那人当场毙命。

第二战，疯子胜！

"哧！"

金色剑鱼直接穿透对手的胸腔，而后30把飞刀从对手身体中冲出来。

第三战，疯子胜！

"我总算获得一颗星的评价了。继续！"罗峰双眸发亮。

另一边。

雷神手持雷电战刀，领域在身体周围释放开来，一条条电蛇环绕着他。

"仅仅恒星级一阶强者，竟然拥有自己的领域！我看到决战空间系统给的资料上写着这一条，还不敢相信，此时亲眼看到，果然是真的。来吧！让我看看，拥有领域的恒星级一阶强者到底强在哪里。"一个评价为四颗星的瘦高男子手持一把战刀，冷冷地说道。

"你很快就会知道。"雷神咧嘴一笑，"杀了你，我就能得到三颗星的评价。"

这边，洪手持一杆黑色长枪，默默站在擂台上。

"行星级九阶的领域强者？有意思。我难得碰到这样的对手，来吧。"一个矮小而壮硕的少年双手各持一把战刀，双眸泛红。

"第三战就碰到了六颗星评价的强者，很好。"洪微微点头。

前两战，洪展现出了领域，系统的资料自动添上了这一条。没想到，竟然有六颗星评价的强者主动向他发出挑战申请，他怎么会拒绝呢？

……

在决战空间中，战斗是非常快的，一天战斗数百场是很正常的。当然，若是输了一场决战，一般都会停下来，好好反思。战斗、失败、反思、领悟，再战斗，这是很多人都经历的过程。

不过，罗峰、洪、雷神三人，一场战斗都没输过。特别是洪和雷神，因为拥有领域，所以会收到一些评价高的武者的挑战，这令他们的评价提升得非常快，毕竟战胜一名六颗星同阶武者比战胜一百名一颗星同阶武者更加有效。

三个小时后，罗峰三人坐在杀戮场的大厅中。

"二哥，我还没打痛快呢，怎么就叫我出来了？"罗峰不满地看着雷神。

"每一战都必须认真，特别是对手一个比一个厉害，我都有点心神疲累了，大家都休息休息。"雷神笑道。

旁边的洪摇摇头，笑道："我不是太累。"

"我根本没疲累的感觉。"罗峰忍不住说道，"你们得到几颗星的评价了？"

"六颗星。"雷神回道。

"七颗星。"洪道。

"我才三颗星。"罗峰很恼怒。

"我一开始是主动邀战，后来都是一些高评价的强者主动挑战我。"雷神笑道，"恒星级一阶的领域强者很少，所以很多强者想跟我交战。"

"我也是。"洪说道。

罗峰苦笑一声。

他明白洪和雷神的评价为什么提升得这么快了。

自己虽然战斗速度够快，可对手大多是低评价的，而且自己没有什么地方能够吸引高评价的对手主动发来挑战申请。

"我先喝杯饮料，过一会儿，我就进入决战空间，不得到六颗星的评价，我就不出来。"罗峰说道。

六颗星强者勉强算是同阶武者中的高手。毕竟，就算是同阶武者，在发力、意识、经验、兵器运用技巧、境界等各方面，也有很大的差距。

罗峰彻底爆发了！

一次次战斗，令罗峰的战斗记录不断被刷新，基本没有败绩。这终于吸引了一些高评价武者的注意，他们开始向罗峰发起挑战。

杀戮场聚集了黑龙山帝国的无数精英。

罗峰、洪、雷神在决战空间中迅速崛起，渐渐吸引了不少强者的注意。

只要愿意花钱，别人是可以在决战空间外面观战的，观战的人越多，缴纳的费用越高。当然，就算是恒星级一阶的九颗星武者进行对战，观战者缴纳的费用也高不到哪里去，毕竟对战双方只是恒星级一阶强者。若是域主级或者界主级强者对战，那观战的人可就多了。

不过，恒星级强者对战时，还是有一些组织的高层偶尔会来观看，主要是想看看能否将人招揽进自己的组织。毕竟天才必须早点笼络，若是迟了，就被别的组织给抢走了。

"诺岚山，听说你们百虎楼要召集一些精英弟子。你看，那个年轻人绝对是精神念师中一等一的苗子。你若是错过了，可就被别人给抢走了。"

"一等一的苗子？"

"没错，这个年轻人的意识强度非常高，仅仅是恒星级一阶强者，就有这么高的意识强度，简直不可思议。而且，他操控念力兵器的境界也极高。短短两天的时间，他已经取得了822场胜利，仅仅负了一场，评价是七颗星。"

屏幕上正显示一场战斗，诺岚山刚准备仔细观看，却发现了熟人。

"罗峰！"诺岚山原本期待的心情瞬间没了，很不爽。

第 317 章

惨败

诺岚山板着脸，看着眼前屏幕上播放的视频。

对于罗峰，他没有一点好感。特别是后来他安排人给罗峰写了一封很有诱惑力的邮件，可罗峰居然连一点回音都没有，这令他很恼火。

此刻看到罗峰出风头，他心里怎么会痛快？

"咦？"看着看着，诺岚山露出喜悦之色，他看向身侧的大鼻子男子，"这就是你说的天才？"

视频中，罗峰根本就是完败。

"这是他最后一场战斗的视频。"大鼻子男子连忙说道，"这个叫疯子的年轻人输掉这一场后，一直没有再战。"

"最后一场战斗！"诺岚山嘴角微微上翘。

决战空间中空荡荡的。

罗峰独自跌坐在黑色擂台边，遁天梭也放在旁边。

"怎么会这样？我的遁天梭竟然拿她没办法。她仅仅是个恒星级一阶的武者，不是精神念师，而且只有六颗星评价，竟然轻易就击败了我。面对她，我竟然毫无反抗之力！"罗峰眼中满是疑惑。

罗峰连胜822场，这是何等的风光！

罗峰以为，他在恒星级一阶强者中算是天才。可是，就在刚才，他碰到了那位手持双刀的女武者，他毫无抵抗之力，而且这个女武者还给他一次次机会，每个关键时刻都放过了他，最后一次女武者的刀划过他的眉心。

短短一场决战，对手连续放水九次，其实力显然远超罗峰，仿佛大人戏弄孩子一样，这让罗峰的自尊心受挫了。

"我，我竟然这么弱！"罗峰难以置信。

此刻，还有很多强者申请挑战罗峰，可罗峰根本没心思应战，他的脑海中全是之前这场战斗的情景。

他的剑鱼阵威力极大，可是依旧败在那女武者无比锋利的刀下。

女武者两手各持一把战刀，双刀配合得天衣无缝。

"我怎么会输得这么惨？她是与我同阶的武者，我竟然……"

罗峰可以接受失败，却无法接受惨败。

通过这一次惨败，他明白了一件事，单单黑龙山岛屿，同阶武者比他强的就有很多。

另外一个决战空间中，雷神正和一个女武者大战。

雷神之前的战绩非常好，获得了691胜，仅仅3负，评价为八颗星。虽然失败了3次，但是雷神并不在意，因为决战本来就有输有赢。

来这里参加战斗的大多是强者，是为了获得突破。雷神拥有领域，所以他的对手大多是评价为七颗星强者或者八颗星强者，乃至九颗星强者，输了3场很正常。

"给我破！"雷神完全被笼罩在领域中，手中的原力战刀化作一道道闪电。

"铛——"一连串撞击声响起。

女武者一身白色战衣，显得干净清爽。她面无表情，目光冷厉，双手各持一把锋利的战刀，双刀接连挡下雷神的一次次怒劈。快速的对战中，女武者的一把战刀竟然穿过雷神的战刀幻影，袭向雷神的脖子。

雷神败！

旁边的决战空间中。

一身黑色战衣的洪手持一杆银色长枪，看着眼前的对手："哈哈！痛快！真痛快！我连战695场，跟你一比，其他对手根本上不了台面。"

经过虚拟助手自动翻译，洪的话成了宇宙通用语。

他对面站着一个身材消瘦、穿着白袍的男子，白袍青年手持一把长剑，看着洪："我也没想到，在杀戮场的决战空间中，竟然能碰到你这样厉害的对手。"

"再来。"白袍青年大喝一声。

"嗖！"

他闪电般地往前冲，近身逼向洪，同时手中的长剑袭向洪。

"哈哈哈……"洪却大笑起来。

洪手中的长枪猛地一卷，仿佛万千浪涛一般直接将对手席卷，同时枪法意境融入黑暗领域，仿佛可怕的旋涡，直接吞噬眼前的白袍青年。

白袍青年手中的长剑无比利落，带着点点电光，刺向旋涡，同时他周围弥漫的闪电领域不断膨胀。

"轰！"双方的武器一触即分，而后又闪电般交战。

此战异常激烈！

洪之前连战695场，每一场都赢得无比轻松，这一次却遇到了一个厉害的对手。两人战斗超过上千回合，明显洪的领域压过对手一头，可对手那诡异的剑法威力极大，硬是转劣势为优势。

战斗这么久，双方都没有失误。

两人站在擂台上，遥遥相对。

"杀手，你赢得了我的尊重。这一战，我们算平手吧！"白袍青年说道。

"剑手，你也赢得了我的尊重。"洪盯着白袍青年，"我在杀戮场中苦修了一个月，领域和枪法又进了一步，这一招我从未施展过。现在，我就施展出这一招，就当是对你的尊重。"

洪的话经过虚拟助手翻译出来。

"什么？"白袍青年脸色大变。

"我把这一招称为'此恨绵绵无绝期'。"

洪说完，手中的长枪一抖，顿时长枪仿佛大龙猛地蹿出，牵扯着周围的黑暗领域，并产生了连绵不绝的冲击波。

白袍青年眼睛眯起，手中的长剑闪电般地袭出，每一剑都差之毫厘，仅仅击中枪尖。白袍青年想逃，却被洪的领域笼罩住了，他的速度又不如洪。

"哧！"洪的枪尖直接穿透白袍青年的眉心。

此战，洪取得了胜利！

杀戮场大厅。

血红色的大厅，黑色的桌子，冰冷的椅子。罗峰和雷神端坐在那里，心情极差。

"没想到，你也遇到她了。"罗峰苦笑道。

"什么？你也遇到她了？"雷神很惊讶。

"嗯。"罗峰点点头，"那个女武者很厉害，我根本不是她的对手。而且，她根本没有用全力，完全是在戏弄我。她的身体素质只达到恒星级一阶，和我同级别同阶，竟然比我强这么多。我使出了遁天梭，也不是她的对手。"

"我也是。我觉得她应该拥有领域，可是她连领域都没施展，就连续伤了我9次，最后一次才杀了我。"雷神笑容苦涩。

在地球上，他们都算得上是超级强者，一个是天赋卓绝的天才，一个是雷电武馆的创始人。不承想，他们竟然会败在一个与他们同级别同阶的女武者手上，而且对方根本没有用尽全力。

"老二、老三，你们叫我干什么？"洪面带笑容，意气风发地走过来，"咦，你们情绪好像不太好。"

"输了。"罗峰摇摇头。

"输得很惨。"雷神无奈地道。

"输了是好事啊。"洪坐在旁边的椅子上，安慰道，"输了，才能发现自己的弱点，这样才能进步。"

"可是，我们输得太惨了。"罗峰看了洪一眼，"大哥，你的心情很好啊！"

"哈哈！我刚刚遇到一个很强的对手。"洪看了罗峰和雷神一眼，"你们的修为即便达到恒星级一阶，恐怕也不是他的对手。若非这一个月在杀戮场苦修，我的修为有所突破，这次我恐怕也赢不了他。遇到这样的对手，真是痛快。"

……

杀戮场除了消费比较低、人流量比较大的大厅，还有一些私密性较高的静心室。

其中一间静心室中。

一个身材魁梧的男子坐在沙发上，看着眼前的屏幕，屏幕上同时播放着三个视频，分别是罗峰对战女武者、雷神对战女武者、洪对战白袍青年的视频。

这个男子死死地盯着第三个视频。

"竟然是领域三重！这小子使出最后一枪，爆发的绝对是领域三重。一个修为只达到行星级九阶的小子，竟然达到了领域三重。"男子无比激动。

忽然——

"咚！咚！咚！"敲门声响起。

"进来。"男子淡淡地道。

门被推开了。

穿着白袍的女武者和白袍青年走了进来，关上门。而后，白袍女武者恭敬地道："大人，任务完成了。"

"很好，你们可以离开虚拟宇宙，回去了，你们的贡献积分我已经发过去了。"男子道。

"是！"

白袍女武者和白袍青年的身影当即化为虚无。

显然，他们离开了虚拟宇宙，回归现实了。

第318章

域主级强者

杀戮场大厅。

罗峰和洪、雷神正在讨论之前的三场战斗。

对于罗峰来说，之前和女武者的一战，对他的打击很大。输并不可怕，可怕的是输得这么惨，这说明他和同级别同阶的武者还有很大的实力差距。

"嗯？"罗峰的余光瞥到杀戮场的工作人员朝他们走来。

"咦？"雷神朝四周看看，这里就他们三人而已。

"那人似乎是来找我们的。"洪低声说道。

来人是一个精瘦的男子。

他看向罗峰三人，笑道："三位先生，楼上静心室的主人请三位过去相见。"

"静心室的主人？！"

罗峰心中一惊，和旁边的洪、雷神相视一眼。

杀戮场大厅是很多得到重点培养的精英们的休息场所，而静心室是私密性极高的私人房间。很多强者长期租下一间静心室，静心室的主人一般是宇宙级强者。当然，还有极少数是实力不强的富人。

"前面带路。"罗峰、洪、雷神三人当即起身。

"好的。"

工作人员在前面带路，很快沿着旋转楼梯来到二楼。

一楼是宽广的大厅，二楼是幽静的迷宫，迷宫中有一间间静心室，静心室里有很多宇宙级强者，还有域主级强者，甚至高高在上的界主级强者。

在黑龙山帝国，界主级强者堪称超级高手，可界主级强者平常都是在虚拟宇宙乾巫大陆活动，基本不会去黑龙山岛屿。毕竟黑龙山帝国疆域内的界主级强者太少，能够经常在虚拟宇宙见到的就更少，他们自然更愿意去乾巫大陆，那里才是真的强者如云。

"就是这间。"工作人员站在门前，轻轻敲门。

"进来。"一道浑厚的声音响起。

门当即打开了。

工作人员恭敬行礼："先生，我已经将三位客人带到。"

随后，工作人员就退下了。

罗峰三人打量着静心室中的魁梧汉子，此人全身皮肤呈青黑色，仿佛钢铁铸就的一般。

"三位，进来吧。"魁梧汉子说道。

罗峰三人丝毫不惧，直接步入静心室。

步入静心室后，他们发现静心室一下子亮堂了。

罗峰看着眼前的魁梧汉子，大吃一惊：汉子的左胸前挂着一枚勋章，勋章上的图案很奇特——滔天的血海上悬浮着两颗星球。

宇宙二星佣兵！

罗峰震惊了。

想要参加宇宙二星佣兵考核，其中一个条件是要拥有域主级强者的实力，所以宇宙二星佣兵最弱的都是域主级强者。要知道，银蓝帝国、卡罗帝国等宇宙初等文明国度都不敢招惹域主级强者。域主级强者可以划出一块区域，自己当主人，而且是被整个宇宙认可的。

宇宙级强者要一次次发起攻击，才能够毁灭地球，而域主级强者只需击出一拳，拳力引起海水的波动，造成大洪水，就能淹没整个地球，使得地球毁灭。

这就是域主级强者，足以令宇宙初等文明国度震撼的强者。当初的虬龙星主人就是一个域主级强者，而眼前这位比一般的域主级强者还要强。

"见过大人。"

罗峰、洪、雷神三人相视一眼，同时恭敬地行礼。

尊敬强者，这是宇宙武者公认的礼节。

"我已经观察你们一个多月了。"魁梧汉子看着罗峰三人，脸上露出一丝笑容，"你们进入杀戮场后，每天都来杀戮场训练，没有一天停止，我说得可对？"

罗峰大吃一惊。

他转头看向洪和雷神，同样很震惊。

"可是，我不明白，你们为什么一直待在杀戮场。事实上，偶尔待在杀戮场还好，若是长期待在杀戮场，那就是浪费时间。"魁梧汉子疑惑地看着罗峰三人。

"浪费时间？"罗峰眉头一皱。

"什么意思？"雷神也皱眉。

洪则默默地看着对方。

"难道你们的老师没有告诉你们，提升实力最好的方法是进行生死战斗？"魁梧汉子反问道。

"我们当然知道。"雷神说道。

洪点点头。

地球上，强者涌现最快的时代是大涅槃时期和使用木伢晶的时期。大涅槃时期，短短数年，弱小的人类便进化成强者，甚至出现了行星级的强者。数十年后，木伢晶被发现，从而又催生出一批强者。

"你们既然懂，为何还留在杀戮场？"魁梧汉子问道。

"这也是无比艰险的生死战斗啊！"雷神说道。

"错，错得很离谱。"魁梧汉子摇摇头，"看来你们没有老师，或者说，你们的老师水准很低。"

罗峰三人都仔细聆听。

一个域主级强者能跟他们说这些话，这是他们的福气。

"你们知道，为什么进行生死战斗会使得实力飙升，顿悟很快，进化极快吗？"魁梧汉子看着三人。

罗峰三人都摇摇头，其中的道理他们真不懂。

魁梧汉子感慨一声，道："进行生死战斗时，有的人能爆发出无穷的潜力。在面对死亡危机时，身体内的每一个细胞都会条件反射地挣扎，从而使得遗传物质加速进化，令身体乃至灵魂都达到巅峰进化状态。在这种状态下，人更加容易领悟，更加容易进化，更加容易提升实力。"

"这是一种条件反射，或者说是生命反射。在面对死亡危机时，生命体会做出最强烈的挣扎。有人苦修数十年却始终无法突破，或许一场死亡危机就能令其突破。"魁梧汉子看向罗峰三人，"这就是无数强者甘愿冒险，不惜进行生死战斗的原因。"

罗峰喃喃自语："进行生死战斗时，会爆发无穷的潜力？"

洪、雷神也陷入了沉思。

"宇宙级、域主级、界主级，乃至传说中的不朽级强者有九成加入了宇宙佣兵联盟，都进行过生死冒险。

"巨斧斗武场是无比残忍的斗武场所，那里进行的每一场战斗必有一方丧命。然而，巨斧斗武场的战斗无比盛行，就是因为在生死之间冒险，是提升修为最快的一种方法。宇宙中的强者有几个不是从生死线上一路走过来的？

"所以，我很疑惑，你们为什么一直待在杀戮场，简直浪费时间。偶尔在这里待几天，算是训练。可是，杀戮场中的战斗只是训练，有老师教导的效果，却无法起到快速提升修为的效果。因为杀戮空间是虚拟的，就算殒命，也可以瞬间复生，根本无法让你们切实感觉到那种死亡危机，自然无法达到进化效果。"魁梧汉子说道。

罗峰、洪、雷神三人此刻完全明白了。

这么多天，经历了这么多场血战，可是，三人的身体进化效率依旧很低，身体素质和过去差不多。

洪依旧是行星级九阶强者，罗峰和雷神的身体强度和过去差不多。他们的技巧进步了，可身体素质没有多大进步。

"没错，虚拟宇宙中没有死亡威胁，让人感觉不到危机。毕竟是虚拟世界，即便死了，可以瞬间复生，当然没有现实中那种心惊胆战、惊恐等情绪。"罗峰心中暗道。

而后，他用意念吼道："巴巴塔！"

"罗峰，你这么大声干吗？"巴巴塔没好气地道。

"你为什么不告诉我这些，我们在杀戮场长期待下去，就是浪费时间。"罗峰怒道。

"这可不能怪我。你已经有金角巨兽这个本体，根本就没有瓶颈，你的修为可以不断提升，直至达到界主级巅峰，何必去进行生死战斗呢？没错，进行生死战斗，进化的速度更快，可是死亡率也很高。待你的实力更强，再进行生死战斗也不迟。"

"我是没关系，可是大哥和二哥呢？"罗峰问道。

"呃，不进行生死战斗，他们的修为达到恒星级算是到顶了。"巴巴塔说道。

"你为什么不早说？"罗峰有些气恼。

"主人交给我的任务是培养你，又不是培养洪和雷神。待你的实力强一点，可以去进行生死战斗，我自然会提醒你。浪费这点时间，对洪和雷神也不算什么。我要一切以你为重。"巴巴塔丝毫不以为意。

当罗峰自觉亏欠洪和雷神的时候——

"生死战斗！"洪和雷神眼睛一亮。

"难怪我的修为一直无法突破，从而达到恒星级。"洪低声说道。

"是啊！我总觉得安逸的日子没有激情，身上没劲，原来是这样。"雷神也道。

"老三，一起去冒险吗？"雷神看向罗峰。

这时，旁边的魁梧汉子笑了，道："生死战斗是每一个强者必须经历的，一次次突破生死关卡，一次次超越自己，这才是强者之路。不过，在这之前，我得提醒你们一点，身体基础是很重要的。

"不同的血统，进化效率也不一样。有些人在进行生死战斗时，容易进化，而有些人的进化难度则比别人高很多。有些种群，成年时，修为可以达到恒星级、宇宙级，乃至域主级。

"这是表格，上面将人类的血统分成十个等级，你们看看自己的血统属于哪一个等级，或许我可以让你们修炼时少走很多弯路。"魁梧汉子笑道。

他指向屏幕，屏幕上出现了一个表格。

第 319 章

冥昱的邀请

罗峰连忙转头看去。

洪和雷神目不转睛地盯着表格。

"宇宙中，人类族群无比庞大，成千上万，血统大概分成十个等级。"魁梧汉子指着屏幕。

罗峰仔细看着，只见表格上的内容非常清晰。

人类血统第一等：成年即可达到域主级。

人类血统第二等：成年即可达到宇宙级。

人类血统第三等、第四等：成年即可达到恒星级。

人类血统第五等、第六等：成年即可达到行星级。

人类血统第七等、第八等：成年即可达到学徒级。

成年后都不入流的，根据其修炼天赋、族群内出现强者的概率，分出第九等和第十等。

"你们的族群血统是哪一等？"魁梧汉子问道。

罗峰和洪、雷神相视一眼。

按照表单上的标准，地球人的血统属于第九等，毕竟现如今绝大多数地球人成年后都是不入流的。不过，按照罗峰的计划，将大量的紫光露给地球人使用，百年后，地球人应该能晋升到第八等血统。

"第九等。"罗峰回道。

"第九等？"魁梧汉子看了罗峰一眼，又看向洪和雷神，显然不敢置信。

"是的，第九等。"洪也说道。

"第九等怎么了？我们照样能自我突破。"雷神说道。

魁梧汉子笑了起来，道："我不是这个意思，我只是很惊讶，第九等血统的族群竟然能够诞生两个恒星级一阶强者和一个行星级九阶强者，这实在是太难得了。"

第九等血统意味着根基浅，想获得高成就是很难的。

"我很佩服你们。"魁梧汉子说道，"我也恭喜你们。"

"恭喜？"罗峰等三人不解。

"你们族群血统等级低，这令你们进化难度非常大，比高等血统的族群进化难多了。可是，如果你们能够使用进化剂来改善血统，便可轻易提高你们本身的血统等级。"魁梧汉子说道。

"进化剂？血统进化剂？"一声惊叫声在罗峰脑海中响起。

"巴巴塔，你怎么这么惊讶？"罗峰用意念问道。

"罗峰，你们面前的这个人绝对大有来头。血统进化剂绝对算是宇宙中限制级的宝物，如果没有一定地位，根本连购买渠道都没有，除非付出极大的代价，这样才有可能买到一份血统进化剂。你要想办法从他手上弄到血统进化剂，那可是一等一的好东西。"

"进化剂？这是做什么用的？"洪问道。

"我们修炼的时候，不就是生命自然进化吗？"雷神疑惑地看着魁梧汉子。

魁梧汉子微微一笑，道："这么跟你们说吧，人类修炼的过程就好像建房子，而血统就像是根基。血统差，代表根基差。血统差的人修炼，就像是在极差的根基上建造高楼，随着楼越来越高，其危险程度也越来越高，所以必须一次次强化根基。然而，强化根基是很麻烦的。

"血统强，代表根基非常好，轻而易举就能建造上百层的高楼，也就是说，直接成为域主级强者，且连一点危险都没有。

"血统进化剂的作用就是改造血统，相当于一次性改良根基，让差的根基一下子跃升为中等根基，以后建造坚固的大楼便更加容易。明白了吗？"

罗峰三人都点点头。

"血统进化剂无法直接增强你们的实力，却能够让你们以后修炼更容易。"魁梧汉子笑道，"当然，明面上，商店等诸多地方根本不卖血统进化剂。因为制作血统进化剂要付出很大的代价，且量不多，当然不会对外贩卖，除非有人能够出天价购买。"

"你们可知道，血统进化剂是谁研究出来的？"魁梧汉子问道。

"不知道。"罗峰三人都摇摇头。

"虚拟宇宙公司。"魁梧汉子直接说道，"宇宙中，拥有最强科研能力的虚拟宇宙公司研究出了血统进化剂。"

"虚拟宇宙公司！"罗峰顿时了然。

虚拟宇宙公司的网络很神奇，能够让宇宙中的任何一人瞬间进入网络，和别人交流，这是何等发达的科技！

最让人震惊的是，不但原宇宙有虚拟宇宙网络，暗宇宙也有，真是让人惊叹。

"哈哈！说了这么多，我还没自我介绍呢。"魁梧汉子笑道，"我是虚拟宇宙公司黑龙山分部的一名外部执事，名唤冥昱。你们称呼我冥昱先生，或者唤我冥昱大人都可以。"

"冥昱大人。"罗峰三人都恭敬行礼，心中很是惊讶。

巴巴塔说得没错，这个魁梧汉子的确大有来头。虚拟宇宙公司可是宇宙人类世界的五大巨头之一，比乾巫宇宙国都要强大得多。就算是陨墨星主人，在虚拟宇宙公司面前，也宛若蝼蚁，毕竟就连陨墨星主人都不敢招惹乾巫宇宙国。而虚拟宇宙公司的分部遍布各个宇宙国。

这是何等强大的势力！

虚拟宇宙公司黑龙山分部的一个外部执事就是域主级强者，这简直太惊人了！

"原来是来自虚拟宇宙公司的冥昱大人。"雷神笑道。

冥昱微微一笑。

"血统进化剂正是我们虚拟宇宙公司制作出来的。不过，血统进化剂是限制级物品，在外面流通得非常少，就算是有能力买到，恐怕也得付出极大的代价。不过，如果你们加入我们虚拟宇宙公司，成为内部成员，就可以免费得到血统进化剂。"

"免费？！"罗峰三人闻言一怔。

这虚拟宇宙公司的确是财大气粗啊！

"是的！免费！我们虚拟宇宙公司正在众多宇宙国中招揽精英，你们的实力在同级同阶中都算得上是精英。"冥昱看向罗峰，"你的意识非常强，修为达到了恒星级一阶，振幅强度超过36了吧？"

罗峰汗颜。

罗峰的意识之所以强，是因为本体是金角巨兽。

"你也不错，修为仅仅达到恒星级一阶，就已拥有领域。"冥昱看向雷神。

"你们两个都算得上是三级精英。"冥昱最后看向洪，双眸发亮，"当然，最厉害的是你，修为仅仅达到行星级九阶，不单单拥有领域，而且达到了领域三重，你的悟性极高，实在让人惊叹。你可以被评定为一级精英，算是种子精英。"

罗峰无语。

他靠着金角巨兽拥有强大的意识，竟然仅仅被定为三级精英。

"之前我安排了两人和你们对战。"冥昱指向屏幕，屏幕上顿时出现三个视频，分别是白袍女武者、白袍青年和罗峰他们对战的视频。

罗峰、洪、雷神丝毫不惊讶。

他们早就猜出，那两个突然冒出的超级强者很可能就是眼前的人安排的。

"她是我们虚拟宇宙公司的特级精英，而他是二级精英。"冥昱解释道。

"特级精英？"

罗峰和雷神盯着视频中的白袍女武者，惊讶不已。

洪的修为达到了行星级九阶，拥有领域三重，只是被评为一级精英。而这个白袍女武者竟然被评为特级精英。难怪白袍女武者和他们对战时，极其轻松。

"宇宙浩瀚，与黑龙山帝国类似的国度数不胜数，天才当然更多。我们虚拟宇宙公司培养人才，将人才分为特级、一级、二级、三级这四个等级。不过，这还只是黑龙山分部的人才的等级划分，总公司那边的等级划分更加严格。"

听了冥昱这番话，罗峰和雷神很受挫。

在黑龙山分部，他们都算是垫底的。

"你们别气馁，能被我们虚拟宇宙公司评为精英，即使是等级最低的三级精英，在同级同阶武者和精神念师中都算是一等一的。"冥昱安慰道，"只要你们愿意加入黑龙山分部，未来一定会有很大的进步。对了，我还不知道你们的名字呢。"

"罗峰。"

"洪。"

"雷神。"

罗峰三人没有丝毫犹豫，相继报出了自己的真实名字。

他们也没什么好隐瞒的。再者，虚拟宇宙公司可是大势力，估计早就有他们的详细信息了。

"罗峰、雷神，你们一旦加入虚拟宇宙公司，可以免费得到一份血统进化剂，而洪可以得到一份S型血统进化剂。"冥昱期待地看着三人，"你们可愿意加入虚拟宇宙公司？"

第320章

离开地球

罗峰、洪、雷神三人彼此交换一下眼神。

"冥昱大人，我有个问题。"洪看着眼前的冥昱，"如果我们加入了虚拟宇宙公司，需要做些什么？"

"初期，你们的实力弱，主要是进行训练。公司会培养你们，所以管理很严格，你们务必遵守公司的命令，刻苦训练，接受生死考验等。随着你们的实力提升，自由权限会不断加大，实力越强就越自由，只需要在关键时刻做一些事即可。"冥昱直接说道。

罗峰三人都犹豫了。

洪和雷神可都是武馆的创始人，哪里受得了别人的严格管理啊？

"实力弱时，难道不能自由行动？"洪问道。

罗峰、雷神都看着冥昱。

"当然可以，你们有规定的假期。"冥昱郑重地道，"不过，训练期间，是非常严格的，这点你们必须明白。所谓假期，其实就是可以通过虚拟宇宙网络和亲人、朋友见面，其实并没多大意义。"

罗峰三人彼此相视一眼，都摇摇头。

在虚拟宇宙公司，他们可能要待上百年乃至更久的时间，接受严格管理，三人都无法接受。

"看来，他们都接受不了严格管理。"冥昱心中暗叹。

这种事情他遇到不少。作为外部执事，他经常会招揽一些精英加入虚拟宇宙公司。可是，既然是精英，自然早就得到其他势力的拉拢，大多数精英桀骜不驯，哪会愿意长期接受严格管理，所以拒绝他的很多。可是，虚拟宇宙公司培养内部的重要人员，都必须经过严格管理、筛选的。

"我们无法接受。"洪说道。

"其实，我刚才说的是内部成员的筛选标准。我们虚拟宇宙公司有内部成员和外部成员，内部成员享受的好处非常多，自然要接受严格管理。而外部成员更自由，好处却少得多，远不如内部成员。

"我是外部执事，也就是外部成员。你们如果成为我们虚拟宇宙公司的外部成员，虽然无法免费得到血统进化剂，但是能花钱购买血统进化剂。购买第一份，可享受低价，购买第二份，价格可就高了，一名外部成员最多可购买三份血统进化剂。"

"血统进化剂的价格是多少？"罗峰问道。

"购买第一份，价格为1亿乾巫币；购买第二份，需要10亿乾巫币。外面流通的血统进化剂的量很少，只有那些手腕强的人才能弄到，所以价格炒得非常高。同时，虚拟宇宙公司严令禁止贩卖血统进化剂，若是发现有暗中贩卖行为，下场只有一个，那就是死……

"这是成为虚拟宇宙公司外部成员的一些要求，你们看看，是否能接受。"

冥昱指向屏幕，屏幕上立即出现一条条标准。

五分钟后——

"欢迎你们加入虚拟宇宙公司。现在你们是虚拟宇宙公司黑龙山分部的外部成员，暂时受我管辖，有事可以直接给我发邮件。"冥昱笑道。

"是，冥昱大人。"罗峰三人微微躬身。

罗峰三人离开杀戮场，回到黑龙山岛屿九星湾的居住地。

"外部成员真的很自由。"

"冥昱竟然允许我们加入一些宇宙中的普通组织，甚至允许我们加入乾巫道场，真是不可思议。"雷神走在湖边的鹅卵石路上，感叹道，"可惜，他禁止我们加入巨斧斗武场等跨宇宙国的势力组织。"

虚拟宇宙公司的武部分为内部和外部。内部是虚拟宇宙公司最重要的部分，绝对禁止成员加入其他任何势力，而外部就宽松多了。

比如乾巫道场的某个界主级强者受到邀请，可以在虚拟宇宙公司外部挂个名。遇到重要的事情，虚拟宇宙公司会让外部成员去解决，平常对外部成员并不怎么约束，只要其不加入和它同级别的超级大势力即可。

"虚拟宇宙公司根本没将乾巫道场放在眼里。"罗峰笑道。

"哈哈！罗峰，我本来还想让你借助乾巫道场的势力，将来在宇宙中更好行事。可若是你能在虚拟宇宙公司外部拥有足够高的地位，那也很了不得啊！"巴巴塔兴奋地道。

"大哥、二哥，购买血统进化剂，你们的乾巫币够吗？"罗峰问道。

"当然够！"

"充足得很。"

洪和雷神都说道。

罗峰点点头。

现在罗峰的资金比较紧张。他购买了大量高效率的金属组合，令金角巨兽的体内世界快速进化，相信不到一年时间，金角巨兽的修为即可突破至宇宙级。到时候，金角巨兽所需吞噬的金属更昂贵，而他所花费的黑龙币更多。他算了一下，自己如今的资金完全不够用啊！

"当年，我的老师恐怕也没想到，他的弟子会掌控金角巨兽吧！唉，金角巨兽真是花钱。"罗峰心中暗道。

"老三，和外部执事谈完后，我决定去宇宙佣兵联盟报名。"洪双眸发亮，"虽然我现在还无法参加宇宙见习佣兵考核，但是我已经按捺不住了。"

"我也是！"雷神道。

"你们……"罗峰闻言一怔。

"老三，你走不走？"洪问道。

"一起去吗？"雷神也看着罗峰。

地球上的武者有几个是胆小的？

"去，当然一起去！"罗峰说道。

"哈哈！"雷神大笑起来。

"老三，好样的！"洪拍了拍罗峰的肩膀。

罗峰看着斗志昂扬的洪和雷神，心中默默地道："我当然也想进行生死冒险，危急时刻，修为取得突破，这种感觉的确很美妙！"

当年在荒野区，他数次和怪兽进行生死搏斗，那种经历既刺激又振奋人心。

"如果大哥和二哥遭遇无法解决的危机，我可以放出金角巨兽，救下他们。"罗峰暗道。

金角巨兽的存在是个秘密，轻易不能泄露。可是，若是遇到无法解决的危险，当然要放出金角巨兽。

杀戮场大厅。

一名苍老的绿皮肤老者坐在大厅一角，手里端着一杯水，他微微抬起头，时而朝四周看看。

他就是黑龙山岛屿杀戮场的总负责人——曼落。

就在这时，冥昱快步走了过来，直接来到曼落的面前。

"大人。"冥昱低声唤道。

"怎么样？"曼落看向他。

冥昱恭敬地回道："大人猜得很准，他们都不愿意加入内部，只愿意加入外部。并且，那洪的确很厉害，修为仅仅达到行星级九阶，却拥有领域三重。"

"领域三重？！"曼落的眼睛一下子变得明亮，仿佛能够看透人心。

在曼落面前，冥昱这个宇宙二星佣兵无比恭敬。

"很好。"曼落点点头，"能够有一名一级精英加入外部，也算是不错了，毕竟特级精英是可遇不可求的。那三人都是精英，的确无法强迫，任由他们自己发展吧。"

"是！"冥昱恭敬地道。

地球，C国，YZ城。

一艘C9级深蓝色的三角形宇宙飞船悬浮在城堡上空，这是罗峰三人刚刚购买的飞船，花费了110亿黑龙币。对现如今的罗峰三人而言，这的确算不得什么，毕竟一套星球防御系统的费用是飞船的数十倍。

"别哭，爸爸只是出去办事而已，而且我们能在虚拟宇宙中见面聊天啊！来，乖，亲爸爸一口。"罗峰半蹲在两个儿子面前，柔声说道。

两个可爱的小男孩分别在罗峰脸上亲了几口，紧紧抱住罗峰，很是不舍。

"儿子，"罗洪国拍拍罗峰的肩膀，"我也不多说了，你在外面要注意安全。"

"嗯！对了，罗华呢？"罗峰看向四周。

一旁来送行的甄楠连忙说道："这几天，罗华的金融投资处于关键时期，现在正是交易时间，他不敢有丝毫松懈，所以，让我来跟大哥说一声，回头他会去虚拟宇宙中跟大哥道歉。"

"这小子。"罗峰失笑。

罗峰和家人一一告别。

洪和雷神的亲人也在送别他们。

随后，罗峰、洪、雷神带着两名奴仆上了宇宙飞船。

"呼！"

深蓝色三角形宇宙飞船缓缓升空，在三家人的注视下，迅速飞入大气层，消失在他们的视线内。

第321章

血统进化剂

罗峰他们的宇宙飞船在暗宇宙中飞行了约8个小时，抵达离地球1.18万光年的白兰星。

白兰星北部的极冷区域。

宇宙飞船降落在仓库基地中间的城堡前，城堡的卫队立即前来迎接。

"我们先在白兰星待3天，虚拟宇宙公司需要3天时间，才能将血统进化剂送过来。"罗峰说道。

罗峰直接从舱门跃下，踩在厚厚的积雪上。

洪和雷神也一跃而下，跟在罗峰身旁。

罗峰一身血红色战衣，腰带紧缚，战袍随风飘荡。

雷神一身白色战衣，洪则是一身黑色战衣。

罗峰和洪的战衣都是摩云藤幻化而成的摩云战衣，唯有雷神的战衣是他专门购买的二阶原力战衣。

"冥昱将血统进化剂说得神乎其神，也不知道是真是假。"雷神嘀咕道，"在虚拟宇宙网络上都搜索不到血统进化剂的讯息。"

"那是因为你的权限不够。"罗峰笑道，"在虚拟宇宙网络中查找信息是很难的，我们只是虚拟宇宙公司普通的外部成员，查找一些不重要的、公开的信息很容易，可是想要查找一些限制级的信息，需要足够高的权限。"

"唉！看来虚拟宇宙公司的等级很森严啊！"雷神摇摇头。

"哪个地方没有等级？"洪淡淡一笑。

来到白兰星的第三天，傍晚时分。

在皑皑白雪的映照下，天空显得很明亮。一艘飞碟形的深灰色宇宙飞船没有停在星球停泊港，直接飞到了罗峰等人的仓库基地前，这艘宇宙飞船上有虚拟宇宙公司的标志。

深灰色宇宙飞船停稳。

罗峰、洪、雷神站在雪地上，满怀期待地看着飞船的舱门。

舱门开启，三个人走了下来。为首的女子拎着一个手提箱，另外两人紧随其后，飞到了罗峰三人的面前。

为首的女子戴着黑色眼镜，扫视罗峰三人后，她的眼镜浮现出一串唯有她能看到的数据。

"身份已确认，可以进行交割！"

"罗峰、洪、雷神，这是你们的血统进化剂。"女子淡淡地说道。

而后，她直接打开手提箱，箱子内有三支泛着彩光的针管，里面装着彩色的液体。

咔嚓一声，她合上手提箱，将其递到罗峰三人面前。

"谢谢。"罗峰伸手接过。

三人直接转头，飞入宇宙飞船中。仅仅数秒钟，飞船一飞冲天，离开了白兰星。

"血统进化剂。"罗峰三人都期待地看着手提箱。

"走，快进去。"罗峰道。

"哈哈！我都等不及想看了。"雷神笑道。

罗峰三人各自取了一份血统进化剂，进入各自的修炼室。

罗峰看着手中的细长针管中的彩色液体，默念一声："开始吧！"

而后，他直接将针管的盖子拿掉，把针缓缓地刺入皮肤，针管中的彩色液体逐渐进入体内，开始疯狂吞噬罗峰体内的每一个细胞。

罗峰咒骂一声，直接蜷缩在地上。

他咬着牙，强忍着没有发出痛苦的呻吟声，牙龈都渗出了血。

"真疼啊！"罗峰心中暗道。

"罗峰，你忍忍，这玩意儿是改善血统的，自然是从最深处进行改变，的确非常疼。忍忍，熬过去就好了。"巴巴塔安慰道。

"还要多久？"罗峰身体不由得发抖。

"很快，不到一个小时。"巴巴塔说道。

"一个小时？！"罗峰无奈，只能咬紧牙关。

他再疼，也得忍着。旁边的两个修炼室很安静，显然洪和雷神也在强忍这种巨大的痛苦。

罗峰发出一声声低哼，其体内每一个细胞都在发生着变化。按理说，人类血统的进化是一个漫长的过程，而血统进化剂是虚拟宇宙公司研究出来的加速这种变化的进化剂，故而每一份的成本都很高。

修炼室中。

罗峰仰面躺在地上，衣服都湿透了，贴在身上，显示出了精壮的身躯。

他躺在那里，一动不动，显然很疲累。

"好累啊！我全身的骨头都好像散架了，现在连一根手指头都不想动。"罗峰用意念和巴巴塔说道，"可是，我又有一种发自心底的舒坦。"

"血统进化的过程当然痛苦，不过，进化后会无比舒坦。在这个过程中，你本身的生命力大大消耗了。你现在赶紧使用木伢晶，木伢晶蕴含了大量生命力，是可以促进生命进化的宝物。你现在使用，效果最好。"巴巴塔连忙说道。

"明白。"罗峰点点头。

"你快通知我大哥和二哥，让他们使用木伢晶。"罗峰道。

巴巴塔当即通过通信器通知洪和雷神。

……

罗峰三人都沉浸在修炼中。一颗木伢晶蕴含的能量很惊人，平常罗峰每天只要花一点时间吸收木伢晶的能量，就能令体内的能量完全饱和。今天，他刚刚经历血统大进化，身体虚弱得很，可以疯狂地吸收木伢晶的能量。

"这感觉无比美妙。"罗峰盘膝而坐，手中握着一颗木伢晶。

大量蕴含生命力的能量疯狂融入他的体内，他全身的细胞都在吸收能量。每一点能量都是刚刚融入体内，就被吸收了，这个吸收过程就这么持续着。

大概23个小时后，一颗木伢晶的能量被吸收完了。

罗峰又拿出了一颗木伢晶。

吸收木伢晶能量的过程，也是罗峰身体进化的过程。随着身体不断进化，他能够承受的精神念力不断变多，大量精粹的念力从本命原核直接融入识海，识海中的念力越来越多。

"轰隆隆——"

血色念力宛如血海浪涛一般汹涌澎湃，而后疯狂聚集，形成巨大的血球，不断地膨胀，而后收缩。

随着血球最后一次收缩，罗峰整个识海一阵轰鸣，一颗散发着光芒的耀眼恒星形成了。

识海中，新恒星围绕着老恒星旋转，老恒星也小幅度地旋转，形成双子恒星结构。

"咻！"

经过罗峰识海中两颗恒星内部的提纯，更加精纯的念力充满整个识海，同时识海中的虚空之塔开始发生蜕变。

罗峰的身体素质从行星级七阶跨入行星级八阶，精神念力则跨入恒星级二阶。

一天后。

罗峰脚踏遁天梭，化作一道流光，在白兰星的北部极冷区域迅速飞行，可怕的速度令下方厚厚的积雪裂了开来，形成一条沟壑。

金色剑鱼疾速穿梭而过，一座雪山轰然爆炸开来，大量积雪倾塌。

"痛快！"罗峰悬浮在半空中。

"老三。"

"老三。"

远处传来两道声音。

"大哥、二哥，你们来了。"罗峰脚踏遁天梭，闪电般飞向远处。

远处的雪地上站着两个男子，一个身穿黑色战衣，一个身穿白色战衣，正是洪和雷神。

此时，他们显得意气风发。使用血统进化剂没多久，他们就收到了巴巴塔的提醒，使用了木伢晶。

洪一举突破，修为达到了恒星级一阶，雷神则达到恒星级二阶。可惜，这样的机会是可遇不可求的，血统进化剂用一次有效，再用就几乎没什么效果了。不过，对于自己目前的状态，罗峰、洪、雷神都很满意。毕竟血统进化剂最重要的效果是令他们以后修为提升得更快一点。

"老三。"洪看向罗峰。

"嗯？"罗峰降落在雪地上。

"老三，我和大哥准备去申请参加宇宙见习佣兵考核，你觉得怎么样？"雷神看着罗峰。

"宇宙见习佣兵考核？"罗峰一怔，"也对，大哥现在达到了恒星级一阶，确实可以申请参加宇宙见习佣兵考核了。"

宇宙见习佣兵考核是宇宙佣兵联盟诸多考核中的入门考核，当初何若和布雷姆就是去参加宇宙见习佣兵考核的。这个入门考核会把不适合生死冒险的人给淘汰掉，淘汰的方式很残酷，大多数会在考核中丧命，运气好的才能保住小命。

宇宙见习佣兵考核的死亡率高，这是出了名的。

"宇宙见习佣兵考核？"罗峰默默地念叨。

"怎么样？"洪和雷神都看着罗峰。

"你们准备什么时候出发？"罗峰问道。

"当然是越快越好！"雷神忍不住说道，"当然，我们要先通过虚拟宇宙网络好好查一下，参加宇宙见习佣兵考核要注意什么。"

第322章

前往沧澜星

虚拟宇宙，黑龙山岛屿，九星湾。

罗峰三人围坐在露天石桌旁，面前悬浮一块屏幕，屏幕上出现大量有关参加宇宙见习佣兵考核的注意事项。

宇宙见习佣兵考核一律在界主世界内进行。界主世界内，除了本身存在的各种危险，更大的危险来自于其他参加考核的成员，因为劫杀随时会发生，别人会将你得到的考核物品夺走。

罗峰浏览着注意事项，不由得皱起了眉头。

参加宇宙见习佣兵考核，如果是修为达到恒星级两三阶的新人，最好找恒星级八九阶的强者，组成小队。这样的话，面对抢劫时，好歹有反抗或者逃命的能力。

几个恒星级一二阶的新人千万不要直接进去，就算运气好，得到了考核物品，也会被人夺走。

……

罗峰三人看完注意事项，彼此相视一眼，都有些无语。

"原来最危险的反而是参加宇宙见习佣兵考核的其他人。"雷神摇摇头。

"人心最难测。"洪沉重地道。

"幸好我们带了两名奴仆。"罗峰道。

罗峰虽然也觉得宇宙见习佣兵考核难度很大，但是并不紧张。出发的时候，以防遇到难以解决的麻烦，他带了两名恒星级九阶奴仆，其中一名是精神念师，另外一名是武者，是他购买的奴仆中极为优秀的。

那些恒星级九阶奴仆都得到了罗峰传授的陨墨星一脉的初等修炼秘法。既然他们都是罗峰的奴仆，自然不会背叛罗峰，泄露陨墨星一脉的初等修炼秘法，所以巴巴塔并没有阻止。

"找到恒星级八九阶强者，组成小队？"雷神笑了，"哈哈！幸好我们有两个大帮手。"

"嗯！我们不用再找强者组成小队了。"洪也笑了。

没有法律的保护，陌生人彼此之间自然无法百分百信任，因而组队未必是安全的。为了防止背后被人捅一刀，还是和自己人组队比较靠谱。罗峰三人的运气好，有两个恒星级九阶强者帮忙，这样一来，他们可以组成五人的小团体。

"爸爸，爸爸，你在看什么呢？"穿着战衣的罗海跑了过来。

"我在忙呢。来，亲爸爸一下。"罗峰连忙跑过去，抱起儿子。

当天晚上，罗峰他们就乘坐宇宙飞船离开了白兰星。

冒险者身份证必须在现实中的宇宙佣兵联盟办理，只有办理了冒险者身份证，才能参加宇宙见习佣兵考核。

此次罗峰他们的目的地是虬龙星。

10天后。

虬龙星的宇宙佣兵联盟驻地。

这里很大，堪比一座城池，罗峰、洪、雷神和两个恒星级九阶强者步入其中。

"人真多啊！"罗峰赞叹道。

"简直是人山人海。"雷神道。

许多人到这里，超八成都是来进行冒险者注册的。

罗峰他们混在人群中，和其他不同种群的人一起排队，等待进行冒险者注册。一个多小时后，他们总算搞定了。

"这就是冒险者身份证？"雷神看着手中的卡。

"嗯！别弄丢了，补办很麻烦的。"罗峰笑道，"走，我们去申请参加宇宙见习佣兵考核。"

进行冒险者注册的人很多，而申请参加宇宙见习佣兵考核的人少得多，因此罗峰他们根本不需要排队。

"恒星级二阶精神念师、恒星级二阶武者、恒星级一阶武者、恒星级九阶武者、恒星级九阶精神念师，你们都符合参加宇宙见习佣兵考核的申请要求，每人缴纳1万黑龙币。"工作人员说道。

"好的。"罗峰等五人当即交上费用。

"这是你们的考核任务的详细内容，你们自己看吧。"

那人将罗峰等五人的冒险身份证刷了一下，五人的编号已经进入宇宙见习佣兵考核系统，可以去参加考核了。

罗峰等五人走进旁边的一家酒吧，随便点了酒水，立即仔细阅读考核内容。

"进入沧澜星的界主世界，得到三颗风角石、一个独角铁犀的角，而后将这些交给守在界主世界出口的宇宙佣兵联盟工作人员，就代表通过了宇宙见习佣兵考核，自此，就是一名合格的宇宙见习佣兵。"

考核任务主要具有考核的作用，而非一般的冒险活动，设置这个任务就是为了淘汰一大批人。

"这考核看起来不简单。"雷神嘀咕道，"不过，这个也太好作弊了吧。如果有人花钱去外面购买风角石、独角铁犀的角，到时候说是自己弄到手的不就行了？"

"看这里。"罗峰翻到资料的第六页，"风角石是界主世界特有的一种石头，蕴含界主世界的属性。而独角铁犀是放养在界主世界中的凶兽，它的角上有着宇宙佣兵联盟的人做的记号。每次任务完成后，考核物品会被收回。也就是说，就算有人将这些考核物品带出去，也会遭到宇宙佣兵联盟的严厉打击。一旦发现有人作弊，将永远取消其考核资格，而贩卖的人直接被击杀。"

罗峰等五人正在讨论宇宙见习佣兵考核任务。

"五位先生，"一个耳朵特大的精瘦男子满脸笑容，靠了过来，"你们是准备参加宇宙见习佣兵考核吧？"

"嗯？"罗峰等五人看过去。

"黑龙山星域境内的宇宙见习佣兵考核都在沧澜星上的界主世界进行，我这里有界主世界的详细地图，还有很多通过了宇宙见习佣兵考核的前辈的经验之谈。"男子低声说道，"有了这些，成功率起码增加一倍。"

"地图？经验？"罗峰疑惑地看着男子。

"多少钱？"雷神问道。

"不贵，100黑龙币一份。"男子回道。

"这还不贵，50黑龙币就来一份。"雷神直接说道。

"成交！"男子干脆利落。

在虬龙星上，罗峰他们购买了这份关于宇宙见习佣兵考核的书，但仔细一对比，地图倒是一模一样，那些经验则是五花八门。

看着这些，罗峰等五人心中暗惊。每过一段时间，界主世界就会有所变化。

之前，罗峰还为两位奴仆购买了二阶战衣、二阶原力或念力兵器。极品的二阶念力兵器需要数十亿黑龙币，罗峰自己使用的只是下品三阶念力兵器，却给两位奴仆买了中品二阶兵器。对于恒星级强者而言，中品二阶兵器完全够用了。

随后，罗峰他们乘坐宇宙飞船离开了虬龙星，前往名气比虬龙星更大的沧澜星。

沧澜星是黑龙山帝国疆域范围内排前100名的重要星球，其主人是一个界主级强者，当然，沧澜星的领主并没住在沧澜星上。

"敖骨、铁南河，从现在开始，你们就是我们这支小队极为重要的成员，若是有人拦截我们，我们三个就要靠你们保护了。"飞船控制室中，罗峰对眼前的两名奴仆说道。

他此次带出来的两名奴仆的相貌都接近地球人。

敖骨是恒星级九阶精神念师，精瘦，一头暗红色的头发乱糟糟的。他是罗峰购买的恒星级九阶奴隶中，实力排名第一的精神念师。

铁南河是一名精壮、高大的铁汉，双眸凹陷，和地球人唯一的区别是额头有着三块鳞片。他是罗峰购买的恒星级九阶奴隶中，实力排名第一的武者。

"保护主人，是我们的使命。"敖骨道。

"主人，你别这么说，我们理应保护你们的安全。"铁南河也道。

"谢谢你们！将来我们这支小队很可能经历很多生死危机，若是我们都活着通过考核，我会解除你们的生物芯片，让你们恢复自由。"罗峰说道。

敖骨和铁南河闻言，眼睛一亮。

在生物芯片的控制下，他们根本无法违抗主人的命令。若能够获得自由，这将是他们一生中最开心的事。

"沧澜星快到了。"

"沧澜星。"敖骨和铁南河眼中有着期待的神色，他们会拼命保护好罗峰。

一旦主人身死，他们也就完了，更别提重获自由了。

宇宙飞船朝一颗水蓝色的星球飞去。

"好漂亮的星球，都赶得上地球了。"罗峰站在控制室内，看着远处星空中的星球，夸赞道。

"的确很漂亮。"雷神也赞叹道，"这里还真是奇特！沧澜星的直径约3.2万千米，而界主世界的面积是沧澜星的百倍。如此大的界主世界，据说有些界主级巅峰强者能令其藏匿在一粒沙子中。"

"一沙一世界，这就是界主级强者的神通广大之处。"洪赞叹道。

"呼！"

深蓝色的宇宙飞船很快就飞入了沧澜星。

第 323 章

雷霆世界

沧澜星。

罗峰一行人乘坐的宇宙飞船刚刚抵达，就被牵引信号引到了星球停泊港。

"现在只能靠我们自己飞行了。以我们的速度，几分钟就能到了。"

罗峰和其他四人朝远处的一座繁华大都市飞去，那座都市名唤雷霆市。

这座城市本来并不叫这个名字，之前有人在该市发现了一个界主级强者创造的世界，而那个界主世界又是以雷霆出名的，所以被称为"雷霆世界"。于是，这个城市被其他星球的人称为"雷霆市"。

"雷霆市到了。"

罗峰等五人降落，只见城市中随处可见浮空车，还有一些御空飞行的人。

"宇宙佣兵联盟驻地就在3万米外。"

雷神低头看着辅助光脑上出现的地图，而后指向星球磁场对应的东北方向。

罗峰等五人迅速朝宇宙佣兵联盟驻地赶去，那个界主世界就在驻地中。

当初人们先发现了这个界主世界，而后这里才成为宇宙佣兵联盟驻地。

罗峰等五人进入宇宙佣兵联盟驻地。

"你们往这边走，前面被重重包围的别墅就是雷霆世界。"驻地上的一名工作人员指着远处，对罗峰他们说道。

周围无比空旷，却有一栋有着大量守卫的别墅。

"那就是雷霆世界？"一行人都看着那座别墅。

工作人员咧嘴笑道："当年，建造雷霆世界的界主大人可能隐居在雷霆市，买下了一栋别墅，然后就在别墅中建造了雷霆世界。从外表看，谁又能看出别墅里面有一个比整个沧澜星都要庞大的世界呢？多年过去了，周围的其他别墅早就化为灰烬了。"

罗峰笑道："多谢。"

"我们走！"罗峰等五人直接朝远处的那栋别墅走去。

别墅的周围有许多守卫。

忽然——

守卫们迅速分开，让出一条通道，一个胸前挂着宇宙一星佣兵勋章的男子走了出来。

他仰头看天，周围的守卫都恭恭敬敬的，看样子，这个宇宙佣兵是这里的头儿。

"怎么了？"罗峰有些讶异。

"看，天空中飞来了一艘宇宙飞船。"雷神指向天空。

此时，宇宙佣兵联盟驻地的不少人都抬头看去。只见一艘宇宙飞船从远处飞来，刹那间就已停在驻地的上空，一动不动。

"哗！"舱门自动开启。

而后，一个个年轻男女相继飞下来。

看他们的模样，应该来自于不同的种群，有20多个人。

"加亚大人。"那个宇宙一星佣兵连忙上前。

飞下来的20多个年轻人中，有一个穿着紫色战衣的俊美男子，他的胸前挂着宇宙二星佣兵的勋章。

"我只是送手下的一些小家伙来这里参加宇宙见习佣兵考核，你这个当头儿的没必要亲自来迎接。"

"加亚大人当年救了我一命，我怎么能不出来迎接呢？"那个宇宙佣兵笑道，而后看向那一群年轻人，"这些是黑云会的新人吗？看起来都很不错。"

"哈哈！这批新人中有几个好苗子。"紫衣男子笑道。

随即，紫衣男子的目光扫过一群年轻人，喝道："宇宙见习佣兵考核到底有多危险，我就不多说了。我只希望，下一次在黑云会还能见到你们，赶紧进入界主世界吧。"

"是，总教官。"一群年轻人恭敬应命。

随即，他们分成四支小队，每支小队中都有恒星级二、三阶强者，也有恒星级八、九阶强者。

四支小队依次进入别墅中。别墅看起来就那么点大，可是，20多人都进去了，仿佛里面还有很大的空间。

紫衣男子站在那里，气势很强，让人不敢靠近。

罗峰等五人混在远处的人群中，也不敢靠近。

"那人刚刚提到黑云会，黑云会是什么？"周围的人小声议论起来。

"什么是黑云会？"罗峰疑惑地看向洪和雷神。

"不知道。"洪和雷神摇摇头。

"主人，我们也不知道。"敖骨和铁南河都摇摇头。

忽然，旁边两人的对话吸引了罗峰他们的注意。

"黑云会可是我们黑龙山帝国的四大组织之一。黑龙山帝国统领整个黑龙山星域，疆域辽阔，辖下有8000多星系。整个帝国最强的是两大圣地，其次是四大组织、十六大家族。"

"两大圣地是什么？"

"你连这个都不知道啊？两大圣地是黑龙山和冰海神国，据传两大圣地都是不朽级强者创立的，那不朽级强者麾下的界主级强者不少。而十六大家族中起码都有一个界主级强者，界主级强者可是具有创立一方世界的实力。当然，任何一个圣地都能轻易地灭掉十六大家族。如果说黑龙山、冰海神国和十六大家族属于官方组织，那么四大组织就属于民间组织。四大组织传承千万年，远古时期，就有一些元老甚至进入了乾巫宇宙国。"

……

罗峰等五人都聚精会神地听着。

原来黑龙山帝国的势力是这样划分的。

"罗峰，这是有关黑龙山帝国势力分布的资料。"巴巴塔的声音在罗峰的识海中响起。

顿时，罗峰护臂的屏幕上出现了大量资料，他低头看的同时，将这些资料发给了其他四人。

仔细一看，罗峰惊叹不已。

黑龙山帝国的根基就是黑龙山和冰海神国这两大圣地。这是官方宣布的最强力量。

而民间的最强力量就是四大组织，四大组织的势力遍布上千星系，每个组织都有一群界主级强者，实力绝对不容小觑。而且，四大组织的幕后有乾巫宇宙国中的一些位高权重的超级强者，所以四大组织的严密性或许不如两大圣地，巅峰武力却相差无几。

"什么？诺岚山是四大组织之一百虎楼的成员？！"罗峰心中一惊。

巴巴塔给的资料中，有关于诺岚山是百虎楼成员的大概介绍。看完后，罗峰松了一口气。

"还好，诺岚山只是百虎楼的一个基层成员，没什么权力。"

……

在黑龙山帝国，四大组织绝对是能掀起波涛的。

如果诺岚山家族是一滴水珠，那么四大组织中任何一个组织都是汹涌的大海。因为巅峰武力强、背景深厚，所以黑龙山帝国只能默许这四大组织的存在。

"诺岚山的背景这么强？"雷神很惊讶，同时原力在周围形成隔音薄膜。

"他只是百虎楼的基层成员而已，并不是高层。"洪说道。

百虎楼属于四大组织之一，而诺岚山只是宇宙级九阶实力的武者，的确只能算是基层成员。

"在黑龙山帝国，三斧山、百虎楼、黑云会、北龙城都是能够一手遮天的大势力。"罗峰道。

"如果有一天，自己能够在这种组织中身居高位，只需一声令下，便能灭了

161

诺岚山家族。"罗峰心想。

"罗峰，你没必要向往那些大势力。记住，实力才是最重要的，待你拥有主人那般的实力，一句话就能令整个黑龙山帝国为你效命。要知道，主人麾下可是有九大不朽级奴仆。"巴巴塔说道。

罗峰笑了。

的确，在陨墨星主人面前，黑龙山帝国也只能低头。

可是，对如今的罗峰来说，这黑龙山帝国依旧是了不得的大势力。

……

"我们是来参加宇宙见习佣兵考核的。"罗峰等五人站在别墅前。

"嘀！"信号扫描了罗峰等五人。

守卫们听到代表通过的信号，这才点点头："进去吧！"

显然，罗峰他们的身份验证通过了。

宽敞的花园中，有一栋三层楼的普通别墅，别墅门口站着两个表情冷淡的黑衣女子。

其中一个黑衣女子看向罗峰等五人，郑重地道："五位冒险者，相信你们对即将进入的界主世界有所了解，现在后悔的话，可以退出。"

"不后悔，开门吧。"罗峰说道。

"吱呀！"

另外一个黑衣女子直接推开了别墅的大门，道："界主世界在二楼。"

罗峰等五人进入大厅，而后沿着楼梯，上了二楼。二楼的其他房间都很正常，唯有一个房间的门口站着脸上有着紫色花纹的女子。

女子看到罗峰等五人，直接拉开了房门，顿时一道流光泄出。

"这是……"罗峰等五人屏息看着。

那流光仿佛泡沫一般，令罗峰等五人根本弄不清楚房间内的情况。

"进去吧，那就是雷霆世界。"女子冷冷地说道。

"嗯！"

罗峰等五人彼此相视一眼，然后都伸出双手，一个牵住一个。不牵住手的话，进入雷霆世界后，五人会分散，去往不同的地方。

"进去！"

铁南河率先一脚迈入流光中，随后是雷神、罗峰、洪，最后一个是敖骨。

五人进入流光中，完全消失不见了。

"嘭！"女子再度关上房门。

第324章

初入雷霆世界

斗转星移。

之前面前的还是宽敞的别墅，热闹无比的宇宙佣兵联盟驻地，一转眼，眼前一片漆黑。

"呼——"

铁南河、罗峰、洪、雷神、敖骨五人刚进入雷霆世界，立即以惊人的速度下坠。

五人连忙控制体内的微型星球，以此来改变周围的引力，然而还是晚了。

五道低沉的撞击声响起，罗峰等五人摔在地面上。

"真疼！"罗峰连忙站起身来。

"这地面是不是铺满了钉子？"雷神也站起身来。

五人环顾周围。

黑漆漆的世界中，只有远处的高空隐隐有着光亮，而他们的脚下是一望无际的黑色沙漠。

"沙漠？！"洪十分惊讶，当即蹲了下来。

"这就是我们购买的书中描述的死亡沙漠？！"雷神也很惊讶，"奇怪，我们疾速下坠，竟然只砸出一个浅坑，这算什么沙漠？"

"的确是沙漠。"

罗峰抓起地面上的一把沙砾，沙砾呈深蓝色，乍一看还以为是黑色。

每一粒沙子和碎石都很沉，密度比地球上的铁高百倍，且沙砾隐隐有磁性，令所有沙砾都吸在一起。所以刚才他们疾速坠落，却只能砸出一个浅坑。

"雷霆世界的引力约为地球引力的3900倍。"洪郑重地道，"这里整个世界是由界主级强者使用宇宙本源能量创造的，界主世界的根基是宇宙晶。土地、沙砾、岩石等都受宇宙本源能量的影响，比外界物质要特殊得多。"

"的确特殊，每颗沙砾都很沉。"罗峰点点头。

"这实在够奢侈的，建造这么大的世界，得耗费多少宇宙本源能量啊！"雷神忍不住道。

达到界主级别，才能施展出一种不可思议的能量，这种能量一旦凝结，就是宇宙晶。在宇宙中，宇宙晶属于硬通货，这可不像是银蓝币、黑龙币、乾巫币等国家制造的货币。宇宙晶是宇宙本源能量凝结而成的，在任何宇宙国和任何种族都通用。

"这里引力太大，我的念力也受到了影响。"罗峰眉头一皱。

"你的念力辐射的范围是多少？"雷神问道。

"范围不及在地球时的千分之一。"罗峰回道。

在地球上，行星级一阶精神念师的念力可辐射周围1000米，而恒星级一阶精神念师的念力可辐射周围100千米。然而，罗峰是恒星级二阶精神念师，在这个引力是地球3900倍的界主世界，念力辐射范围竟不足100米。

"我的念力辐射范围不足1000米。"敖骨说道。

"死亡沙漠是雷霆世界中最危险的区域。"洪缓缓地说道，"而且现在这里正值深夜，我们无法找到准确的方向，在死亡沙漠中待得越久，就越危险。我们得马上出发，随便选择一个方向，以最快的速度前行。"

死亡沙漠是雷霆世界的禁地之一，连凶兽都不敢在这里久待。

"对，赶紧出发。"雷神道。

"就这个方向吧，前进。"罗峰随便指了一个方向。

顿时，罗峰等五人都腾空而起。这里的引力虽然很大，但是不至于让恒星级强者无法飞行。当然，因为引力的影响，他们的飞行速度要慢很多。

5分钟左右——

队伍中的最强精神念师敖骨眉头一皱，道："主人，我感觉不对劲。"

"哪里不对劲？"罗峰看向敖骨。

"你们快看后面。"雷神大声喊道。

罗峰、洪、铁南河、敖骨都转头看去，只见后方是铺天盖地的黑色沙尘，黑色沙尘正以惊人的速度朝他们袭来。

在那铺天盖地的沙尘下，还有几名年轻男女拼命飞逃。

"死亡尘暴！"敖骨脸色煞白。

"那是死亡尘暴，快逃！"雷神急切地大吼。

"快，快，快。"洪也急了。

五人瞬间使出了最快速度，而敖骨情急之下，一把抓住飞行速度较慢的洪和雷神，带着他们飞行。

罗峰脚踏遁天梭，速度和带着两个人飞行的敖骨不相上下。

罗峰他们购买的书中记载的诸多危险之一就是死亡尘暴。死亡尘暴是死亡沙漠中的三大危险之一，它的出现没有任何规律，让人无法躲避。

一代代前辈的经验告诉他们，面对死亡尘暴，钻入沙漠下方就是找死，朝天空飞去也是找死，唯一的方法就是和死亡尘暴比拼速度。如果死亡尘暴没追上你，就代表你能活命。

"刚刚进入雷霆世界，就遇到死亡尘暴，这算什么事啊！"雷神低声咒骂，"看，后面的貌似是我们进入雷霆世界前见过的黑云会四支小队之一。"

罗峰用念力操控遁天梭，保持极限的飞行速度。

"嗯？"罗峰转头，朝后面一看。

的确有一支小队，被铺天盖地的沙尘追着。看那小队成员的穿着，的确是比罗峰等五人先进入雷霆世界的黑云会的四支小队之一。

那正在逃命的小队一共有六个人，四男二女。

死亡尘暴不断接近黑云会小队，小队最后面的汉子不甘地咆哮着。

"咻！"死亡尘暴追上了那个汉子，直接将其席卷起来。

在蕴含宇宙本源能量的沙砾的席卷之下，那个汉子身上的战衣直接碎裂，当场毙命。

"啊！死亡尘暴追上来了！"

"快逃啊！"

这支小队的其他五人惊慌不已，在死亡面前，个个爆发出最快的飞行速度。

而小队前方几千米处的罗峰等五人也被吓到了，当即跑得更快。

"快，快，快，赶紧逃。"

"别被死亡尘暴给追上了。"

"老天，这死亡尘暴太可怕了，竟然产生了这么强的能量。我敢肯定，沙漠地底都会受到这股可怕的尘暴的影响。难怪书中写着钻进沙漠地底必死无疑。"

雷神虽然也很紧张，但是根本没有任何办法，此刻他和洪是被精神念师敖骨带着飞行的。

敖骨独自带着两个人飞行，罗峰脚踏遁天梭飞行，铁南河独自飞行，速度都很快。

后面的黑云会小队又有飞得慢的两个人丧命了。而后，死亡尘暴席卷的速度开始减缓，滔天气势减弱，显然这一场死亡尘暴快消散了。

"总算逃过一劫。"罗峰这才松了一口气。

"看，黑云会小队只剩下三个人，一个恒星级九阶精神念师，还有两个恒星级二、三阶的年轻人。"雷神看着身后迅速追来的三人，对其他四人说道。

那三人中，那个恒星级九阶强者脚踩圆盘，带着一对年轻男女疾速飞行。

"很正常。"罗峰掉过头去，看向后面的三人，"黑云会安排了几支小队参加这次考核，每支小队都有恒星级九阶强者。恒星级九阶强者是当保镖的，真正来接受考验的是恒星级二、三阶的年轻人，这些才是黑云会的后辈精英。"

那三人刻意和罗峰等人拉开距离，而后朝另外一个方向飞去。

这一场突如其来的死亡尘暴令那支黑云会小队损失惨重。

罗峰所在的小队虽然没有什么损失，但是都不敢松懈。

罗峰一行人又飞行了大概半个小时。

"主人，前面出现了连绵的山脉。"铁南河惊喜地叫道。

"山脉？"

罗峰一行人当即加速，果不其然，一座连绵的山脉出现在前方。山脉上有着大量的植物，和死亡沙漠一比，山脉明显充满了生机。

"果真是山脉。"洪低头看向智能光脑屏幕，"老二、老三，根据地图，我想我们应该抵达隆索山脉了。"

"隆索山脉？"雷神飞到高处，仔细查看山脉的轮廓，而后低头看向辅助光脑屏幕，"嗯，这里应该是隆索山脉和死亡沙漠交界处，距离我们其中的一个目的地妖月湖不远。"

妖月湖位于隆索山脉内部，是一个宽度上百千米的湖泊，这里有丰富的水源，所以周围聚集了不少凶兽群，其中就有独角铁犀群。

独角铁犀的角是这次考核过关的物品之一。

"大哥、二哥，在隆索山脉中，我们可要更加小心。死亡沙漠主要是尘暴灾害，而隆索山脉中的山林草木众多，凶兽盘踞，还有很多参加考核的人。在这里，除了人类和凶兽厮杀，人类相互残杀的现象也多得是。"罗峰提醒道。

"明白。"洪和雷神都点点头。

这隆索山脉要比死亡沙漠危险得多。

当然，雷霆世界中，并非只有妖月湖周围有独角铁犀群，其他几个地方也有。只是，妖月湖离罗峰他们最近。

"小心其他人，还要小心界主世界的雷霆。如果发现有打雷的迹象，立即远离可能遭到雷劈的地方。"罗峰心中谨记购买的书中描述的考核经验。

雷霆世界最可怕的自然之威是雷霆，这个世界之所以被命名为雷霆世界，是因为这个世界的雷电太可怕了，远远超过其他自然之威。

一旦被雷霆劈中，就连弱一点的域主级强者都会瞬间化为飞灰。至于恒星级强者，那绝对没有任何一丝生机。

第325章

独角铁犀群

隆索山脉危机潜伏。

"右方1.8万米处有凶兽。"

"前方3点钟的方向有凶兽。"

……

罗峰冷静地报出一个个数据。

整支小队在巴巴塔的帮助下以惊人的速度前行，此等速度，是隆索山脉中大多数小队达不到的。在界主世界中，念力辐射的范围很小，而且使用念力探索容易引起凶兽的注意，所以大多数人前进速度是很慢的。

进行一次宇宙见习佣兵考核，耗费一两年时间都是很正常的。然而，罗峰一行人的速度非常快。

"巴巴塔，有了你的探测仪器，的确方便多了。"罗峰赞叹道。

"这可是从陨墨星号飞船上拆下来的，周围2万米范围内的一切都能探察得一清二楚，就连界主级强者都无法逃脱探察，更别说这些凶兽了。"巴巴塔格外得意。

在山林中前行很难。

罗峰等五人根本不敢飞行，在隆索山脉中飞行，无疑会成为所有凶兽攻击的靶子。

凶兽只需仰头，就能够轻易看到他们。因为凶兽也是能飞的，到时，大群凶兽围攻他们，想逃都没地方逃。

耗费近两天的时间，罗峰等五人终于抵达妖月湖。

妖月湖一望无际，周围有大片空地，一些树木被践踏了，显然湖泊周围经常出现凶兽。

"妖月湖周围没有独角铁犀群啊。"罗峰皱眉。

"没办法，慢慢等吧。"雷神淡淡一笑，"在这里等着，总比我们到处寻找下一个有可能出现独角铁犀群的地方要好。"

"我们的运气不错，进入雷霆世界后，都没有大战过。"洪笑道。

当然，没有进行战斗的主要原因是罗峰手上有巴巴塔的探测仪器，避开了一些危险。

罗峰等五人只能慢慢等待。

雷霆世界中，白天天空中会出现九个类似太阳的光球，晚上则是一片漆黑，只有少许光线。

妖月湖旁边的山林中，第一天夜里，罗峰他们就发现了三头类似巨型蜥蜴的凶兽。

第二天，他们又发现了一批凶兽，甚至还看到了凶兽厮杀的可怕场景。

……

第六天，白天，九个光球悬浮在雷霆世界的上空。

罗峰等五人默默守候。

"没想到，我也会干起守株待兔的事。"雷神坐在树杈上，时而看向远处。

"你就下来吧，那独角铁犀如果来了，我第一时间就会发现。"罗峰抬头，对雷神一笑。

"各位！"忽然罗峰的表情变得严肃起来。

旁边躺着的洪、盘膝静坐的敖骨、站得笔直的铁南河都看了过来。

"怎么了？"三人看向罗峰。

"独角铁犀来了！"罗峰眼睛一亮。

"终于来了！"一群人都站了起来。

"跟我来。"

罗峰脚踏遁天梭，带头迅速穿梭在山林中。虽然山林中的植物茂盛，但是罗峰灵活地穿梭其中，没碰到任何植物。

洪、雷神、铁南河、敖骨紧随其后，五人很快就来到妖月湖的不远处。

"独角铁犀就是从那个方向过来的，速度不是很快，估计五分钟就能到这里。"罗峰指向前方，"一共有21头独角铁犀。"

片刻后，一头头庞然大物出现在他们的视线中。

它们那岩石般的皮肤让人丝毫不怀疑其坚韧程度，那一根仿佛弯刀的独角，在九颗光球的照耀下，反射出冰冷的光，其眼神却很温和。

独角铁犀本质上是很纯朴的一种凶兽。之所以被称为凶兽，是因为智慧低下。在宇宙中，怪兽主要分为妖兽和凶兽两种。

凶兽有实力，却智慧低下。它们不懂得学习，或是凶残，或是温和，共同点是智慧低下。

当然，除了妖兽和凶兽这两种外，还有神兽，如星空巨兽就被称为星空神兽。

"这些独角铁犀的实力很强啊！"雷神低头看向手臂上的屏幕，进行原力传音。

"的确很强，我们五个人联手都很难对付它们，只有想办法将它们分开，反正我们只需要五个独角。"罗峰用念力传音给其他人。

"分开？这个办法可行。这凶兽的智慧低下，应该很好骗。"

"什么办法？"

罗峰等五人低声讨论。

忽然，罗峰脸色微变，低声道："一支人类小队正迅速朝此处靠近，他们应该是发现了去喝水的独角铁犀。"

妖月湖很大，周围没有遮挡物，即使距离远，罗峰等人也能够看到远处湖畔的情形。

一支人类小队出现在他们的视线范围内。

这支小队所有人统一穿着黑色战衣。

"杀！"一道道黑影猛地爆发出最快的速度，直接冲向那群正在喝水的独角铁犀。

独角铁犀猛地抬头看过来，为首的独角铁犀立即仰头，发出愤怒的吼声。

这支小队的每一名人类战士都很冷静，两两联手，围攻一头独角铁犀，以极快的速度将其击杀。

那里一共有十名成员，瞬间就击杀了四头独角铁犀。

……

"那里总共有九个恒星级九阶强者和一个恒星级二阶强者。"罗峰看了一眼屏幕，低声说道，"这支小队配备的恒星级九阶强者未免太多了，那实力弱的估计是个有身份的，所以带了这么多手下进来。"

加入宇宙佣兵联盟，已经成为惯例，因为大多数的强者必须经历这一关。许多大家族的子弟必须参加宇宙见习佣兵考核，为了安全，带一群恒星级九阶强者在身边，是很正常的。虽然家族规定参加考核是为了训练子弟，但是时间长了，许多规定导致的结果总会和家族真正的目的偏离。

"九个恒星级九阶强者的确能对付21头独角铁犀。"洪低声说道。

"我们等了这么久，竟然被一个纨绔子弟给抢占了先机。"雷神恨恨地道。

他心里很不爽。

可是对方有九个恒星级九阶强者，装备很好，配合默契。罗峰他们又能怎么样呢？只能傻傻地看着。

"嗯？"罗峰眼睛一亮，"好事来了。"

"好事？"雷神疑惑地看向罗峰，"这还算好事？"

"说不定，我们能弄到独角。"罗峰期待地看着远处。

"将它们全部杀掉，收集独角，而后直接离开。"

"是！"一群恒星级九阶强者齐声应命。

这时，一个皮肤白皙的青年手持一把狭长的战刀，正和一头体形最小的独角铁犀战斗。这头小独角铁犀修为好像只达到恒星级一阶，完全没有反抗之力。

愤怒的吼声不断响起，一头头独角铁犀轰然倒下。

这群独角铁犀中修为最高的才达到恒星级九阶，面对九个恒星级九阶强者，完全处于下风，死了很多。

"轰——"大地在不断地震动。

"哞！"怒吼声从旁边的山林中传出。

残存的五头独角铁犀激动地吼叫起来，这时，不远处的山林中出现了一头头独角铁犀。

"不好，快走！"九名黑衣手下大声喊道。

"殿下，50多头独角铁犀冲过来了，为首的几头非常厉害，快走。"

"快，保护好九皇子。"

顿时，其中一名黑衣手下一把抱住九皇子，脚踏一件类似巨剑的飞行念力兵器迅速逃走，其他八名黑衣手下则砍下几个独角，紧随其后。

"哞——"大量体形庞大的独角铁犀冲了出来，每一头都双眸泛红，彻底发狂了。

这些都是成年的独角铁犀，体形庞大，气势极强，此刻正追杀那一群黑衣人。

罗峰等五人看到浩浩荡荡的独角铁犀去追杀那支精英小队了，原地只剩下一具具独角铁犀尸身。

"快！"罗峰带头冲出。

"哈哈！这么容易就得手了。"

"那个九皇子是哪个帝国的皇子？宇宙初等文明国度，还是黑龙山帝国？估计他只是统治了一两个星系的初等文明国度的皇子。"雷神嘀咕道。

一群人迅速朝那些独角铁犀尸身处赶去。

虽然那群黑衣人砍下了10个独角，但是还是有6具独角铁犀尸身上有角。

遁天梭化作金色剑鱼，直接将一头独角铁犀额头上的独角削了下来。

洪、雷神、铁南河、敖骨也迅速砍下其他独角。

远处追杀黑衣人的一头独角铁犀感觉到异样，扭过头来，看向罗峰等人，发出愤怒的吼声。

顿时，超过20头独角铁犀立即转头，朝这边疾速冲来。对于敢对它们同类尸身砍杀的人类，它们是非常痛恨的。

　　"快走！"罗峰催促道。

　　"罗峰，1.2万米外，原本盘踞妖月湖畔的一支人类小队现在正以惊人速度朝这里靠近，估计是要劫杀你们。"巴巴塔的提示声在罗峰的脑海中响起。

第326章

百虎楼

罗峰当即将独角铁犀的独角收入空间戒指中，同时念力传音喝道："快走，后面有小队要来劫杀我们了！"

"什么？"洪、雷神大吃一惊。

顾不得迟疑，五人立即飞入旁边的山林。对于恒星级强者而言，1.2万米并不远。如果是在外界，一秒钟即可穿梭而过。在这个界主世界中，虽然速度慢了很多，却也要不了多久。

山林中。

罗峰手一翻，手中出现了盾牌、合金战刀，身上穿着普通的合金战衣。因为没有什么振幅效果，合金战衣、战刀等的价格都不算高，可是材质非常坚硬，达到了D级。

如果是一艘D级合金打造的宇宙飞船，当然会很昂贵。可是，同样材质的战刀、合金战衣、盾牌之类的却便宜得很。

"唰！"罗峰的头部出现了血红色战盔。

这是摩云藤延伸出来的。

罗峰一手拿着六棱形盾牌，一手拿着合金战刀，那反射着光芒的金属战衣包裹住罗峰的身体。

他在迅速逃跑的同时，急切地念力传音道："巴巴塔，那支小队的实力怎么样？"

"那支小队的整体实力不错，有七个恒星级九阶强者、一个恒星级二阶强者，以及一个恒星级三阶强者。"巴巴塔回道。

"浑蛋！"罗峰心中低骂一声。

"对方的速度很快，距离在不断缩短。"巴巴塔不断提醒罗峰。

"后面有七个恒星级九阶强者。"罗峰念力传音给其他人。

"麻烦大了。"洪等人都感觉到了压力。

此刻，后面追击的小队离罗峰他们已经不到1000米了。

后方。

一个青年穿着原力战衣，背着一把和他差不多高的巨型战刀，被旁边的伙伴拉着手，靠伙伴的念力兵器迅速追击。

"哼！"他低头看了手臂上的智能光脑屏幕一眼，"两个恒星级九阶强者和三个恒星级一、二阶强者，实力真弱啊！"

"600米，500米，400米……"他不断计算着距离。

他已经看到前方正在飞速前进的罗峰他们了。

这支小队中其他8名队员都戴着护目镜，护目镜上安装了智能屏幕，屏幕上面时而浮现一连串数据。

"围住他们！"青年当即用原力传音下令。

"是！"八名队员中，有七人恭敬应命。

"嗖——"队员们迅速分散开来，将罗峰他们包围住了。

罗峰等人当即停下，看着包围他们的九个人。

这里是隆索山脉境内的区域，周围的参天大树极多，参天大树上还有凶兽留下的爪痕。如此坚硬的大树，在宇宙中也是很少见的，让人不得不赞叹这位界主级强者的伟大创造。

"谁是领头的？"九人中为首的青年大声喝道，目光在罗峰、洪、雷神身上扫来扫去。

很显然，参加宇宙见习佣兵考核的，大多数实力强的成员都负责保护重要的年轻成员，实力弱的，反而是发号施令的。

"是我。"罗峰盯着眼前的青年，"你们是谁？要干什么？"

"哈哈！你这话可真蠢，我们要干什么，难道你还不知道？"青年嗤笑一声。

"小子，将独角铁犀的六个独角全部交出来，我可以饶你们一命，否则……"

罗峰看着包围他们的一群人，护臂的屏幕上浮现出大量的数据。

"跟他们废话干什么，直接杀了。"青年身侧一个穿着黑色战衣的少女冷冷地道。

青年心中恼怒："这个白痴，难道没看到对方也有两个恒星级九阶强者吗？虽说我们占优势，但是真厮杀起来，对方拼命的话，就算能杀了他们，我们这方恐怕也要损伤不少人。如果没有任何损伤就能得到独角铁犀的独角，不是更好吗？"

"我的伙计已经等不及了。"青年的目光扫过罗峰他们，"还是给个答复吧！"

铁南河四人都看向罗峰，等着罗峰做决定。

罗峰手一翻，手中出现了一个独角。

他看着青年，道："我们可以给你们一个独角。"

"6个全给我，一个都不能少！"青年冷冷地道。

其他八人都恶狠狠地盯着罗峰。他们之前可是看到21头独角铁犀在湖边喝水，死了16头，被攻击它们的一群人弄走了10个个独角，所以他们确信，眼前的这五人弄走了剩下的6个独角。

"黑头发小子，"旁边的少女大声喝道，"我们是百虎楼的人，你们赶紧交出独角，否则……"

百虎楼是黑龙山帝国境内的四大组织之一。来自百虎楼，说明这群人是训练有素的，至少在战斗方面很了不得。

"交不交？"青年不禁恼怒了。

"别跟他们废话了。"少女说道。

雷神等人都感觉到了莫大的压力，罗峰也察觉到，对方显然快没耐心了。

"敖骨！"罗峰念力传音。

"主人有何吩咐？"敖骨连忙传音问道。

"一旦动手，按照来界主世界之前我跟你说的去做，明白吗？"

"明白。"敖骨应道。

罗峰环视眼前的百虎楼小队，目光扫过那些戴着护目镜的恒星级九阶强者，最终落在那对年轻男女身上。

"我最多给你们一个独角，如果还不知足，你们很可能会后悔莫及。"

"恐吓我？"青年冷笑一声。

"哼！"少女转头，和青年相视一眼。

两人几乎同时后退。

"轰——"

除了一个恒星级九阶强者保护他们两人，其他6人同时发动攻击。

攻击的瞬间，站在敖骨身侧的罗峰脸色一沉。

"唰！"一块蓝色的刀刃碎片倏地出现。

敖骨的念力仿佛一只手，重重抓住那刀刃碎片的刀体部分，只露出刀锋，刀锋却有着淡淡的红色。

是的！

这就是镀上一层合金后的赤混铜母残片，只有那锋利的刀刃没有被遮掩。

这一招是现如今罗峰的一大杀招。

他让麾下奴仆中实力最强的精神念师敖骨使用赤混铜母残片。赤混铜母残片极其锋利，而敖骨的实力也极强，这一击，恐怕连宇宙级强者都会被击伤。

"嗖！"蓝色刀芒闪电般袭向冲上来的恒星级九阶强者们。

"主人，小心，他们发出了念力攻击。"早就散开念力的敖骨连忙提醒道。

他仅仅使用一半心神去控制赤混铜母残片，部分注意力在防御上，因为罗峰、洪、雷神三人的灵魂防御根本抵挡不住恒星级九阶精神念师的灵魂攻击。

"哧——"敖骨连忙挡住三人的念力冲击。

"噗——"蓝色刀芒疾速袭向周围的恒星级九阶强者。

在速度极快且锋利无比的刀芒的袭击下，戴着护目镜的几名武者和精神念师当场毙命。

"不可能！"不远处观战的青年和少女都震惊了。

那可是恒星级九阶强者啊，竟然如此不堪一击！

他们不知道的是：对方使用的念力兵器是何等锋利！陨墨星号飞船加速起来，能直接将陨石带撞裂，将一颗小行星直接划开。面对界主级强者，陨墨星号飞船的边缘照样能将其划伤，让其当场丧命。这是陨墨星号飞船的一块残片，其锋利程度可想而知。

"逃！"青年连忙传音给旁边的一个恒星级九阶精神念师。

那恒星级九阶精神念师一把拉住青年，而后又要去拉那个少女。

"扔下她！"青年下令。

"是！"

论地位，少女比青年低一些。而且，这个恒星级九阶精神念师心里很清楚，一旦速度飙升起来，他带着两个人恐怕逃不掉。

"呼！"恒星级九阶精神念师直接带着青年，脚踏念力兵器，迅速化作一道流光逃走了。

"等等我！"少女脸色惨白。

她一转头，就看到那道击杀了六个恒星级九阶强者的蓝色流光疾速朝她飞来。

少女面露惊恐之色，恨恨地大吼："仇宇！"

下一刻，她就没了气息。

一眨眼的工夫，六个恒星级九阶强者，包括一名百虎楼年轻精英，全部丧命。而那个叫作仇宇的青年和他的保镖早就逃之夭夭了。

"别追了。"罗峰道。

"是，主人。"敖骨和铁南河恭敬地应道。

罗峰直接将赤混铜母残片收回空间戒指中。

要追杀那人的话，敖骨去是最合适的，而且敖骨还不能带人去追，如果敖骨带着人，根本追不上。这样一来，原地只剩下罗峰四人，他们在隆索山脉中是不安全的。

而且，罗峰更不可能让敖骨带着赤混铜母残片去追。

"巴巴塔，他们逃掉了，没事吧？"罗峰用意念问道。

"没事！你的身份讯息他根本不知道，就算知道，你居无定所，到时会回地球，怕什么？"巴巴塔满不在乎地道。

第 327 章

星球堡垒

沧澜星，界主世界。

罗峰等五人正在迅速清理战场。

"哈哈，不愧是百虎楼年轻一代的精英，这个小姑娘使用的竟然是智能光脑。那我就不用买智能光脑了，直接用这个就行了。"雷神笑道。

罗峰用的是超越智能光脑的智能生命，洪用的是智能光脑，而雷神之前用的只是辅助光脑。

"空间戒指！"

"还有念力兵器。"

"这六个恒星级九阶强者的宝物加起来，居然都比这个少女的要少。"铁南河迅速将珍贵的宝物一扫而空。

"敖骨，这件飞行念力兵器归你了。"

"铁南河，你喜欢哪件原力兵器，就选哪件。"

"至于空间戒指……"罗峰看向雷神、敖骨、铁南河。

雷神连忙说道："先让我瞧瞧这空间戒指，我自己用的空间戒指是最小规格的。"

五人中，罗峰和洪早就有了空间戒指，雷神的则是自己买的，而且买的是最小的那种。

"哈哈！这还真的比我的空间戒指要大。"雷神开心不已。

雷神、铁南河、敖骨三人调整了装备，随后迅速离开此地，来到千里外的一座山的山脚下。

"下一步，我们该去找风角石了。"罗峰看向其他四人。

"在这个界主世界中，只有一个地方有风角石，那就是雷霆世界的核心地带风雷峡谷。"洪看着护臂上的屏幕，"这里离风雷峡谷超过30万千米，就算一路上顺利，也要近一个月才能抵达。"

在界主世界中，一来引力太大，二来罗峰他们无法以最快的速度飞行。他们靠着巴巴塔的探测仪器，还算顺利，一天一般能前进1万千米，但也需要一个月才能抵达。

"独角铁犀群在界主世界生活的几个地方都远离核心区域。不管我们去哪个地方猎杀独角铁犀，最后还是要赶往风雷峡谷。"雷神皱眉道，"宇宙佣兵联盟安排这个任务，显然是要让我们跨越半个界主世界。"

界主世界中，自然中的威胁都有不少。穿越半个界主世界的话，绝对要经历一场场生死危机，就算有探测仪器，对于一些自然中的威胁并没有多大探察作用。

"这是历练！宇宙佣兵联盟就是要淘汰一批不合格的人，如果连这关都无法通过，以后根本没资格在宇宙中进行冒险。"罗峰道。

"嗯。"洪点点头，"从我们所在的位置前往界主世界核心区域的风雷峡谷，有三条路，大家看看，该走哪一条？"

"这三条路……"雷神看着屏幕上的地图，"都挺危险的。"

"我选择第一条路。"罗峰道，"第一条路上的凶兽较多，自然中的威胁较少。当然，这只是相对其他两条路而言。"

"那好，就选第一条路。"洪点点头。

"那我们现在就出发！"雷神直接说道。

"好。"罗峰道。

罗峰等人当即开始赶路，他们不敢在半空中飞行，那样的话无疑会吸引凶兽，是自寻死路。

界主世界是天堂，也是地狱。对于很多冒险者和佣兵而言，未曾开发的界主世界就是一个巨大的宝库。同时，这里充满危机，一不小心就很可能丧命。可是，还是有大量冒险者、宇宙佣兵不断拥入。而雷霆世界早就被发掘过，现在只是一个专门用来考核见习佣兵的地方。

"浑蛋！"

隆索山脉的一处荆棘丛旁，仇宇紧紧抓着巨型战刀，气愤不已。

一想到一具具恒星级九阶强者的尸身，仇宇既愤怒又害怕。这是他第一次进入界主世界。

他可是天才，故而得到百虎楼精心培养，有了扎实的基础。训练的过程虽然很累，但是没有生命危险。

可这次……

"我差点死了，差点死了！"仇宇仍旧有些后怕。

过去他对未来充满了期待，可是真正面对死亡时，他发现自己竟然那么恐惧。

"教官说过恐惧不要紧，但是千万得冷静。恐惧也是一种力量，能够让身体进化的力量。冷静！"

仇宇渐渐平静下来，看了身侧的保镖一眼，命令道："警戒周围，我要进入虚拟宇宙。"

"是！"保镖恭敬应命。

百虎楼对这些进入界主世界，参加宇宙见习佣兵考核的年轻精英下过命令：每天都要通过虚拟宇宙网络发送一封邮件给监管者，如果有同伴死亡，在邮件中必须说明这件事情。年轻精英只要亲自发送了邮件，就代表自己还活着。

虚拟宇宙，黑龙山岛屿。

一个头上有着两根弯角的男子正躺在椅子上，面前悬浮着一面屏幕。

"嘀！"屏幕上出现了一封邮件。

"邮件来了，打开。"男子慢悠悠地道。

邮件自动打开了。

男子漫不经心地看着，随即猛地站起身来，道："第八小队竟然只剩下两个人还活着，而且还死了一个二级精英和六个保镖。"男子当即给第八小队的其他七人发送通信申请。

果然，一直没有回音。

百虎楼一般是根据年轻精英的重要程度来配备保镖的，比如一支小队有十个人，其中有五个年轻精英，剩下的五个就是保镖；而有的小队只有一个年轻精英，剩下九个都是保镖。

第八小队一共有八个保镖，两个年轻精英。显然，第八小队算是比较重要的小队。对于百虎楼而言，三级精英丧命是比较大的损失，二级精英丧命是更大的损失。若是损失一级精英，简直要跳脚。至于特等精英，是可遇不可求的，百虎楼也很难出一个。

宇宙星空中。

男子睁开眼睛，透过虚拟外景看到远处星空中的庞然大物。

"反正就要到总部了，我就亲自去汇报此事吧。"

那庞然大物是一颗星球，准确地说，是一颗仿佛用合金铸就的星球，这就是百虎楼的总部——黑虎星。

黑虎星就是一座大型的星球堡垒，通体呈黑色。星球上有一条条幽深的通道，直接通往星球内部。星球表面则有着足以一炮轰掉D级宇宙飞船的粗大炮管，还有磁场轨道炮、大型激光炮等诸多武器。

星球上，有些地方偶尔散发出幽蓝的光芒。时而有一艘艘宇宙飞船通过幽深的通道飞入星球内部，时而有大量宇宙飞船从幽深通道中飞出来。一眼看去，那些飞船最低都是C级，很多是D级，偶尔还能看到E级飞船。

而星球堡垒宛若庞大的怪兽，时刻"吞吐"着大量的飞船。这里可是黑龙山帝国四大组织之一的百虎楼的总部，常年驻扎在这里的强者，修为达到界主级的都有不少。这是耗费巨大财力，用一颗很普通的矿物星球改造而成的。

"嘀！"

男子乘坐的宇宙飞船按照星球堡垒发出的牵引信号，沿着黑虎星表面的一条幽深通道飞入星球堡垒。

从星空中看去，这些幽深通道很不起眼，飞近了才会发现，每一条幽深通道的长宽都超过100千米。

这艘宇宙飞船进入了幽深的通道中。

"嗯？这里安装了新的装置？"男子看向幽深通道两侧的内壁，内壁上比原先多了一些黑漆漆的合金架子。

片刻后。

宇宙飞船停在停泊港，男子穿着蓝色长袍，沿着一条宽阔的廊道前行。这条廊道很宽，乍一看，上面有上百人，几乎每个人都穿着蓝色长袍，只有两人穿着白色长袍，而且这两人胸前都挂着宇宙二星佣兵勋章。

"见过大人。"两个白袍人对这个男子恭敬行礼。

在百虎楼，蓝袍是宇宙级强者和一些极为重要的大人物的象征。其实，这个男子仅仅是恒星级强者，可是他的职权大，故而有资格穿上蓝袍。

身穿白袍的，一般是域主级强者和一些高层。

身穿黑袍的，一律为界主级强者。

百虎楼历史上诞生过不朽级强者，可不朽级强者早就去乾巫宇宙国，或者其他地方了。对不朽级强者而言，黑龙山帝国不适合他们修炼。

不管怎么说，百虎楼、黑云会、北龙城、三斧山这四大组织在黑龙山帝国算是大势力，根基深厚，麾下的宇宙级强者非常多，连黑龙山帝国皇族都不愿招惹他们。

单单看百虎楼总部那数不胜数的宇宙飞船，就知道其势力有多强了。

第 328 章

万剑魂印

黑龙山星域，沧澜星，雷霆世界。

罗峰一行人进入雷霆世界已经有36天了。

大草原上，杂草丛生，有些杂草甚至有10米多高。在宇宙本源能量的孕育下，这些杂草非常坚韧，堪比A级合金，比地球上的金刚石都要坚韧得多。

一阵风吹来，草儿低伏，时而显现出一些趴在草原上歇息的凶兽。

五道流光迅速从草丛中一飞而过。

远处耷拉着脑袋，全身遍布青色鳞片的巨兽，若有所察，抬头看过来，发出一声低吼，而后又低下脑袋。

"我们已经离开凶兽青鳞鳄的领地，前方有一群凶兽，我们绕过去。"五道流光微微停顿。

下一刻，穿着合金战衣的罗峰念力传音："出发，今天我们再赶3000千米路就休息。"

"是，主人。"铁南河、敖骨当即应道。

"唰！"五道流光继续前行。

"我以为有了巴巴塔的探测仪器，这宇宙见习佣兵考核会容易很多，没想到比我想象的还要复杂。"罗峰看着远处，脚踏遁天梭疾速飞行，两旁的杂草丛迅速往后退去，"我以为一个月就能抵达风雷峡谷，可现在看来，起码还要半个月的时间。"

四个小时后——

"停！"罗峰传音喝道。

五人同时停下。

即便是洪和雷神，在雷霆世界中也得听罗峰的号令，他们知道罗峰有特殊的探测仪器，可以探察到一定范围内的危险。

"铁南河、敖骨，你们轮流守着，我和大哥、二哥先休息一下。"罗峰说道。

"是，主人。"两人恭敬应道。

罗峰环顾四周，现在已经是夜晚时分，周围杂草丛生，几乎无法看清周围情况。

"今天我们运气不错，一天都没遇到什么危险。"雷神露出笑容，"现在总算能松一口气了。"

"我也担心会像昨天那样。"洪也松了一口气。

罗峰想起昨天的场景，依旧有些后怕。

昨天他们按照路线前行，本来很轻松的，突然罗峰通过探测仪器发现远处有五头凶兽朝他们飞奔而来，显然是早就发现了他们。

若是视线范围内没有障碍物，恒星级强者肉眼能看到上百千米外的一切。这五头凶兽要追上他们，并不容易。

可是，有一头凶兽的鼻子特别灵敏，硬是追上了五人。追的过程中，还发出了一声声咆哮，引起了大草原上其他凶兽的注意。

原先只有五头凶兽追杀他们，很快，就有上百头凶兽追杀他们了。最后，敖骨使出了赤混铜母残片，还有两名流银护卫与之配合，他们才逃了出来。

"我们昨天的运气还算不错。"罗峰感叹一声，"如果后面的黑环蛇群早一点出现，和那上百头凶兽一同围攻我们，我们可就真的逃不掉了。"

"黑环蛇群？"雷神瞪大了眼睛，"别提了，一想到昨天，我就后怕。昨天是我们目前为止在这雷霆世界中最惨的一天。"

"抓紧时间，好好静修。"洪低喝一声，"在雷霆世界中，修炼的机会是很少的。"

"好。"

罗峰、雷神不再多说，都闭上眼睛，开始静修。

在雷霆世界修炼的日子，罗峰很满意。虽然赶路的时候偶尔会出现一些意外，让人提心吊胆，甚至数次与死亡擦肩而过，但是，修炼的速度是非常惊人的。

这或许是因为雷霆世界充满了宇宙本源能量，能令自己的修炼速度更快，又或许是受到从虚拟宇宙中得到的血统进化剂刺激的缘故。

从白兰星赶到虬龙星，再从虬龙星赶到沧澜星，接受宇宙见习佣兵考核至今，在近两个月的时间，罗峰的修为从恒星级二阶跨入了恒星级三阶，这还只是身体素质的进步。真正进步大的是他对遁天梭和魂印的领悟上。

虚拟空间。

高耸入云的山峰之上，一身白袍的罗峰出现了，其身侧是一座血红色城堡。

"轰隆隆——"城堡自动开启了。

"主人。"十八个岩石巨人恭敬地唤道。

"嗯！"罗峰直接进入城堡。

在美姬的带领下，他进入了修炼室。修炼室的四面都摆着书架，书架上摆满了密密麻麻的书，这些都是陨墨星一脉的秘籍。

罗峰直接走到一边的书架旁，拿出了一本金色的书——《魂印》（第二册），而后坐到一旁的椅子上看了起来。

巴巴塔坐在一旁，拿着红通通的苹果，大口啃着。它瞥了罗峰一眼，继续啃苹果。忽然它一愣，停了下来，转头看向罗峰，盯着罗峰手中的书。

"罗峰！"巴巴塔惊叫一声。

"嗯，什么事？"罗峰抬头，疑惑地看着巴巴塔。

"《魂印》基础部分已经学完了吗？"巴巴塔问道。

陨墨星一脉的秘籍中，《魂印》排第一。罗峰自从得到这些秘籍后，将巴巴塔安排的几本重要秘籍最基础的都学了，而后再根据兴趣学习其他秘籍。他现在主要研究《魂印》和《虚空之塔》这两本秘籍，看书中所述，显然陨墨星主人对这两本秘籍中的秘法最满意。

陨墨星主人在《魂印》中写道：魂印秘法是我陨墨星一脉最重要的秘法，也是我呼延博崛起的最大依仗。

而陨墨星主人在《虚空之塔》中是这样写的：徒儿，虚空之塔的修习，你千万不能懈怠。当年我若是能够修炼成虚空之塔的七层宝塔，也不至于丧命。在宇宙中闯荡，防御之法是很重要的。

于是，罗峰一直苦修这两大秘法。

修炼秘法需要耗费大量时间和精力，还需要超高的悟性，而罗峰得到这些秘籍的时间不算长，实力却提升得很快，这完全是其本体是金角巨兽的缘故。

否则，按照巴巴塔的估算，罗峰的修为达到恒星级需要五十年的时间。因为根基必须扎实，所以要耗费这么长的时间。

罗峰终于将《魂印》最基础的部分全部修炼完成了，而《虚空之塔》的修炼依旧停留在最基础的第一层。

"巴巴塔，怎么了？"罗峰问道。

"《魂印》（第一册）上面有诸多修炼要求，你都达到了吗？"巴巴塔追问道。

"达到了。"罗峰说道。

"啧啧，不愧是金角巨兽身体孕育的灵魂，够强大。"巴巴塔忍不住夸赞道，"本来我以为你还要几年时间呢。"

"罗峰，从今天开始，你可以学习《魂印》（第二册）上面的万剑魂印秘法了。这是最基础的魂印秘法，当你完全学会万剑魂印秘法，就能凝聚出奴役魂印了。"巴巴塔道。

罗峰心里十分期待。

要靠魂印秘法真正控制一个人，这是很难的。修炼《魂印》上面的秘法，修为造诣要比较高，至少现在的他还做不到。

"先学万剑魂印秘法吧！"

"巴巴塔，这里有很多魂印修炼秘法，为什么要先修炼这个？"罗峰问道。

"你真笨！驳杂不如专精。"巴巴塔呵斥道，"你不是主修遁天梭吗，那么你学的魂印秘法只需能够影响敌人即可。所谓万剑魂印，是魂印如剑，直接发出灵魂攻击，让敌人头痛欲裂，战斗时稍稍走神，你就能靠着遁天梭将其击杀。"

罗峰点点头。

"开始修炼吧。万剑魂印秘法修炼起来并不容易，待你修炼完毕，以你在魂印秘法上的造诣，就能凝聚出奴役魂印了。到时候，你就可以直接奴役别人，令对方成为你永久的仆人，就像你的老师拥有九大不朽级奴仆那样。"巴巴塔说道。

罗峰非常想要学会奴役魂印秘法，为了学会奴役魂印秘法，他先得努力修炼万剑魂印。当他的意识在个人虚拟空间中阅读《魂印》秘籍，开始修炼他学到的第一个攻击性的魂印秘法万剑魂印时，他的本体金角巨兽完全沉浸在《绝对空间》上的秘法的修炼中。

罗峰的体内世界中，金角巨兽正在金色大陆上不断修炼《绝对空间》上面的秘法。

"嗯？"金角巨兽暗金色双眸中有着一丝不满，"这么久了，绝对空间的第一层秘法一直无法练成，怎么回事？"

在雷霆世界中，罗峰处于极大的压力下，悟性提高了不少，对《绝对空间》上面的秘法也略有感悟。可是，距离绝对空间第一层秘法练成还远得很。

"呜——"金角巨兽仰头发出愤怒的低吼。

如今它的身体长度已经超过900米。吞噬能将进化效率提升89倍的金属组合超过3个月时间，比正常进化需要的时间少了22年，它已经从恒星级七阶跨入恒星级九阶。只差一步，就能踏入宇宙级，而这一步是整个恒星级修炼过程中最难的一步。

第 329 章

风雷峡谷

罗峰沉浸在修炼中，时间过得很快。

"罗峰，天快亮了，洪和雷神都停止了修炼。"幽静的修炼室中，躺在椅子上睡觉的巴巴塔说道。

"哦！"

罗峰合上手中的书，闭上眼睛，脑海中掠过之前看到的万剑魂印秘法的详细修炼过程、施展的细节，以及原理讲解。

而后，他睁开眼睛。

这一夜，他总算是将万剑魂印秘法的理论都掌握了。

明天起，他就正式开始修炼了。练成后，这万剑魂印就是他现如今唯一能拿得出手的灵魂攻击秘法。

"巴巴塔，我走了。"罗峰将书放回书架上。

"倒计时提醒，距离诺岚山家族人马抵达地球还有两年四个月零二十九天。"巴巴塔道。

"两年四个月零二十九天……"罗峰念叨了一声，双眸闪过一丝怒意。

两年后，诺岚山家族的人会抵达地球。罗峰没有办法寄希望于其他人，短短两年的时间，以洪和雷神的实力，根本帮不上忙，暂时只能由自己扛。

"只有两年多的时间了，怎么办？如果诺岚山家族舰队此次派遣的是宇宙级六七阶的强者，那我应该怎么应对？"罗峰很烦恼。

他的本体金角巨兽的确能够在数月后就跨入宇宙级。可是，跨入宇宙级后，金角巨兽进化所需的时间很长，而且如果吞噬金属组合的话，金属组合的价格比之前的高很多，他身上的钱不够了。

银河系，虚无区域。

一艘D3级飞船在星空中疾速飞行。

"百卡罗，你出关了？"控制室中，诺岚山家族老族长德温·诺岚山转头看向来人。

"嗯！"笼罩在黑袍中的百卡罗微微点头。

德温·诺岚山心中有些不舒服。

他身为诺岚山家族的第二代族长，自然早就拜在族祖的门下，百卡罗是他的师弟。可是，百卡罗悟性极高，是诺岚山诸多弟子中极为优秀的。现如今他只是宇宙级六阶强者，百卡罗却是宇宙级八阶强者。此外，论战斗经验，百卡罗也远远超过他。

"百卡罗，依你看，那地球上到底有什么高手？我们的精英小队竟然没能发回消息，就全部丧命了，那对手的实力不弱啊！"德温·诺岚山看着前方的星空，对身侧的百卡罗问道。

百卡罗看着外面，道："机械族的那艘宇宙飞船一直停在那里，没有被人弄走。就算有高手，实力也强不到哪儿去。"

德温·诺岚山笑道："师弟说得有理。"

"师兄，还有多久才能抵达地球？"百卡罗问道。

"大概还要两年四个月零二十六天。"德温·诺岚山回道。

"哦，那我先进入虚拟宇宙了。"百卡罗说了一声，转头就离开了控制室。

德温·诺岚山看着百卡罗离去的背影，心中暗骂："这个浑蛋，此次愿意离开他的舱室，就是来问问到地球还要多久。之前穿越虫洞，他都不出来一下，现在得知了到达地球所需的大概时间，恐怕不会再出来了。"

在诺岚山的诸多弟子中，百卡罗的性格极其孤僻。

若是罗峰知道，这次诺岚山家族派遣了两大宇宙级强者来地球，其中一个是宇宙级六阶强者，另外一个是宇宙级八阶强者，恐怕心理压力要大得多。

罗峰等五人进入雷霆世界已经51天了。

"没事，继续前行。"雷神大声说道。

此刻，雷神的腰部渗出了血。

"别逞能，我们离风雷峡谷很近了，一天就能到那里。"罗峰低喝一声，"你现在伤势很重，就算使用了木伢晶，也需要几个小时才能恢复。"

"是啊，老二，明天出发也不迟。"洪也看着雷神。

雷神咬咬牙，低骂一声："浑蛋！"

罗峰见状，心中无奈。

从隆索山脉前往风雷峡谷，要穿越大半个雷霆世界。之前在隆索山脉的时候，他们靠着巴巴塔的探测仪器，根本没遇到什么危险，所以一行人很轻松。

当他们穿越大半个雷霆世界时，才知道这个雷霆世界绝非他们想象的那般简单。

巴巴塔的探测仪器在山脉和丛林中的确有用，因为山脉和丛林中的很多地方有茂盛的大树，能起到遮掩的作用。可是，平原、沼泽、礁石等地方很平坦，没有障碍物，一些凶兽视力极好，肉眼就能看到周围上百里的一切，一旦发现异常，就能疾速追过去。

虽然雷霆世界的引力很大，但是只需一两秒钟的时间，它们就能飞过2万米的距离。

就在刚刚，一只类似巨鹰的金色怪鸟在高空飞行的时候，离得老远就俯瞰到了下方的罗峰一行人，当即俯冲而下，朝他们杀了过来。这只金色怪鸟的速度极快，而且实力极强，比一般的恒星级九阶武者要强得多，当场就把铁南河给击飞了。

金色怪鸟的爪劲极大。罗峰和洪穿着合金战衣，内层还有摩云战甲，卸去了大量的冲击力，所以都安然无恙。然而，雷神却遭了罪。

幸好仅仅是被离体飞出的爪劲击中了，若是被那利爪抓一下，雷神的小命可就没了。

而那金色怪鸟遭到敖骨的灵魂攻击后，知道很难快速取胜，便直接逃之夭夭了。

"大家必须时刻保持警惕！凶兽的速度是非常快的！我发现它们，再告诉大家，这样大家躲闪和逃逸的时间会变得更短。"罗峰沉声说道，"我们距离风雷峡谷只剩下一天的路程了，千万别在最后一天出什么纰漏。"

"罗峰说得对！我们一定要小心。唉！我们拥有巴巴塔的探测仪器，一路上都如此艰险，那些没法警戒的小队估计更难，一路过来，绝对都是生死危机啊！"雷神忍不住道。

"我们遇到的生死危机也不少。"洪说道。

又是一夜静修。

罗峰是在杀戮场的杀戮空间中度过的。

这十几天来，他一边修炼《遁天梭》上的秘法，一边修炼万剑魂印。终于万剑魂印的第一层练成了，练成第一层的征兆很明显，那就是能够施展出万剑魂印。

"灵魂攻击就是将念力虚化后，进行有效的排列，组成一道攻击。当初，地球上那些精神念师领悟的灵魂攻击都弱得很，无法靠灵魂攻击杀同级别的武者。而这万剑魂印的构造很奇异、缜密，显得更加有序。"罗峰欣喜不已。

练成了万剑魂印，他的实力算是翻了一倍。一旦被他的万剑魂印击中灵魂，高一个层次的武者即便不死，脑袋也会出现片刻空白，而遁天梭能趁机将对方击杀。

一虚一实，配合默契，这就是精神念师的强大之处。

如果单纯靠灵魂攻击、幻术等虚的攻击方式，或者单纯靠念力兵器等实的攻击方式，都未必能真正发挥出精神念师的实力。可惜的是，无论是念力兵器秘法，还是灵魂攻击秘法，这些都是不外传的。

每一份秘法都无比珍贵，越高等的秘法越珍贵。陨墨星主人最满意的就是《魂印》这一套秘法，即便拿一个星系来交换，不朽级强者都不会愿意。

这就是有背景、有师门的弟子修炼速度更快，更容易突破的原因。

这时，五道流光倏地停下，正是罗峰等五人。

他们遥看远处的山脉，山脉仿佛被雪花笼罩，准确地说，那不是雪花，而是夹杂着大量石头的狂风。

与此同时，山脉上空还有积云，积云中电光流转，似乎随时会发出雷电。

"大哥、老三，按照地图上的标注，前面就是风雷峡谷了。"雷神道。

"雷电和积云长期悬在上空，雷霆世界除了风雷峡谷，没有第二个地方有如此景象。"洪眯起眼睛。

罗峰屏息看着。

风雷峡谷是雷霆世界的核心地带，也是最危险的地方。然而，宇宙见习佣兵考核过关的一项重要物品——风角石，只存在于风雷峡谷之中。

"走。"罗峰大喝一声。

五人不再飞行，而是缓步走向风雷峡谷。诡异的是，风雷峡谷的周围竟然没有出现任何凶兽，看来凶兽都知道风雷峡谷中很危险。风雷峡谷中也没有任何植被，遍地都是光秃秃的石头，石头呈黑色，有的则混杂一点银色。

"风好大。"罗峰走路都有些不稳。

"这到底是多大的风啊？"雷神和洪惊叹道。

在地球上，对于恒星级强者而言，最强的十二级台风对他们没有一丝影响。然而此刻，罗峰、雷神、洪三人连路都走不稳，简直不可思议。

"按照书中所写，越深入风雷峡谷，风就越大，风雷峡谷最底部的风蕴含强劲的宇宙本源能量，犹如锋利的刀子，甚至能让宇宙级强者瞬间毙命。风雷峡谷的底部是最危险的，出现的风角石也最多。当然，还有很多风角石是随风而动的。

"事实上，风雷峡谷中最危险的是雷电。一旦雷电劈下，弱一点的域主级强者被击中，也会直接身亡，更别说恒星级强者了。大家说说，现在我们该怎么去拿风角石？"罗峰看向身旁的四人。

这时，他的识海中响起巴巴塔的声音。

"罗峰，你们的周围隐藏了1092个人类强者。"

第330章

风暴

听到巴巴塔的话，罗峰大吃一惊。

他环顾一下周围，却只能勉强看到两三支小队的身影。

"大部分小队都在峡谷附近，而且都藏起来了，不仔细探察，很难发现他们。"巴巴塔的声音再次响起。

"明白！"罗峰点点头。

罗峰一行人小心翼翼地前行。

山脉仿佛被一把神灵战刀从正中间劈断，完全裂开，出现了一个峡谷。

这个大峡谷，就是风雷峡谷。

以宇宙本源能量为根源的狂风肆意呼啸着，夹杂着大量碎石头，其中甚至有一些风角石，随风而动。

峡谷两边的山壁旁藏着来自黑龙山星域诸多星球的精英。他们都很年轻，还没有成为真正的宇宙级强者。

"罗峰，这是地图，地图上标出的位置很安全，你们小队藏在那里是最好的。"巴巴塔用意念传音道。

罗峰低头看了看护臂上的屏幕。

"跟我来。"罗峰低声说道。

其他四人当即悄悄跟上，越靠近峡谷，狂风就越大。

罗峰来到一处岩石堆前，猛地搬起一块岩石，露出了一个洞窟。

他意念传音："大家快进去，里面有一个洞，洞的另一端连接峡谷山壁。"

"这种地方都能找到，你真厉害！"雷神忍不住夸赞道。

"进去。"洪率先进去了。

在雷霆世界中，精神念师的念力辐射范围很小，念力想要穿过这些掺杂宇宙本源能量的巨石是很难的，至少恒星级强者是不可能做到的。念力无法探察，所以这种地方很难找。

自己挖？更不可能。风雷峡谷的山石很硬，想要凿出一个洞窟，起码得耗费一两年的时间。

"幸亏有巴巴塔的提醒。"罗峰当即跳进洞窟，并且用岩石盖上入口。

洞窟藏在山脉内，沿着洞窟内的通道走到尽头，即是风雷峡谷的另外一面的山壁，那面山壁上有一个三十多公分宽的洞口。

"这是什么？"雷神眼睛一亮。

"咦？"洪捡起洞窟洞口的一块圆滑的小石头。

石头大部分呈黑色，表面有一层奇异的蓝色光晕。这里的石头几乎都是黑色的，或者混杂一丝银色。而这石头如此特别，显然是风角石。据传，风角石经历雷劈后并不会化为齑粉，而是刚好吸收了一丝雷霆之力，从而变成奇异的样子。

"风角石！这是风角石！"雷神惊呼出声。

"没想到，阴差阳错之下，我们竟然捡到一颗风角石。"罗峰笑道。

洞口外，狂风呼啸，昏天暗地。

洞窟因为一边被堵死了，所以洞中的风很小。

罗峰转头，对洞窟内的其他四人说道："外面狂风呼啸，想再得到一颗风角石很难。"

洪之所以在洞口捡到了一颗风角石，估计是这颗风角石刚好被狂风吹落在了那里。这种概率很小，否则洞口不会只有一颗风角石。

"老二、老三，按照书中所述，我们现在有三种方法可以得到风角石。第一种方法，冒险到峡谷的顶端去采集风角石。因为越往峡谷下方前行，风越大，而峡谷顶端的风小得多，恒星级七阶强者以上都能扛得住。但峡谷的顶端最大的危险是，处于最高处，容易被雷电轰击中。那积云中的雷电随便劈下一道，绝对没有任何幸存的可能。

"第二种方法，我们靠近峡谷，然后靠念力或者原力，将那些被狂风席卷到洞窟附近的风角石给拉过来。这做起来有难度，可危险性很低，需要足够的耐心。

"第三种方法，杀了其他小队的人，掠夺他们得到的风角石。

"大家说说，我们该使用哪种方法？"

洪看向其他四人。

罗峰眉头一皱，陷入了沉思。

他们去峡谷顶端采集风角石，速度是最快的，如果没有受到雷电的侵袭，简直和捡普通石头一样简单。不过，按照前辈的经验，这样做的时候，必须将身上金属类的物品收起，因为金属越多，越会吸引雷电。

如果安排金属机器人去做此事，百分百会遭到雷电袭击，而人类穿着普通的衣服，被雷电劈中的概率只有五成。若是人类穿着合金战衣，被雷电劈中的概率会大得多。

"第一种方法很危险，纯粹碰运气，不可取。第三种方法是劫杀其他小队，不道德，也不可取。"罗峰摇摇头，"我们现在所处的位置极好，洞口就在峡谷的山壁上，暂时使用第二种方法。同时，我们也可以看看其他小队是怎么采集风角石的。"

"也好。"洪点点头。

雷神也赞同。

于是，罗峰等人开始了守株待兔的日子。

站在洞口，用念力或者原力去拉那些被风席卷到洞口附近的风角石，一是要靠运气，二是要靠实力。狂风呼啸，天昏地暗，人根本看不清眼前的一切，更何况，狂风席卷的大多数是普通石头，偶尔才有一两颗风角石。

此外，风角石飞过洞口是刹那间的事，反应速度必须很快，一旦错过，只能等下次。

无奈的是，狂风中蕴含宇宙本源能量，念力刚刚深入狂风，就会直接被摧毁，而后消散。罗峰灌入念力的手只能伸至洞口外20厘米处，否则就会被狂风击散。而恒星级九阶强者敖骨的念力之手能延伸到洞口外1米处而不消散，超过1米距离，敖骨也根本无法维持念力的稳定。

令罗峰感到惊喜的是，现如今达到恒星级四阶的摩云藤缩小后，一根根藤蔓非常坚韧，能够伸到洞口外2米处，而后迅速收回，藤蔓虽然受损了，但是它的修复速度也极快。

蕴含宇宙本源能量的狂风，对念力具有极大破坏效果，而对藤蔓这种植物的破坏效果要差得多。

在风雷峡谷中，大多数小队都是靠这种守株待兔的方法采集风角石的，偶尔有些冷酷的强者会逼迫奴隶冒险去峡谷顶端采集风角石。不过，这种情况是很少的，毕竟奴隶的战斗力都很强，损失一两名奴隶，对小队的影响还是很大的。

在风雷峡谷第三天，罗峰等人得到了第二颗风角石。

在风雷峡谷的第五天，罗峰等人得到了第三颗风角石。

在风雷峡谷的第九天，罗峰等人得到了第四颗风角石。

……

这还是多亏他们所处的地理位置好，其他小队仅仅穿越大半个雷霆世界就要一年半载，采集风角石又需要一年半载，通过考核要耗费几年时间是很正常的。

罗峰等五人组成的小队算是效率最高的。

第三十二天——

"这个洞窟的地理位置真好，这样下去，再过一个月，我们就能集齐风角石了。"雷神笑道。

罗峰、洪、雷神、铁南河、敖骨五人盘膝而坐。

其中一根藤蔓从罗峰手臂延伸至洞口，随时准备出击。

而五人前方洞口的山壁上有一个投影屏幕，那是罗峰的智能生命巴巴塔弄出来的，屏幕上出现了2万米范围内的景象。

"我们虽然身处洞窟，但是可以将周围2万米内的各个小队的情况探察得一清二楚。"罗峰笑道。

"真不错！"雷神夸赞道。

"看，这边又有两支小队杀过来了，闪躲得真快，这精神念师也不错。"雷神笑着说道，而后眼睛猛地瞪大，连忙说道，"是何若！"

"何若？！"罗峰大吃一惊。

当初他们三兄弟在虚拟宇宙的杀戮场认识了好些朋友，其中就有何若。之前何若和布雷姆说要参加宇宙见习佣兵考核，考核世界正好在黑龙山星域的这个地方，何若他们在这里倒是正常的。

"走。"洪率先朝外冲去。

敖骨和铁南河都看向罗峰。

"快！"罗峰大喝一声。

顿时，五人小队迅速沿着洞窟中另外一端的通道往外冲，靠念力卷起洞口那些不起眼的岩石。五人出来后，又将岩石放下。

远处。

何若所在的小队正遭受另外一支小队的猛烈攻击。何若小队现如今恒星级九阶强者只有两个，而对方的恒星级九阶强者有五个，不过双方大多受了伤，显然厮杀十分激烈。

"嗯？"两支小队注意到远处一支小队冲来。

"何若！"一道声音在他的耳边响起。

何若转头一看，飞冲而来的五人中有罗峰、洪、雷神，顿时露出喜色。

冲在最前面的是铁南河和敖骨，敖骨离得老远就释放出了念力兵器，化作一道金色流光。

"两个恒星级九阶强者？"敌方小队的辅助光脑早就检测出了铁南河和敖骨的实力。

"快退！"

队长一声令下，没有丝毫犹豫，敌方小队迅速退下。

他们这方虽然有五个恒星级九阶强者，但是有三个负伤了。须知，恒星级九阶强者也是有强有弱的，强的能够以一对十。何若小队中就有一个实力挺强的恒星级九阶强者，这也是何若小队虽处于下风，却能坚持这么久的原因。

此刻，那两个恒星级九阶强者疾速冲来，说明他们很有信心。

两支小队会合，敌方小队自认抵挡不住。就算抵挡得住，结果很可能是两败俱伤，敌方小队自然不愿意，干脆撤退。

……

罗峰小队和何若小队会合了。

"多谢相救。你们是？"一个脸上有着绿色印记的青年走过来道谢。

"他们是我的朋友。"何若走上前去，笑着说道。

"罗峰，洪，雷神。"何若一一介绍。

"怎么回事，怎么弄成这样？"罗峰三人疑惑地看着何若。

雷神问道："何若，你不是北龙城组织的吗？怎么会落到这般田地？"

雷神和洪第一次接触虚拟宇宙后，就知道宇宙通用语的重要性，自然开始学习了。以他们的脑域阔度，学习起来的确很快，现在虽然还不够熟练，但是交流是没问题的。

"说起来，这次可真惨。"何若摇摇头，"我们小队当时有五个精英和五个保镖，去取独角铁犀独角的时候，遭到凶兽围攻，当时就死了一个保镖。"

"后来，我们在赶往风雷峡谷的途中，连续六次遭到其他小队的劫杀，在这个过程中，又死了两个保镖和三个精英。"何若苦笑一声，"现在，我们小队只剩下两个精英和两个保镖。"

罗峰心中大惊。

他们小队虽然也经历了十余次生死危机，可是大多是凶兽带来的危机，当然，也遇到了几次劫杀，但是敖骨配合赤混铜母残片，简直是横扫一片。加上有巴巴塔的探测仪器，一路艰险，有人受伤，却没有一个人丧命。

而何若小队竟然死了大半。

"布雷姆呢？"雷神连忙问道，"他在其他小队吗？"

"他死了。"何若叹息一声。

罗峰闻言一愣。

那个跟黑熊一样强壮的青年竟然死了！

罗峰清晰地记得，他们三兄弟和何若他们二人依依惜别，并祝愿他们安全归来的情景。没想到，布雷姆已经死了。

"怎么会这样？"

"伤心也没用。"何若摇头苦笑，"和我在一起生活多年的兄弟姐妹，很多都殒身了。这就是精英都要历经的一个考核，只有经历一次次生死磨难，最后突破达到宇宙级，才有资格被称为'强者'，成为组织中的重要成员。"

旁边的绿色印记青年点点头，道："没错！这就是筛选！大批精英在一次次生死冒险中被淘汰，直至身死，最后才诞生几个宇宙级强者。我们那个训练营有上万个精英，可最后成为宇宙级强者的能有十个就算不错了。"

罗峰、洪、雷神三兄弟相视一眼。

这就是那些宇宙组织的行事规则，很残酷。他们收罗大批精英，给他们最好的教育，并提供好的条件，却规定了最残忍的淘汰规则，最后从中选出一些强者。可以说，参加宇宙见习佣兵考核的都算不上真正的强者，顶多算是预备强者。

"轰隆隆——"雷霆世界忽然震荡起来。

所有人都震惊了。

"怎么回事？"

"这个世界要崩溃了吗？"

"天哪！"

风雷峡谷极大，此次来了数以万计的恒星级冒险者。此刻，他们都惊愕地看向四周。

罗峰小队和何若小队也十分震惊。

"怎么回事？"罗峰看向周围。

"看那边！"有人大吼起来。

不远处，山脉裂开，一个黑漆漆的洞口出现，这黑色洞口的一半在山脉外部，另外一半在山脉内。洞口周围的空间都撕裂开来，显得无比诡异。

第331章

黑洞

"看，那是什么玩意儿？"雷神瞪大眼睛，指着远处的黑洞。

"撕裂雷霆世界的黑洞？！"何若眉头紧蹙。

此刻，罗峰紧紧盯着黑洞，陷入了沉思。

这个黑洞并非普通的洞窟，而是撕裂空间的黑洞。

"巴巴塔，这个黑洞到底是什么玩意儿？"

"据我猜测，这个应该是某个世界的入口！没错，世界入口！"巴巴塔惊喜的声音响起。

"世界入口？"罗峰手持合金战刀，有些疑惑。

此刻，山脉上的数万名冒险者都看着这个黑洞。

忽然，一道惊呼声响起。

"界中界！这很可能是界中界的入口！"

"没错，界中界！"

"就是界中界！"

"快！"

这些恒星级年轻强者许多来自黑龙山帝国的各个家族、各大势力，或者某个星球，虽长相各异，但此刻一个个都狂热无比。

他们瞬间化作流光，直接朝远处的黑洞迅速飞去。

"真的是界中界。"何若惊喜万分。

"界中界？"罗峰、洪、雷神三人却一头雾水。

这个时候，就体现出各自的知识储备了。那些来自各大家族和各个星球的冒险者对许多冒险传说都有所了解，可罗峰三兄弟接触虚拟宇宙网络没多久，知道的事情并不多。

"快冲啊，别被他们抢先了。"何若大声喊道。

他所在的小队迅速朝远处冲去。

罗峰虽然很疑惑，但也跟着大批人马迅速冲过去。

"罗峰，不急在一时。"巴巴塔的声音响起，"迟几分钟也没事。"

"巴巴塔，什么是界中界？"罗峰问道。

"界主能够创造一方世界，这个你是知道的。而在这方世界内，再建造一个世界，隐匿在这方世界中，这方世界中的世界便被称为'界中界'。"巴巴塔解释，"不过，要在一方世界内再建造一个世界，首先需要界中界足够稳定，那就需要大量的宇宙晶作为根基。"

罗峰顿时明白了。

雷霆世界隐匿在沧澜星上的一座别墅内。而这界中界又藏匿在雷霆世界的某一个隐秘地方。

"建造界中界，代价很大，一般是为了藏匿宝物，才会不惜代价建造界中界。"巴巴塔说道。

风雷峡谷山脉上出现的黑洞吸引了大量冒险者。

其中有一支全部穿着黑衣的小队，这个小队中有九个恒星级九阶强者和一个恒星级二阶强者，正是当初击杀了独角铁犀群的那个九皇子所在的队伍。

"殿下。"一个保镖恭敬地开口了。

"有趣！真有趣！"皮肤白皙、手持战刀的九皇子遥看黑洞，微微一笑，"界中界？建造一方世界的代价很大，要在一方世界内再建造一个世界，难度更是大得多。界主级强者舍得付出这么大的代价来建造界中界，肯定是有真正的宝物藏匿其中。"

"这雷霆世界早就被发掘过了，而后又被宇宙佣兵联盟用来当作考核之地。

这么久了，无数人来过这里，竟然都没发现界中界。那支小队无意中打开了界中界的入口。"九皇子露出笑容，"运气！这就是运气！"

"殿下的运气一直很好。"旁边的黑衣保镖恭维道。

"不！"九皇子摇摇头，"能够让一个界主级强者不惜代价建造界中界来藏匿宝物，这绝对是令界主级强者都眼红的宝物。我想，界中界出现的消息很快就会传开，要不了多久，四大组织就会知道，到时我们帝国中的域主级强者，乃至于界主级强者都会赶来这里。所以，这群恒星级冒险者根本得不到真正的宝物。"

"殿下，你若是得到宝物，那群强者不敢来劫杀你的。"黑衣保镖道。

九皇子微微一笑。

"最前面的冒险小队安排进入界中界的机器人又出来了，看来界中界的入口没有危险。走，我们进去。"九皇子吩咐道。

他麾下的九个保镖恭敬应命。

……

"快！"

"界中界的入口没有危险，能够进去。"

"百虎楼的兄弟，快跟上。"

恒星级冒险者们都大吼起来。

罗峰小队和何若小队一道迅速通过黑洞。

"这就是界中界？！"

罗峰看向周围，界中界内一片漆黑，隐隐有点点光亮。

"罗峰兄弟，你们等一下，我将消息上报给组织。"何若说道。

"上报给组织？"罗峰看着何若，十分不解。

洪、雷神则十分惊讶。

"遇到这种大事，如果敢不上报，事后可就惨了。"何若摇摇头。

何若旁边的一个伙伴已经闭上眼睛，意识连接了虚拟宇宙。随即，他也闭上眼睛。至于那两个保镖，则在旁边默默守护着。

罗峰见状，暗叹一声。

看来，黑龙山帝国境内的四大组织很快就会得知这个消息。

黑龙山星域包含八千多个星系，星球更是数以亿万计。四大组织的势力遍布诸多星系，论实力，四大组织中排第一的是三斧山。

三斧山和其他三大组织都不一样。其他三大组织都会招揽恒星级强者作为精英来培养，三斧山却根本不接收恒星级强者，想要加入三斧山，最弱都得是宇宙级强者。在三斧山中，宇宙级强者被称为"军士"，而域主级强者被称为"统领"，界主级强者被称为"将军"。

据传，三斧山的三个创始人拥有最高的称号，即"军主"。其中两个都成了不朽级强者，还有一个早在数十万年前修为就达到了界主级巅峰，堪称界主级强者中的无敌，后来则音讯全无，也不知道是突破成为不朽级强者，还是身死了。

"你说的是沧澜星的雷霆世界？"一个穿着深红色战衣、披着奇异的黑色披风的男子看着眼前披着白色披风的银发老者，问道。

"是的，将军！"老者恭敬地回道。

"你下去吧！"男子当即下令。

"是！"老者一闪身，便消失不见了。

男子眼中隐隐有闪电，而后双眸闭合，他的嘴角微微上翘，手指轻轻划动，周围的空间都震荡起来，甚至产生了空间裂缝。

"雷霆世界是当年卡布这个界主级强者创造的。难怪当初卡布隐藏的宝物一直没人能够找到，原来他创造了界中界，将宝物隐匿其中了。宇宙佣兵联盟也很有趣，早就得到了雷霆世界，发掘那么久，本以为将里面的宝物都弄到手了，才运送大批凶兽进去，把那里弄成了考核之地。不承想，那里还有一个界中界，真有意思！"男子喃喃自语。

"卡布死了千万年了，却一直不让人省心。"男子眼睛微微一亮，仿佛能洞穿空间，"当年他得到的那套空间秘法说不定就留在界中界。"

"当年界主卡布创造了雷霆世界，还有界中界，卡布界主在界中界里藏匿的宝物绝对不一般。还好，沧澜星离我这里很近。哈哈……"想到这里，男子朗声大笑起来。

"快，快，快，赶紧上飞船，马上出发前往沧澜星。"男子当即下令。

基地中，大量恒星级九阶强者迅速冲进飞船，而后两个域主级强者飞进飞船，随即飞船起飞。

这一天，整个黑龙山帝国因为这则消息沸腾了。

黑龙山帝国虽然统领8000多个星系，但是界主级强者很少，一个界主级强者在黑龙山帝国就算是超级强者了。就拿十六大家族来说，正是因为有界主级强者，才有了如今的地位。

雷霆世界的创造者卡布当年就是界主级巅峰强者。

他创建了界中界，界中界里会隐藏着什么宝物呢？

整个黑龙山帝国的各大势力都派出了大量强者，就连皇族也都派了人马赶过去。

在各大势力看来，那些恒星级冒险者虽然是最早发现界中界的，但是真正能得到界中界里的宝藏的，毫无疑问是他们。

恒星级冒险者只是炮灰而已。

一颗火红色的星球直径达8600千米，星球表面布满火红色的沙砾，没有丝毫生机。星球表面的温度最高有3000多摄氏度，不适合人类生存。像这种普通的星球在宇宙中随处可见。

这个星球上有一座火红色的高山，风沙吹过，高山一片死寂。

"轰！"整座高山猛地爆炸开来，山石朝四面八方飞去。

一道紫色火焰冲天而起。

一个光头壮汉笼罩在紫色火焰中。他穿着铠甲，双眸燃烧火焰，眉心有着奇异的火焰印记。

"卡布界主竟然留下了界中界？！难怪这么多年一直没听到空间秘法传承水晶球的消息，那传承水晶球很有可能就在界中界，那可是宝物啊！哈哈，归我了！"

　　"轰隆！"

　　他的前方出现了一艘巨大的银色金字塔飞船，这和地球上的机械族金字塔飞船几乎一模一样，只是体积小一些。

　　这艘银色金字塔飞船的下方自动出现一条入口通道，通道中彩光流转，无比美丽。

　　"嗖！"光头壮汉一闪身，便进入了银色金字塔飞船中。

　　而后，银色金字塔飞船迅速离开这颗死寂般的星球，陡然加速，进行宇宙穿梭，朝沧澜星赶去。

第332章

界中界

界中界。

"呼——"从黑洞中进入界中界的成千上万个恒星级冒险者迅速朝各个方向飞去。

"老三，我们去哪边？"洪看向罗峰。

"不能浪费时间。"雷神急切地道。

罗峰看向四周。

这时，连接虚拟宇宙网络并上报消息的何若睁开眼睛，满含歉意地看了罗峰等人一眼，道："罗峰、洪、雷神，抱歉，我得按照组织的指令去与其他人会合了。"

随即，何若小队迅速飞离。

"跟我来。"罗峰腾空而起。

洪、雷神、铁南河、敖骨四人紧紧跟着，五人贴着地面迅速飞行。

之前冒险者成千上万，随后都分散开来了，仅仅几分钟，罗峰等人就看不到其他人了。界中界实在是太大了，数万冒险者进入这里，就像是一滴水融入大海一般。

"老三，我们就这么漫无目的地飞吗？"洪看着罗峰。

"只能这样了。"罗峰无奈地道，"界中界是一个非常庞大的世界，谁知道宝物藏在哪里，所以，我们只能像大海捞针一般，慢慢地寻找。幸好我们可以探

209

测周围2万米情况，只要这个范围内有什么宝物，绝对能够第一时间发现。"

界中界无比广阔，目前最佳的方法就是这个。

罗峰带领其他四人紧贴地面飞行，然后让巴巴塔去探测周围情况，一旦发现宝物，立即告诉自己。

"大哥、二哥，"罗峰微微一笑，"何若去和北龙城的人马会合，你们应该看出一点什么了吧？"

雷神点点头，道："看来黑龙山帝国的各大势力都出动了，并且召集人马会合了。"

在界中界夺宝，武者的实力很重要，四大组织和十六大家族在界中界中都有很多人手，一旦会聚，很可能形成一支支数百人的队伍。

而罗峰这等闲散的小队，没有大背景，如果和数百人的队伍争夺宝物，纯粹是找死。

"所以，我们现在必须低调点。"罗峰苦笑一声，"我们能找到宝物最好，找不到宝物，就致力于挖掘宇宙晶。"

每一个世界都有宇宙晶，未开发的世界中的宇宙晶更多，这可是宇宙中的硬通货。

界中界中并无凶兽，是一个寂静的世界。

"真安静！"罗峰感慨道。

"安静是正常的，雷霆世界中的凶兽是宇宙佣兵联盟为了筛选见习佣兵，专门运进去的。"雷神缓缓地说道，"其实，没有一头凶兽，赶路还真的没一点意思。"

"停！"巴巴塔的声音陡然在罗峰脑海中响起。

"停！"罗峰立即念力传音，一道响亮的声音传到其他四人耳边。

雷神不由得捂住耳朵，瞪大眼睛，没好气地道："罗峰，你声音小点。"

罗峰却顾不得和雷神废话，意识迅速和巴巴塔交流起来，随即环顾四周，低喝一声："大家小心点，我们找个地方，而后开始钻地。"

"钻地？"洪和雷神一怔。

"嗯，地底3200米处有宇宙晶。"罗峰低声说道。

"宇宙晶？！"雷神瞪大了眼睛。

"这个地面的上层是泥土结构，1900米深处往下就是岩石结构了。不过，那岩石不像风雷峡谷的岩石，应该不太硬，估计一天就能挖通。"罗峰低声说道。

宇宙晶就是财富，而且是绝对的硬通货，比乾巫币还要值钱得多。

而现在罗峰很缺钱。准确地说，一旦他的本体金角巨兽突破到宇宙级，那么他将会非常缺钱。老师留给他的第一个银行账号里有100亿乾巫币，他现在还剩下不到50亿乾巫币。金角巨兽的修为一旦突破到宇宙级，从宇宙级一阶成长到域主级一阶，正常需要1000年的时间。

想要金角巨兽更快地进化，罗峰就需要购买许多珍贵的金属组合，这可比金角巨兽达到恒星级时所需的金属组合昂贵得多，而且需求量极大。

罗峰那50亿乾巫币能够购买的金属组合，都不够宇宙级的金角巨兽一个月的消耗量。当然，如果金角巨兽只是吞噬普通的合金残骸等，那样罗峰付出的代价极小，可是金角巨兽的进化速度也会很慢。

罗峰没有那么多时间。要不了多久，诺岚山家族的人马就会抵达地球，所以他必须尽快弄到足够多的钱财，让金角巨兽以最快的速度进化。

"哧！"敖骨用赤混铜母残片往下钻地。

罗峰紧随其后。

洪、雷神也跟着下去了，铁南河则负责掩盖地表，以防被其他恒星级冒险者发现。

仅仅花费半个小时，1900米深的泥土层就被挖通了。可是，下面是岩石层，挖掘的速度立即大减。

"太慢了。"罗峰有些着急，"看来真的需要一天。"

"罗峰，你控制摩云藤拿着那刀刃碎片往下钻，或许更快一些。"洪说道。

"对啊！"罗峰眼睛一亮。

想在地底钻出能够让人前行的通道很难，可是让一根藤蔓钻进去，就容易多了。

"敖骨，你退后。"罗峰连忙说道。

"是！"敖骨当即让到一旁。

罗峰钻到最下方，心念一动，身上的摩云战衣立即延伸出一根藤蔓，同时手腕上的护腕迅速套在长藤上，并且急速缩小。

这护腕是巴巴塔待的地方，也是巴巴塔的储物空间。

这根长藤纤细却坚韧，顶端还有蔓叶，蔓叶缠绕住赤混铜母残片，迅速往下延伸。赤混铜母残片负责钻地，纤细的长藤则不断变长并往下延伸，挖掘的速度果然快多了。

当年，地球上那行星级五六阶的摩云藤长度就很惊人，如今恒星级四阶的摩云藤延伸1万米都很轻松。

20分钟左右，以赤混铜母残片为尖锥的藤蔓已经抵达地底3200米深处。

地底3200米深处，巨大的深蓝色晶体潜藏在岩石中。

"哈哈！给我收！"巴巴塔得意地大叫道。

巨大的深蓝色晶体直接消失，被收入了巴巴塔的储物空间中。

这个储物空间无比宽阔，就连陨墨星号飞船也停在里面。

巨大的深蓝色晶体倏地出现，旁边一个金属机器人立即飞了过来。

机器人的红色眸子不时发亮，嘴巴中发出声音："罗峰那个白痴，竟然按照地球武者小队的规矩分战利品，这宇宙晶明明是他弄到手的，他还准备分四成给洪和雷神，真傻！"

"这宇宙晶还挺大，大概有9000方，给我切！"

下一瞬，一些小机器人出现了。

机器人迅速切割巨大的宇宙晶，虽然宇宙晶能量惊人，但切割起来并不难。在宇宙中，宇宙晶一般都是被切割成硬币的形状。宇宙的统一做法是：将一方宇宙晶切割成1000个宇宙币。

地底。

罗峰的摩云战衣延伸出的藤蔓迅速收回，同时那手镯也飞入罗峰的手腕上，融入护腕。

"巴巴塔，一共弄到了多少宇宙晶？"罗峰连忙问道。

"哈哈！一方世界散乱在各地的宇宙晶一般都比较少，只有中心地带的宇宙晶很多。这次竟然弄到了3000方宇宙晶，运气算不错了。"巴巴塔的声音在罗峰的意识中响起。

罗峰微微点头。

"大哥、二哥，我们上去吧！"罗峰道。

五人迅速朝地表飞去，很快就冲出了地表。

"怎么样？"雷神看着罗峰。

"弄到了多少宇宙晶？"洪也问道。

"运气还行。"罗峰环顾四周，周围一片漆黑，隐约能看到苍茫大地，"这种散乱在界中界各地的宇宙晶不会很多，而我们这次弄到的有3000方宇宙晶，算挺多的。"

"3000方宇宙晶？！"雷神双眸发亮，"3000方宇宙晶就等于300万宇宙币，1宇宙币现在能兑换3000乾巫币。也就是说，3000方宇宙晶能兑换近100亿乾巫币。"

"100亿乾巫币？！"洪大吃一惊。

"我和老二第一次去杀戮场时，就听到宇宙级强者提起发现了一个新世界，据说还弄到了1万方宇宙晶。此次我们一下子弄到了3000方宇宙晶，算是不错了。"洪感叹道。

"不愧是界主世界，第一次就弄到了这么多。"罗峰忍不住赞叹，"难怪有宇宙冒险者说，发现一个新世界，那就发财了。不过，新世界第一次被发掘，宝物大多都是被宇宙级强者，乃至域主级强者抢先夺走了。"

"抓紧时间！"罗峰说道，"我们继续搜索宇宙晶！"

第一次就弄到了3000方宇宙晶，赶得上老师留给自己的第一个银行账号的资产了，这令罗峰激动不已。

界主世界中果真藏着大宝藏。

"不过，金角巨兽一旦达到宇宙级，所花费的金钱将更惊人。这点远远不够，继续！"罗峰心中充满期待。

他根本不知道，这次弄到的宇宙晶实际上有9000方，只是巴巴塔故意藏了6000方。

其他的小队也在搜索宇宙晶，有的小队带着能量感应器，可是那些仪器设备都不及巴巴塔的。在巴巴塔的指引下，罗峰很快发现了第二个藏着宇宙晶的地点。

"说不定，在界主世界就能将购买金属组合的钱都弄到手。"罗峰控制着藤蔓和手镯钻入地底，"给我钻！"

第 333 章

宇宙晶

"界中界的中心地带，宇宙晶是最多的。两大圣地、四大组织、十六大家族，以及各个宇宙初等文明国度、各个星球的冒险者几乎都朝中心地带飞去，那里的竞争最激烈，而且那里的岩石硬度很高，和雷霆世界风雷峡谷的岩石差不多，想挖掘是有难度的，还不如在界中界周围的地带进行大搜索。散落在各处的宇宙晶虽少，但是聚少成多，总量也是很惊人的。"巴巴塔劝说道。

罗峰一边听着，一边控制摩云藤往地底钻。

三个多小时后，他们找到了第三处存在宇宙晶的地方。

"真发了。"罗峰心中暗喜。

第一处，弄到了3000方宇宙晶。

第二处，宇宙晶稍微少一点，只有2000方。

这是第三处，按照巴巴塔探察后所说，这里应该有4000方宇宙晶。

"哧！"摩云藤迅速收了回去。

"巴巴塔，有多少宇宙晶？"罗峰问道。

"4000方。"巴巴塔回道。

罗峰抬头看向上方的洪和雷神，笑道："4000方宇宙晶。"

"哈哈！"洪和雷神都面露喜色。

俗话说，亲兄弟明算账。无论是洪、雷神，还是罗峰，他们心里都很清楚：收益分成一开始不说清楚，将来很容易产生矛盾。

所以，三人早就商量好了。

如果是三人合力，则每人分得三分之一；

如果是一人出了大力气，其他两人辅助，则出大力的人分得六成，其他两人各分得两成；

如果是一人出全力，其他两人没出力，则出全力的人得到八成，其他两人各分得一成。

"我们现在一共有9000方宇宙晶了。"罗峰心情愉悦。

"继续找。"洪郑重地道，"我们的时间不多了，待各大组织的人马赶到这里，恐怕就没有我们的好处了。"

"嗯。"罗峰点点头。

那些小队肯定早就将界中界的消息上报给组织了。很快，宇宙级强者，乃至域主级强者，甚至界主级强者说不定都会来。到时候，哪有他们这些恒星级冒险者插手的余地？

一个新发现的世界就会令强者疯狂，更别说一个新发现的界中界了，界中界可比一般的世界更吸引强者。

"抓紧时间！"罗峰低喝一声，"我们继续找下一处。"

界中界中，论找宝藏，其他小队自然赶不上罗峰小队。不过，就算只弄到100方宇宙晶，对一般的恒星级冒险者而言，那也是一笔极大的财富了。所以，恒星级冒险者都开始挖掘。

除非去界中界的中心地带，和上万冒险者厮杀，否则，一般小队的挖掘效率还真比不上罗峰小队。

要知道，巴巴塔的探测仪器可是陨墨星号飞船上的，一般界主级强者都没有这么先进的设备。

一艘炭黑色的三角形飞船进行宇宙穿梭，来到距离沧澜星不远的星空。

两个穿着银白色披风的男子并肩而立，他们的胸前都挂着宇宙二星佣兵勋章。

"冥昱兄，这次我们兄弟两人应该能弄到一些宝物。那雷霆界主当年名气极大，据说其手上的宝物不少，最后他是自爆而死，谁都没捞着好处。"一个有着紫色长发、身穿银白色披风的俊美男子说道。

"东来兄，我们距离沧澜星都挺近，也是第一时间赶来的，弄到宝物很正常。"一个体形魁梧的男子道。

这两人的外表可以说是大相径庭，一个俊美洒脱，一个魁梧壮硕。他们就是三斧山这个组织中名气颇大的两个强者，分别名唤冥昱、邵东来，都是域主级中的一等一强者。当然，他们还是虚拟宇宙公司武部的外部成员。

虚拟宇宙公司武部容许外部成员加入其他小组织。对于虚拟宇宙公司而言，连乾巫宇宙国对其都没有多大威胁，更别说黑龙山帝国内的三斧山了。

"那些恒星级冒险者第一时间发现了界中界，不过，界中界内的宝藏可不是他们这些小家伙能够拿的，他们能弄到一些宇宙晶，已经算是很大的收获，应该满足了。"邵东来笑道。

"是啊！我们的修为处于恒星级的时候，可没能得到宇宙晶。"冥昱附和道。

两个域主级强者理所当然地认定，恒星级冒险者们根本没资格得到界中界的宝藏。

"要不要去星球停泊港？"邵东来问道。

"不用。"冥昱摇摇头，"我在沧澜星有房产，飞船可以直接飞入沧澜星，不算对沧澜星领主挑衅。"

这艘宇宙飞船进入沧澜星内部，很快就停在宇宙佣兵联盟驻地的上空。

两人同时飞了下去。

"冥昱，东来。"一个穿着铠甲的绿皮肤男子飞了过来。

"莫勒，怎么回事？"冥昱和邵东来当即问道。

莫勒指着不远处的别墅，不满地道："你们看，雷霆世界入口被宇宙佣兵联盟的人挡住了，不让其他人进去。"

冥昱和邵东来大吃一惊。

现在黑龙山帝国各大势力都派遣高手赶了过来，宇宙佣兵联盟在沧澜星驻地的负责人竟敢挡住他们！

"走，过去。"冥昱说道。

顿时，这三个域主级强者走了过去。

别墅门口站着十二个宇宙级强者，他们或是冷酷，或是霸道，或是笑呵呵，每一个人都颇有特色。

别墅的守卫根本不敢阻拦他们，然而别墅门口一个有着银色短发、穿着亮银色战衣的女子却丝毫不让。

"冥昱大人。"

"东来大人。"

顿时，不少宇宙级强者连忙行礼。

冥昱和邵东来微微点头，而后看向那女子。

冥昱喝道："雷霆世界中出现了界中界，已经不适合当考核世界。既然不适合，那每一个宇宙佣兵都有资格进入，你挡在这里干什么？"

"你是谁？"女子冷冷地问道。

"冥昱，三斧山统领。"冥昱盯着女子，面露不悦。

"你听好了，我叫奇尼娅。"女子冷冷地道。

"奇尼娅？"冥昱、邵东来眉头一皱。

黑龙山帝国的界主级强者很少，域主级强者也不算多，凡是有点名气的，他们都认识。可是，他们从来没听说过一个叫奇尼娅的女域主级强者。

"雷霆世界是我们宇宙佣兵联盟认定的考核世界，除非联盟撤销它作为考核世界的资格，否则，它就是考核世界。作为用来进行筛选宇宙见习佣兵的考核世界，只有恒星级冒险者才有资格进入，佣兵禁止进入！"奇尼娅喝道。

冥昱、邵东来、莫勒闻言都怒了。

有时候是该讲规矩，可有时候，是没必要讲规矩的。

"奇尼娅，你在宇宙佣兵联盟是什么身份，竟敢拦截三个宇宙二星佣兵！"冥昱喝道。

八个小时后。

天已经黑了，雷霆世界入口的别墅外，域主级强者已经达到6个，宇宙级强者更是达到21个。可是，在奇尼娅的阻拦下，没人能够进去。

"轰！"天地微微震颤。

宇宙佣兵联盟驻地的人都抬头看去，只见一艘银色金字塔飞船出现在上空。

顿时，冥昱等不少人都惊呼出声："机械族宇宙飞船？！"

在黑龙山帝国，拥有机械族宇宙飞船的强者很少，所以拥有者个个都是人有来头，而眼前这艘飞船似乎挺高级的。

银色金字塔飞船突然消失了。

一个光头壮汉突然出现，他的双眸中隐隐燃烧着火焰，眉心有着火焰印记。他的目光扫向下方，顿时令下方所有的域主级强者不由得低下了头，而宇宙级强者们早就躬身行礼了。

"安蒙兹大人！"域主级强者和宇宙级强者都恭敬地道。

安蒙兹人称"火焰界主"，他使用火焰的手段已经达到出神入化的地步，在黑龙山帝国境内，绝对是顶级界主级强者。在他的火焰的灼烧下，空间都会崩溃。

"让开！"安蒙兹扫视奇尼娅。

奇尼娅看着安蒙兹，目光停留在安蒙兹眉心的火焰印记上，脸上露出一丝笑容："安蒙兹，你已经达到宇宙本源法则层次了，不愧是界主级巅峰强者。不过，这是宇宙佣兵联盟认定的考核世界，只有参加考核的恒星级冒险者可以进入，禁止任何佣兵进入！"

"我叫你让开！"安蒙兹冷冷地道。

"嗡！"奇尼娅身上忽然出现银白色光芒。

"放肆！"奇尼娅大喝一声，指着眼前的安蒙兹，"你竟然敢挑衅宇宙佣兵联盟！考核世界非恒星级冒险者不能进，如果你想死的话，就进去吧！我敢保证，你现在进去，事后，宇宙佣兵联盟执法队必定将你击杀，令你的灵魂化为虚无。"

"其他人，你们也都给我听好了。"奇尼娅退到一旁，指着别墅，"想死的话，就进去吧！"

一时间，6个域主级强者和21个宇宙级强者都安静了，就连安蒙兹都若有所思地看着奇尼娅，并没有擅自闯入。

时间一天天过去。

沧澜星上的强者越来越多，却没有一个强者敢进入雷霆世界。奇尼娅的话具有惊人的威慑力。

界中界中，那些恒星级冒险者正在搜索宝物，罗峰等人也抓紧最后的时间搜寻着宇宙晶。

第334章

大收获

天空中悬浮着一颗巨大的光球，照亮了整个界中界。

"轰隆隆——"上百米的瀑布轰然砸下，落在下方的深潭中，潭水散发出阵阵寒气。

突然，五人破水而出，落在潭边。在光芒的照射下，他们的合金战衣反射出光泽，正是罗峰、洪、雷神、铁南河、敖骨五人。

"总算有了大收获。"雷神感叹一声，"这几天我都快急死了。"

"宇宙晶分布在界中界各处，有时候连续找到几个宇宙晶的藏地，有时候连续一段时间都找不到，这很正常。"罗峰环顾四周，山林一片寂静，没有其他任何生物。

"老三，我们一共弄到多少宇宙晶了？"洪问道。

"三天加起来，一共有3.1万方宇宙晶。"罗峰回道。

这是个让人兴奋的数字。

从进入界中界起，他们就在周围展开了地毯式的搜索，奈何界中界太大，长宽都达百万千米。如此大的世界，要全部探察一遍，估计要在界中界来回跑数万次。

准确地说，即使来回跑数万次，也只是将界中界2万米深的地方探察一遍。而界中界的地底深度远远超过2万米。

然而，单单将界中界2万米深处扫上一遍，就需要数千年。正因为界中界的面积太大，所以搜索起来要靠运气。

第一天，前面10个小时，他们连续找了六处地方，一共找到1.5万方宇宙晶。可是，直至第二天中午，差不多20个小时，仅仅找到一处，而且只有300方宇宙晶。

第二天中午到现在，运气才变好了一点。他们连续找了五处，特别是在深潭中的一处找到了6000方宇宙晶。

三天加起来，一共找到了3.1万方宇宙晶。

"3.1万方宇宙晶价值3100万宇宙币，近1000亿乾巫币。当初，老师留给我的第一个银行账户里才100亿乾巫币。此次在界中界里，真是收获不少……"罗峰心中大喜。

他们小队离开地球，来到了浩瀚的宇宙中。这是他们第一次参加宇宙见习佣兵考核，就碰到了这种大好事。

"三弟，按理说，此时应该有宇宙级强者进入界中界，将我们赶走才对。"洪皱眉道，"怎么到现在都没一点动静？"

"是挺奇怪的。"罗峰摇摇头，"虽然雷霆世界很大，但是从其边缘飞到风雷峡谷，以宇宙级强者的实力，不惧凶兽的话，一天就够了。可是，这都三天过去了，我们在界中界没有发现一个宇宙级强者，更别说域主级强者，甚至界主级强者了。"

"想那么多干吗，既然他们没有进来，我们就继续挖掘宇宙晶，错过这个村就没这个店。"雷神催促道。

"哈哈！老二说得有道理。"洪笑道。

在宇宙中，星球都可以拿来买卖，喂养摩云藤的木伢晶也可以进行买卖，只要有足够的财富，连宇宙级强者都能买来当奴仆。

好不容易从地球来到宇宙，洪、雷神、罗峰自然要多挖掘一些宇宙晶。只有拥有足够多的财富，将来在他们三人的努力下，地球才能有更好的发展。

"出发！"罗峰眼眸发亮，心中充满了期待。

"哈哈！出发！"雷神和洪同样满怀期待。

五人化作五道流光，在巴巴塔的指引下，继续搜索宇宙晶。

沧澜星。

雷霆世界的入口，那座历史悠久的别墅花园。

光头壮汉闭着眼睛，眉心的火焰印记莫名让人心颤。周围的空间隐隐震荡，而他周身偶尔迸发出一丝丝火焰。

他的前方站着银色短发女子奇尼娅，其他域主级强者和宇宙级强者都在别墅花园外面，花园内只有安蒙兹和奇尼娅二人。

"安蒙兹，你怎么还没进去？"一道洪亮的声音响彻花园。

一个穿着深蓝色战甲，头戴战盔，身材比安蒙兹更加魁梧的大汉突然出现。他自空中踏步而来，每走一步，都令天地震颤。当他落在花园中，花园直接消失了，变成了广阔的大地，旁边还有一座高山耸立。

谈笑间，改天换地，掌控一方天地。

"你是谁？就是你拦住了安蒙兹？"魁梧大汉看着奇尼娅，冷冷地问道。

"我是宇宙佣兵联盟乾巫分部的特使奇尼娅。"奇尼娅看着他，"你应该是黑龙山帝国圣地黑龙山的界主级强者巴思哈吧！"

"特使？"巴思哈看着眼前的银发女子，转头看向安蒙兹。

与此同时，一道声音在安蒙兹的耳边响起："安蒙兹，她是谁？看起来颇有来头的样子，竟然能够直接叫出我的名字，她到底是什么身份？"

"不知道。"安蒙兹淡淡地道。

"你不知道？那又怎么会被一个区区域主级强者拦住？"巴思哈眉头微皱。

"我不知道她是谁，我只知道她的背后有一个不朽级强者。"安蒙兹说道。

"不朽级强者？"巴思哈心中十分震惊，表面却显得很镇定。

随即，巴思哈看向奇尼娅，他的世界之力在奇尼娅周围涌过，隐隐感觉到一股让人心颤的能量。

"巴思哈大人，"奇尼娅神色平静，"这雷霆世界是我们宇宙佣兵联盟认定的考核世界，除非宇宙佣兵联盟撤销其考核世界的资格，否则，它就只是考核世界。只有参加宇宙见习佣兵考核的恒星级冒险者才能进入，其他人都不能进入。若是擅闯，便是违背宇宙佣兵联盟的规定！"

巴思哈感觉很头疼。

他地位尊贵，在黑龙山星域两大圣地之一的黑龙山都有着极高的地位，就连黑龙山帝国皇帝也要给他面子。可是，此刻面对奇尼娅，他却没有任何办法。

杀了奇尼娅？他根本不费吹灰之力。

可是，他不敢这样做，理由有二：一来，奇尼娅的背景不小；二来，人家话说得很明白，一旦擅闯，就是违背宇宙佣兵联盟的规定。谁敢乱来啊？得罪宇宙佣兵联盟，必死无疑。

其实，规定归规定，下面管事的人睁一只眼闭一只眼，事情也就过去了。谁没事会上纲上线，得罪一群强者啊？可是，奇尼娅显然来头不小，她根本不怕得罪他们。

"安蒙兹，她是从哪里冒出来的？"巴思哈心中恼怒。

"不知道。"安蒙兹用意念回道。

一天后——

第三个界主级强者抵达这里。

此人身穿深红色战衣，披着黑色披风，样貌极其俊美。

只见天空中雷电闪过，他就出现在了别墅的花园中，其眉心有着雷电印记，双眸闭合间都有雷电闪烁。

"奇尼娅，你怎么在这里？"男子看到奇尼娅，眉头一皱。

"三斧山将天辰？！"

安蒙兹和巴思哈大吃一惊。

论实力，安蒙兹比巴思哈要强得多，可是和将天辰一比，就要弱得多。将天辰是在整个黑龙山星域排名靠前的超级强者，还是三斧山中具有代表性的超级强者，而且他又在虚拟宇宙公司武部黑龙山分部担当要职。

"我代替我的老师来黑龙山星域巡查，凑巧发现此事，当然得管。"奇尼娅看着将天辰，"我现在是代我老师阻止任何违背宇宙佣兵联盟规定的事情发生。"

将天辰眉头一皱。

"啪——"周围霹雳闪烁。

"真是胡闹！"将天辰有些恼怒。

"我怎么胡闹了！"奇尼娅怒道，"将天辰，这是宇宙佣兵联盟制定的规定，还轮不到你来管。我是拦不住你们，可是这里发生的一切我都记录下来，传给我的老师了。谁敢明目张胆违背宇宙佣兵联盟的规定，到时候会被上报宇宙佣兵联盟，被执法队击杀，灵魂化为虚无，可别怪我没有提醒你们。"

将天辰眼睛微眯。

安蒙兹和巴思哈都有些佩服奇尼娅了。

她敢跟将天辰对着干，可真是有勇气啊！

"你这样做，这可是招惹了黑龙山星域的各方强者。"将天辰皱眉看着奇尼娅。

"别拿那些吓唬我！谁敢进入雷霆世界，我一定上报给宇宙佣兵联盟。"奇尼娅冷冷地道。

将天辰摇摇头，道："你的实力和你老师差得远，脾气倒是挺像的。"

"安蒙兹、巴思哈，我会安排一下，让黑龙山星域的四大组织和两大圣地举行一次会议，商量进入界中界的事情。"将天辰看向安蒙兹和巴思哈。

安蒙兹和巴思哈都点点头。

"将天辰，你准备召集人马压制我？"奇尼娅气势更强了。

她彻底恼了。

不是猛龙不过江，她还真准备杠上了。

"你都搬出宇宙佣兵联盟规定了，谁敢跟你斗？"将天辰看了她一眼，"放心，我会按照宇宙佣兵联盟规定办事的，绝对不派任何宇宙级强者、域主级强者、界主级强者进去。"

与此同时，他分出了一丝意识，进入了虚拟宇宙。

对于界主级强者来说，现实中保持清醒，分出一丝意识进入虚拟宇宙，十分轻松。

第 335 章

界主会议

虚拟宇宙。

天空蔚蓝，云雾弥漫。

一张巨大的岩石圆桌悬浮着，桌面上有着斑驳的纹路。岩石圆桌的周围悬浮着一把把同样材质的石椅。

"唰——"

一道又一道人影出现在空中，其中就有将天辰、安蒙兹、巴思哈三人，他们各自选定一把石椅坐下。

"我代表三斧山。"将天辰冷冷地道。

"我代表冰海神国。"一个穿着雪白色袍子，有着一头长发的女子笑道。

"我代表黑龙山。"一个脸上布满鳞甲，露出一双血红色眸子，身高近四米的界主级强者沉声说道。

十二人分别代表黑龙山帝国的四大组织、两大圣地，以及十六大家族。其中，十六大家族只是派出一个总代表，而四大组织和两大圣地一共出动了十一个界主级强者。

"那么，会议开始吧！"来自黑龙山的鳞甲大汉沉声道。

"雷霆世界的入口现如今由宇宙佣兵联盟乾巫分部特使奇尼娅看守，禁止任何非恒星级冒险者进入。"将天辰的声音回荡在虚空中。

"奇尼娅是什么身份？"一道温和的声音从冰海神国的那个女界主级强者

口中传出。

"她的老师是乾巫宇宙国第三军团的军主。"将天辰回道，"第三军团军主很看重她。"

"第三军团军主？！"其他十一个界主级强者都有些惊讶。

"是的，所以我们无法硬闯。"将天辰的目光扫过其他界主级强者，"我想只有一个办法，那就是安排大群恒星级九阶冒险者以参加宇宙见习佣兵考核为由，进入雷霆世界。"

"好办法！"

在场的界主级强者都点头认可。

"还有其他意见的，请说。"将天辰说道。

"奇尼娅堵住入口，谁敢明目张胆违背宇宙佣兵联盟的法规？"鳞甲大汉沉声笑道，"好了，将兄，就按照你说的，我们安排大批恒星级九阶强者以参加考核的名义进去。"

"那各家安排多少恒星级强者？"

"是啊，恒星级强者的人数怎么定？"

顿时，十二个界主级强者开始了讨论，派出的人马越多，争夺宝物时越有利。

"十六大家族，每家最多派遣一万名恒星级冒险者。"

"四大组织，每方最多派遣二十万名恒星级冒险者。"

"两大圣地，每方最多派遣五十万名恒星级冒险者。"

……

很快，各大势力就公布了会议结果。

各大势力的麾下都有界主级强者、域主级强者、宇宙级强者，按照他们的实力和地位的不同，能够得到的名额自然也有区别。

沧澜星。

在两大圣地、四大组织、十六大家族的联合封锁下，其他域外的恒星级冒险者不能进入雷霆世界。

"天哪！这么多人飞过来了。"

"黑压压的一片，这得有多少强者啊？"

宇宙佣兵联盟驻地，一些冒险者震惊地看着天空，只见一艘巨型战舰悬浮在空中，同时大批身穿深灰色战衣的战士直接朝下方飞来，将天空完全遮住了。片刻后，他们都飞向雷霆世界的入口——那栋别墅。

"怎么回事？"身穿亮银色战衣的奇尼娅喝问道。

"大人，我们都是恒星级冒险者，都接到了宇宙见习佣兵考核的任务。"队伍领头的恒星级冒险者恭敬地道。

"你们都是来参加宇宙见习佣兵考核的？"奇尼娅惊讶地看着眼前的队伍。

这条排成长龙的队伍有多少人啊？

奇尼娅当即进行了一次大范围的测试，她发现队伍中都是恒星级冒险者，而且都接到了宇宙见习佣兵的考核任务。

别墅花园中。

安蒙兹、巴思哈、将天辰目送着队伍迅速进入雷霆世界。

"安蒙兹，你的速度够快啊！"巴思哈看着安蒙兹。

"一万名恒星级九阶冒险者，刚刚好。"安蒙兹咧嘴一笑，"各位，我的确提前一步了。"

……

连诺岚山都能派出一万名恒星级冒险者，更别说安蒙兹这种界主级强者了。对他们而言，找到一万名恒星级九阶冒险者是很容易的，比如安蒙兹，单单领地就有三个星系，星系中的恒星级强者甚多，还有许多慕名拜在他门下的。

……

自此，沧澜星上空，一支支队伍聚集。

队伍中全部都是恒星级冒险者，而且几乎都达到了恒星级九阶。或是数十人的小队，或是上千人的中等队伍，乃至上万人的大队伍。一个个恒星级九阶冒险者相继进入雷霆世界，反而使许多本来计划要参加宇宙见习佣兵考核的恒星级冒险者被拦截在外。

沧澜星，宇宙佣兵联盟驻地旁边的酒馆。

冥昱和邵东来正坐在那里，酒馆中除了域主级强者，就是宇宙级强者，一般的冒险者根本不敢进来。

这时，一个穿着深绿色战衣，双耳尖尖的男子走了进来，他目光一扫，最先发现冥昱和邵东来。

"冥昱大人，东来大人。"

"诺岚山，你也带着你的人马来了。"冥昱和邵东来都点点头。

他们虽是域主级强者，但是，诺岚山毕竟有着"巨斧武者"称号，当初达到宇宙级时，他们都没能获得"巨斧武者"的称号，所以对诺岚山还是比较尊重的。

"嗯！我也就带了一点点人马。"诺岚山笑道，"都在外面呢。"

冥昱和邵东来都看了看外面。

外面的空地上，一支穿着制式战衣的队伍正在排队。

"不少了，有200人。"冥昱夸赞道，"达到宇宙级的，有的势力分到的名额只有50个，有的势力分到的名额只有100个。"

来自诺岚山家族的200名恒星级九阶冒险者都朝雷霆世界的入口走去。

这些可是诺岚山从家族和诺岚卫中挑选出来的，都是恒星级九阶强者中战斗力颇高的。

"也就碰碰运气。"诺岚山谦虚地笑道。

"嗯，你去吧。"冥昱淡淡地道。

"好的！"诺岚山微微躬身，而后走到酒馆角落，和相熟的两个宇宙级强者坐在一起。

酒馆内，单单宇宙级强者就有一群，域主级强者也有不少人，大家都默默地等着，过段时间，各大势力的恒星级九阶冒险者就会出来。

靠窗户的位置，冥昱和邵东来小声交谈着。

"此次进入雷霆世界的人真多。"邵东来感慨一声。

"两大圣地、四大组织、十六大家族等派出的恒星级冒险者差不多有200万。"冥昱也感慨一声，"你看，外面准备进入雷霆世界的恒星级冒险者都排成了长龙。"

"是啊。"邵东来透过窗户朝外一看。

黑压压的一片，人数不少啊！

"你和我都派了1000名恒星级冒险者进去，不知道能弄到什么宝物。"邵东来道。

"恒星级冒险者飞行速度慢，还有凶兽阻拦，就算仗着人多，敢硬冲，可是飞到风雷峡谷估计也要七八天。"冥昱摇摇头，"占优势的是早先就进入了雷霆世界的那批人，他们才是最有可能得到界中界宝藏的。"

邵东来点点头，随即问道："你的麾下有几人一开始就进入了雷霆世界？"

"一个都没有，你也知道，我们三斧山从不培养年轻人。"冥昱苦笑一声，忽然想起什么，"对了，我当初招募过三个年轻人，劝说他们进行宇宙冒险，他们还挺心动的。如果真的决定要冒险的话，很可能参加了宇宙见习佣兵考核。"

"三个年轻人？"邵东来惊呼出声。

"是的，是曼落大人让我关注他们的，分别叫罗峰、洪、雷神。"冥昱说着，露出一丝笑容，"我联系他们一下。"

"罗峰，洪，雷神。"邵东来默默念叨，"这三个年轻人有什么能耐，竟然能得到曼落大人的注意？"

界中界，此时正是黑夜。

这已经是在界中界内的第八天，平原地带，荒草丛生，一处地面微微抖动，而后砰的一声，五道身影接连飞出。

"我都八天没休息了，真累啊！那些宇宙级强者怎么到现在都没进来？"雷神怪叫道。

"得了便宜还卖乖。"洪笑道。

"确实挺累，不过，累并痛快着。"罗峰心情非常愉悦。

雷神连连点头："没错，的确很痛快！1方宇宙晶大概能兑换0.03亿乾巫币，而我们现在已经挖了约9.6万方宇宙晶，也就是3000多亿乾巫币。"

罗峰朗声大笑。

对于宇宙级强者而言，这都是很大一笔财富了。不得不说，发现一方新的世界，的确是件美妙的事。

"嗯？"罗峰猛地一惊。

"怎么了？"洪和雷神都看向他。

"等下，我去一下虚拟宇宙。"

罗峰说了一声，而后闭上眼睛。

黑龙山岛屿，九星湾。

罗峰倏地出现在自家屋子前，一眼就看到了正坐在那里查询讯息的徐欣。

"罗峰？"徐欣站起身来，连忙问道，"这几天，你怎么都没有连上虚拟宇宙网络？"

"这几天很忙，时间就是财富，一分一秒都不能浪费。"罗峰笑道。

听到这话，徐欣不由得疑惑起来："什么意思？你这几天到底在哪里？"

"回头再说。"

罗峰心念一动，面前浮现屏幕，屏幕上出现了一个通信申请，是虚拟宇宙公司武部驻黑龙山分部的外部执事冥昱发来的。

"嘀！"罗峰接通通信。

"冥昱大人。"罗峰看着冥昱，微微一笑。

"罗峰，我问你，你现在可是在雷霆世界的界中界？"

第336章

核心地带

"界中界?"罗峰看着屏幕,心一下子悬了起来。

他的脑海中迅速浮现诸多念头。自己参加宇宙见习佣兵考核的事情并没有外传,知道的人非常少。何若虽然知道此事,但是何若是北龙城的人,没资格联系冥昱这种超级强者啊!

那冥昱大人怎么会知道自己现在身处界中界?

"罗峰,不要觉得奇怪。当初,我和你们三人谈话时,就看出你们有进行宇宙冒险的念头。以你们的实力,要进行宇宙冒险,首先就是参加宇宙见习佣兵考核。在黑龙山星域中,宇宙见习佣兵考核的地点就是雷霆世界。"冥昱道。

罗峰看着屏幕,道:"冥昱大人,这次你找我有何事?"

"界中界是千万年前黑龙山星域很有名气的一个界主级强者所创,他叫卡布,人称雷霆界主。"冥昱快速说道,"卡布的运气非常好,在界主级强者中算是非常富有的,而且拥有好几件名气很大的宝物,令其他界主级强者都很眼馋。"

罗峰心念一动,连忙追问道:"那冥昱大人为什么没有进入界中界?"

关于这个问题,罗峰和洪、雷神都疑惑好久了。

"说来话长,等你从雷霆世界中出来,你就知道了。"冥昱沉声说道,"我这次找你,是要告诉你,虽然恒星级以上层次的冒险者无法进入雷霆世界,但是界中界的宝藏实在太吸引人了,所以黑龙山星域的各大势力都派出了恒星级九阶冒险者组成的军队，进入雷霆世界。"

"什么？"罗峰吓了一跳。

恒星级九阶冒险者组成的军队？

整个黑龙山星域可是有八千多个星系，就拿银蓝帝国此等属国来说，其管辖的星系就有500多个。如此庞大的星域，那得有多少恒星级九阶冒险者啊？

"一共有多少名恒星级冒险者？"罗峰连忙问道。

"黑龙山星域的超级强者们聚集在一起，而后举行了界主会议，最终商定，各方势力加起来派出近200万名恒星级冒险者。"冥昱回道。

罗峰沉默了。

近200万名恒星级冒险者的军队一旦形成，那就是人山人海，一眼看不到尽头，而且全部都是恒星级九阶冒险者。这种现象就连宇宙级强者们都会被吓到。

蚂蚁也能咬死大象。对于宇宙级强者来说，恒星级九阶冒险者渺小如蚂蚁，可是，要对付近200万名恒星级九阶冒险者并不容易，恐怕体内原力都不够消耗的。

"此次，冒险者队伍规模参差不齐，有大队伍，也有小队伍。有的是界主级强者麾下的，有的是域主级强者麾下的，有的是宇宙级强者麾下的。"冥昱微微一笑，转而道，"这些队伍并不属于一个阵营，并不团结，你也别太担心，只要躲着点，还是能够保命的。"

"嗯！"罗峰点点头，却无法放松。

近200万名恒星级九阶冒险者啊！

单单想想，就头皮发麻。

"冥昱大人，你此次找我的目的是什么？"罗峰又问道。

"我找你当然是有事。"冥昱微微一笑，"我想告诉你，近200万名恒星级九阶冒险者组成的大军进入了雷霆世界。并且，沧澜星上，出现了黑龙山星域难得的强者大聚会，各方势力的强者聚集在沧澜星，禁止其他冒险者进入雷霆世界。同时，一旦有人从雷霆世界出来，只要不是两大圣地、四大组织、十六大家族等势力的人，后果……罗峰，你想想就能明白。"

罗峰脸色大变。

这未免太阴险了！

黑龙山星域的各大势力联手，势要将界中界中的宝藏拿到手。也就是说，只要不是这些势力的人，轻则遭到威胁，重则很可能被劫杀。

"现在，沧澜星上有一大群宇宙级强者，上百个域主级强者，还有近十个界主级强者。罗峰，你说，你如果从雷霆世界出来，结果会有多悲惨？"冥昱笑眯眯地看着罗峰。

他笑着说出这么惊人的事情，还挺吓人的。

罗峰的确被吓到了。

"冥昱大人，那我该怎么做？"罗峰看着冥昱。

"你应该猜出我的想法了。"冥昱随意地道，"很简单，你们是最早一批进入界中界的，而其他恒星级九阶冒险者虽然人多，但是他们去得太晚，因此你们才是最有希望得到界中界的宝藏的。卡布界主的宝藏很多，连界主级强者都很眼馋，随便给点，我这个域主级强者都会很心动。你要做的是，得到宝物后，将能让我心动的宝物送我。"

"当然，我也不会亏待你。"冥昱微微一笑，"你可以打着帮我寻宝的旗号，各大势力的超级强者自然不会为难你。"

能成为强者的都是聪明人，罗峰自然不会拒绝。

和冥昱交谈完，罗峰就离开了虚拟宇宙。

"嫂子，我哥刚才回来了吗？"罗华走出木屋，明显有些疲倦。

屋外，正在查资料的徐欣点点头，笑道："是的，他刚才进入了虚拟宇宙，不过，刚刚已经回归现实了。"

"唉！我有事找他，错过了。"罗华皱眉。

"什么事？"徐欣合上面前虚拟出来的笔记本。

在虚拟宇宙网络中，浏览的屏幕想设定成什么样都可以。徐欣来自地球，已经习惯用笔记本，自然能靠辅助光脑稍微修改一下。

"我想和他商量一下地球峰会的事情。"罗华解释道，"地球上各国的领导们商议，他们想派出一些先锋进入宇宙，正式和宇宙接触。"

"什么？"徐欣眉头一皱。

"人就是这样，有了意识感应器，能够连接虚拟宇宙网络，就不甘于仅仅借助网络，而想在现实中直接接触了。"罗华摇摇头，"他们让我传话给我哥，其实我就是个传话的，没权决断。"

"别急。"徐欣皱眉说道，"你哥现在很忙，等他忙完这阵子，再跟他说这件事。"

罗华略微一想，而后点点头，道："也好。"

界中界。

罗峰等五人都蹲在草丛中。

"老三，你答应冥昱大人是对的。"雷神点点头，"他说得很有道理，那些大势力联手，绝对不可能让一些没背景的小人物拿走宝物。"

"我也是这么想的，所以才答应他。"罗峰道。

"不过，我现在很担心一件事情。"雷神皱眉道，"我们出去后，只能跟着冥昱走。可是，如果冥昱悄悄将我们给杀了，夺走宝物，怎么办？这样他既不用付出什么代价，又能得到我们弄到的全部宝物。"

"没错，我们不能不防着他。"洪赞同道。

"我也在担心这件事。"罗峰也很烦恼。

目前他们只有和冥昱合作，才能避免遭到其他超级强者的围攻。可是，如果冥昱要阴招，将他们都杀了怎么办？

冥昱可是域主级强者，要杀他们简直轻而易举。

"放心吧，罗峰。"一道清脆的声音在罗峰脑海中响起，"冥昱暂时只是想要找你们合作，并没有最终决定这样做。因为第一批进入界中界的冒险者可有数万人，数万人夺宝，冥昱对你们是没有多大信心的，只不过，相比之下，你们得到宝物的概率比近200万恒星级冒险者大军要大一些。"

"而且，沧澜星上，宇宙级强者、域主级强者、界主级强者聚集，这是黑龙山星域难得的盛会。如果有人胆敢劫杀，恐怕那些界主级强者都能立即发现。冥昱还不至于那么愚蠢，敢在沧澜星这种地方动手。更何况，强者都是很要面子的。"

听了巴巴塔的一番话，罗峰顿时释然了。

也是，域主级强者可是足以令宇宙初等文明国度惊惧的超级强者，特别是在这种大场合，的确不会拿自己的名声开玩笑。

……

"现在近200万恒星级冒险者大军正源源不断地进入雷霆世界，他们抵达界中界只要七八天的时间，所以，我们现在不能再在界中界的周边乱逛了。"罗峰低声说道，"我们得抓紧时间，前往界中界的核心地带。"

"嗯！核心地带中的宇宙晶更加珍贵。"雷神点点头，"不过，那些令域主级强者，乃至界主级强者眼馋的宝物，才是最珍贵的。"

洪微微点头。

"不过，我们也得小心，最初进入界中界的武者就有数万名。"罗峰皱眉道，"特别是那些大势力派出的冒险者小队，跟他们一比，我们这支五人小队实在是太弱了，所以还是低调点，先弄清核心地带的情况再说。"

"说得有理。宇宙晶最多的就是核心地带，现在那个地方肯定早就尸横遍野了。"雷神担忧地道。

自从进入界中界，罗峰小队一直没敢去核心地带，就是猜到那个地方肯定很混乱。而现在，他们不去不行了。七八天后，近200万恒星级冒险者大军就会从那个黑洞入口进来，首先就是出现在界中界的周边地带。

"出发！"罗峰一声令下。

五人立即化作五道流光，朝界中界的核心地带飞去。

第 337 章

黑吃黑

在界中界中飞行，一般不会碰到凶兽。

雷霆世界中的凶兽是宇宙佣兵联盟为了筛选精英，专门运送进去的。这界中界刚刚被发现，当然很原始，可是，这新的世界更加让人疯狂。罗峰他们从周边地带朝核心地带飞去。

短短六天的时间，他们就遭到了二十一次劫杀。

第一天遭到一次劫杀。

第二天遭到三次劫杀。

第三天遭到两次劫杀。

第四天遭到两次劫杀。

第五天遭到五次劫杀。

第六天遭到八次劫杀。

很显然，越靠近核心地带，出来劫杀的冒险者就越多。幸好罗峰可以探察周围20000米范围内的情况，即使遇到二十一次劫杀，也就偶尔有些惊险，没有一次真正吃了大亏。

现在是第七天了。

"看光球的位置，我们距离核心地带很近了，估计最迟明天就能抵达核心地带。"罗峰抬头看着天空中的光球，光球处在界中界核心位置的上空。所以，只要朝着光球的方向前行，就能靠近核心地带。

"越靠近核心地带就越危险，昨天就遇到了八队劫杀的冒险者。"雷神也不敢松懈。

"核心地带有大量的宇宙晶，难怪会令冒险者们疯狂。"罗峰唏嘘不已。

在一颗普通星球，恒星级武者或者精神念师足以称王称霸，可在界主级强者凝聚宇宙本源能量形成的宇宙晶面前，他们不禁变得疯狂。

"大家小心。"罗峰脸色一变。

"怎么了？"洪、雷神、敖骨、铁南河都看向罗峰。

"前方三点钟方向，有50名冒险者，其中48名是恒星级九阶冒险者。"罗峰意念传音，"现在大家改变方向！快！"

在界中界待了这么久，罗峰等人已经很有经验了，直接转了个弯，迅速加速。

可是，刚刚飞行了两三千米。

"停！"罗峰脸色微变。

他们刚刚是疾速飞行，一下子停下来，下方的杂草都被呼啸的气流给压得低垂下去。

"怎么了？"洪和雷神都用原力传音问道。

"前方也有50名冒险者。"罗峰皱眉道。

"什么？"

"我们改变方向。"罗峰直接说道。

小队再一次改变方向，贴着草原地面飞行。眨眼的工夫，草原上忽然有一群黑影冲天而起，同时另外一个方向也有一大群人迅速飞过来，通通朝罗峰小队围攻过来。

"竟然有六拨袭击者，每拨有50人。"雷神瞪大了眼睛。

"快跑！"罗峰厉声喝道。

敖骨一把抓住雷神和洪，而罗峰、铁南河的速度飙升到最快。

"不好，他们比我们快。"雷神急切地原力传音道。

"这下麻烦了。"洪也急了。

罗峰低头看了手臂上的护臂屏幕一眼，屏幕显示，300个光点正在追逐5个光点。很显然，这300人是有人指挥的，呈扇形分布，一旦有小队闯进去，这300人便一起围攻。

"罗峰，他们的速度比你们快。最前面的一群人都是脚踏飞行念力兵器的恒星级九阶精神念师，而你们小队中唯一的精神念师敖骨还要带着洪和雷神前行。据估计，再飞行600千米，他们就会追上你们。"巴巴塔的声音在罗峰的脑海中响起。

以他们飞行的速度，600千米的距离实在太短了。

"他们越来越近了。"雷神急切地道。

"跟我来。"罗峰念力传音道。

五道流光呼啸着朝远处飞去，后面一道道流光也追逐而来。最前面的自然是脚踏念力兵器的精神念师，武者则要慢一些，他们主要负责保护精英。

"主人，后面的人马上就要追上了。"敖骨意念传音，"我就带主人一人逃走吧。"

在敖骨和铁南河眼中，罗峰是主人，关键时刻，当然要保护罗峰。

罗峰死死地盯着前方，前方就是和草原接壤的大森林了。

"快飞向前方！"罗峰念力传音下令。

五人俯冲而下，瞬间冲入森林中。

300道流光跟着俯冲而下，继续追逐。数分钟后，森林上空聚集了300道人影。

"队长，不追了吗？"

"不追了。"身穿银色战衣，脚套黑色战靴的冷酷青年下令道，"这森林太大，他们朝里面一钻，我们很难找到他们。而且，这支五人小队估计没得到多少宇宙晶。回去，继续在草原上狩猎。"

"是！"300道流光迅速返回。

森林中。

罗峰五人都松了一口气。

"还好，我们冲进森林了。"雷神长舒一口气。

"躲在森林中，我们就有优势了。"洪微微点头。

森林中树木茂盛，容易躲藏。这时，罗峰的探测仪器就起大作用了。

"幸好刚才飞得快，否则就完了。"罗峰笑道。

如果再慢一点，他就只能让本体金角巨兽出马了。那样一来，金角巨兽在界中界的消息很快就会泄露出去。一头恒星级九阶的金角巨兽，虽然只是幼兽，但也是极其珍贵的，到时候，恐怕连不朽级强者都会被吸引过来。不朽级强者只要将雷霆世界的入口守好，就等于是瓮中捉鳖，他根本没地方逃。

"金角巨兽要出动，也必须在黑夜，而且一旦出动，必须将敌人杀个干净，绝对不能让敌人将消息泄露出去。"罗峰暗想。

"老三，那大草原藏人不方便，稍微飞得快一点，气流卷动杂草，就很容易被一些劫杀的冒险者看到。"雷神说道。

"大草原和平原地带都比较危险。"洪点点头。

"那我们就从森林这边往前走吧，即便绕路，也耗费不了多少时间。"罗峰道。

可是，越靠近核心地带，冒险者队伍就越多。从第七天刚开始，罗峰小队接连遇到了三支队伍，其中两支都是上百人的大队伍。面对大队伍，罗峰不敢硬碰硬，毕竟一旦大战，己方说不定就有死伤。

第七天。

罗峰小队在森林中已经前进了大概8个小时，此时天空中的白色光球的光芒变得暗淡了。

距离罗峰等人大概120千米处。

一棵粗壮的大树顶端，三人躲藏在茂密的树叶中，手里都拿着望远镜，遥遥看着远处。

"队长。"其中一人低头看向下方。

在这棵粗壮的大树下，有十二人正在休息。

"嗯？"其中一个穿着黝黑的合金战衣，背着一柄巨斧，满脸奇异纹路的绿皮肤壮汉抬头看天，眉头一皱。

"有猎物，一共五个人。"上面的探察人员说道。

"哦？"队长一飞冲天，悬浮在树叶丛中，从旁边的人手里接过望远镜。

望远镜等设备是冒险者的常备设备，宇宙中存在很多引力大或者磁场奇异的地方，念力都会受到影响。这个时候，肉眼观察反而效果更好，望远镜等设备自然起了辅助作用。

"嗯？五个人？"

队长透过望远镜，在旁边探察人员的指引下，很快就看到远处偶尔从茂密的森林中露出的五人的身影。

"都起来，准备动手。"队长原力传音喝道。

"呼！"树下的队员们迅速起身。

"队长，猎物的实力怎么样？"

"别担心，一共就五个人，强不到哪儿去。"队长回道。

听到这番话，队员们顿时都露出了笑容。

他们最喜欢的就是这种没有多大风险的劫杀，而且回报率极高。须知，最早一批来到界中界的，只要熬过一开始的混战，谁能没捞到一点好处？

几百方宇宙晶是很常见的。在外面，几百方宇宙晶都能买下一艘飞船了。

"拼了这一次，造福子孙千万年。"很多原本没希望突破到宇宙级的队员顿时有了盼头。

只要拥有了巨大的财富，以后享乐不尽，还能培养后代。

"快，都小心点，别让那五人发现我们，一旦让他们逃掉，在森林中很难再次找到他们。"

"快，还有20000米。"

"10000米。"

"5000米。"

"大家准备好……行动！"

这支十五人的狩猎小队瞬间从大树后面，或者是茂密树叶中猛地蹿出，化作道道流光，疾速袭向罗峰他们。

"嗖！"一道蓝色流光亮起，速度快到极致。

蓝色流光一下就击杀了十三名恒星级九阶冒险者。而后，蓝色流光略微转个弯，直接掠过那两名精英，其中就有绿皮肤的队长。

队长睁大眼睛，惊恐无比，显然没想到看似弱小的五人会一下子变得这么强。

"主人，全部解决了。"敖骨恭敬地回道。

"嗯！"罗峰点点头。

从周边地带向核心地带赶路的七天里，他们遇到过很多次劫杀，大多数都是选择避开，其中有六次，敌人埋伏在前方，被巴巴塔及时发现，罗峰便命令敖骨使出赤混铜母残片，将敌方队伍反杀。

"查查看，他们到底有多少宇宙晶。"罗峰连忙去探察。

第 338 章

拉拢

"咦，还不少。这十五人小队竟然得到了近8000方宇宙晶。"罗峰将刚刚拿到手的两个空间戒指扔给洪，"大哥，这个你收着。"

洪一把接过，笑道："此次收获颇丰啊。"

"嗯！"罗峰笑着点点头，"只要拥有足够多的宇宙晶，到时候连宇宙级奴仆都能买下，这样一来，地球在宇宙中的根基才能更稳。"

现在的地球作为一个普通星球，实在太脆弱了，稍微大一点的风浪都会令其倾覆。所以，他们三人必须拥有足够的财富。

"加上现在这8000方宇宙晶，我们一共有……"雷神掰着手指计算，"前八天，得了9.6万方宇宙晶。赶路途中，近七天的时间，得了近2.6方宇宙晶。之前有遭到六次劫杀，我们将劫杀的小队反杀，得到了近5.2方宇宙晶。加上今天的8000方宇宙晶，一共超过18万方宇宙晶了。"

"这么小的数字，一动脑筋，就知道答案了，还在这里掰手指。"罗峰揶揄道，"二哥，你看你，哪里还像雷电武馆的总馆主？我看，你就像是个卖豆腐的小贩，在数一天赚了多少钱。"

"我就是得意，怎么了？"雷神眨巴眼睛，"我不是没见过这么多钱吗？"

这可是18万多方宇宙晶，18万多方宇宙晶能够兑换5400多亿乾巫币。

这是一笔巨额财富！

对整个诺岚山家族而言，都算是个天文数字。

"界中界真是大宝库啊！"洪也忍不住感慨一声。

"创造界中界的难度是建立正常世界的十倍。"罗峰笑道，"它必须更加稳定，自然需要更多的宇宙晶。对于一个界主级巅峰强者而言，建造界中界要付出大代价。对于界主级强者而言，随便加入一个帝国，就能得到一个星系，有的星系有数十万颗星球，有的星系有上百万颗星球。界中界的财富不比一个星系的少，我们现在得到的只是九牛一毛，也就相当于几百颗星球而已。"罗峰这样说着，心情却很愉快。

整个诺岚山家族的资产也就相当于上千颗星球，而界中界的财富要比上千颗星球还要多得多。所以界中界的出现，会引得宇宙级强者彼此厮杀，从而导致一批强者殒身。

若非奇尼娅硬是阻拦住了诸多超级强者，哪会轮得到罗峰他们这些恒星级的冒险者得到宇宙晶？

"拥有18万方宇宙晶，在宇宙中的银河系算是超级富豪了。可是，我们的财富估计也就是整个诺岚山家族的三分之一。"罗峰笑道，"跟域主级强者一比，更是差得远，大家还需要继续努力。"

"是的，还不够。"雷神道。

"界中界问世，此机遇万年难遇，这时候不狠狠捞一笔，怎么对得起自己？"洪笑道。

"出发！"罗峰挥动手中的合金战刀，遥指界中界的核心地带。

在阳光的照射下，合金战刀反射出耀眼的光芒。

"老三，你这姿势颇具风范呢！"

"我得意一下，不行吗？"

"哈哈！"罗峰一行人心情愉快，闹了一阵儿，继续悄悄朝核心地带前行。

天黑后，罗峰等五人终于抵达核心地带，这时候，他们一共得到了超过19万方宇宙晶。之所以能够有此收获，原因有二：其一，得到了巴巴塔的帮助；其二，敖骨用赤混铜母残片解除了不少威胁。

界中界的核心地带是一片美丽的平原，地上长满了奇异的花草，花草十分平整，仿佛有人修剪过。

"天哪！"

"这到底是死了多少人啊？"

罗峰等五人无比震惊。

黑夜，天空中偶尔放射出微弱的光芒，令罗峰能勉强看到周围数百米范围内的情况，一眼看去，地上躺着三十多具尸身，有男有女，有样貌类似于兽人的，也有类似于地球人的。

罗峰缓缓地走着，合金战靴踩在地面上，发出轻微的声响。

"这……"罗峰眉头微皱。

"老三，你当初说得没错，核心地带的厮杀的确惨烈得多。"雷神声音低沉，"我们才进入核心地带没多久，看到的尸身就超过百具。核心地带那么大，到底死了多少人啊？"

"核心地带有整个界中界里九成的宇宙晶，这里的厮杀自然最激烈。"罗峰感叹不已。

"我们如今来到了这里，恐怕也会有生命危险。"洪感慨一声。

九成的宇宙晶都在核心地带，因为核心地带是整个界中界的基石。当然，最核心的宇宙晶会被守护住，无法挖掘，一旦挖掘，整个界中界都会崩溃。

一个世界建立后，核心宇宙晶会形成供应循环，自然而然地吸收外界宇宙的本源能量，因而核心宇宙晶周围会分布着大量的宇宙晶。

至于界中界周边地带，罗峰等人之前挖掘到的是分散的宇宙晶，量极少。

"鸟为食亡，人为财死。天性！"罗峰感叹一声，"走吧！"

五人小心翼翼地朝核心地带的中间区域不断靠近，偶尔能看到一些深坑，深坑周围有一些恒星级冒险者的尸身，血迹早就干了，这些显然是挖掘宇宙晶的恒星级冒险者。

一个小时后——

"趴下！"

"前进！"

罗峰等五人趴着，来到略微凸起的丘陵顶端，遥看远方。

远处隐隐闪烁着光芒，还出现了不少人影。

"那是……"

罗峰手一翻，取出一个望远镜。罗峰等人并没有购买望远镜等设备，后来解决了一些小队，在那些人的空间戒指中发现了这些特殊设备，自然就留下来了。

"人好多。"通过望远镜，罗峰清楚地看到数百千米外的一个个人影。

旁边的雷神也拿着望远镜在观看，嘀咕道："应该有上千人吧。"

"的确挺多。"洪点点头。

"主人，那里有声音。"铁南河忽然道。

"对，有声音。"敖骨也道。

罗峰、洪、雷神都看着铁南河和敖骨，这两人可是恒星级九阶强者，听力和视力都比罗峰三兄弟强多了。

"说了什么？"罗峰问道。

"主人，你再往前一两百千米就能听清了。"敖骨道。

"也好。"罗峰点点头。

反正他们距离那一大群人还有近600千米，前进一两百千米，依旧在安全范围内。

"前进！"罗峰等五人小心翼翼地迅速前行。随着不断靠近，果然听到了声音。

"各位冒险者，一方世界就令宇宙级强者、域主级强者眼红了，这界中界可比一方世界珍贵十倍，所以早有大量宇宙级强者、域主级强者，乃至界主级强者守在雷霆世界的入口。

"我们黑龙山星域的两大圣地、四大组织、十六大家族都派了强者前来，界中界的宝藏注定是属于我们黑龙山星域的。

"各大势力早就商量好了，如果不是两大圣地、四大组织、十六大家族的冒险者，只要从雷霆世界出去，就会立即被抓捕。"

那人的声音非常大，就连远处的罗峰一行人都听得很清楚，显然是刻意大喊出来的。

罗峰、洪、雷神三人相视一眼，他们早就从域主级强者冥昱那儿知晓此事了。

罗峰一行人继续听着。

……

"不管你们得到多少宇宙晶，哪怕得到一些特殊宝物，都是没用的。若不是两大圣地、四大组织、十六大家族的人，一律会被抓起来，你们纯粹是白忙活。

"现在，你们只有一个机会，那就是加入北龙城，暂时成为北龙城外部成员。我以北龙城的名誉保证，你们从雷霆世界出去，回到沧澜星，日后也会受到北龙城的保护，不会被逮捕。至于你们之前得到的宇宙晶，没人会掠夺。现在你们要做的，就是加入我们，帮助我们北龙城得到宝藏！"

"只要加入我们百虎楼，你们将不会有安全之忧！

"没人会抢夺你们之前得到的宇宙晶，你们只需加入百虎楼，听从号令，帮百虎楼夺得宝藏。"

……

一道道浑厚的声音在广袤的平原上响起。

罗峰等人面面相觑。

百虎楼、北龙城、黑云会、黑龙山、冰海神国这些势力现在都在拉拢一些自由冒险者，而且都是以组织的名誉保证，绝对不会掠夺自由冒险者先前得到的宇宙晶。

"虽然宇宙晶很珍贵，但是界中界所有宇宙晶都不会令四大组织等势力多重视。"罗峰微微点头，"他们在乎的是卡布界主留下的宝藏，那些才是真正的奇珍。"

"现在他们在拉拢自由冒险者。"洪微微一笑，"也对，四大组织和两大圣地送来这里参加宇宙见习佣兵考核的都是精英。既然是精英，人数自然不会太多，恐怕每个组织也就几百人，最多上千人，占人数优势的是数万名自由冒险者。"

这些自由冒险者来自不同的属国、不同的星系、不同的种族。许多自由冒险者没有大背景，没有后台，实力较弱。可是，目前他们人多啊！

"我们怎么办？"洪皱眉道。

"奇怪，怎么没有三斧山？"雷神突然说道。

罗峰闻言一怔。

对啊，喊话的有五人，分别来自百虎楼、北龙城、黑云会、黑龙山和冰海神国，却没有三斧山的。

"还是问问何若吧！"洪说道。

"嗯！"雷神点点头。

"南河、敖骨，你们负责守护我们。"罗峰说道。

随即，罗峰、洪、雷神直接闭上眼睛，意识进入虚拟宇宙中。

第 339 章

罗华投资

虚拟宇宙，黑龙山岛屿，九星湾住宅区。

罗华、罗洪国、龚心兰围坐在自家花园中的圆桌旁，正喝着茶。

"疯了！"罗华拼命地揉着头发，十分纠结。

"小华，你想什么呢，这么烦恼？"罗洪国端着茶杯，笑道。

"不对，不对，明明应该大涨的，量能关系到其他投资市场上的资金流动，而且看势头肯定有动静的，不是大跌就是大涨，不应该像一潭死水啊。"罗华自言自语，十分苦恼，"洞华星域那边吃紧，又要赶紧砸钱进去。怎么会这样？怎么会这样呢？速度跟不上，跟不上啊！"

"你在说什么呢，小华？"龚心兰问道。

"资金利用率不对。"罗华抬头看了龚心兰一眼，"妈，你别打岔，我在想事情呢。"

"啧啧！你在地球的金融界不是能够呼风唤雨吗？昨天晚上吃饭的时候，还信心满满，今天这是怎么了？"龚心兰打趣道。

"不一样的。"罗华摇摇头，"在虚拟宇宙中，进行任何一个投资操作之前，首先必须建立自己的操作系统，而地球的金融投资操作和宇宙中的区别大得很，就像二维世界和三维世界的区别一样。而且，在虚拟宇宙中，我可以投资很多地方，比如黑龙山星域、洞华星域等，甚至投资其他宇宙国。可是，一些超级强者大战，就能令某个集团破灭。因此，在宇宙中的投资是很复杂的，毕竟环境变化非常快！"

"这就好比地球的股票市场，十年才有一个超大的牛市。可宇宙的情况不一样，不同的宇宙国度，政治制度、经济制度都有区别，有的是宗教国家，有的是帝国制国家。如果说地球上的金融市场是一条小溪，宇宙金融市场就像是刮着十二级台风的大海，充满危机，也处处是机遇！

"厉害者，可以在十天乃至半个月内，让自己的资金翻上千倍。同样地，就算是高手，一旦遭到阻击，也可能一次就完蛋。我现在只有少量资金，都是跟在人家背后瞎混。"

"你拥有的还只是少量资金？"罗洪国瞪大眼睛，"这几个月，你不是说本金翻了十倍吗？"

"嗯！可是，这不算什么。"罗华摇摇头，"宇宙金融市场变化极快，相较于地球市场的变动，要快百倍乃至千倍，同时也要危险得多。我为了保证本金安全，几个月才翻了10倍。不过，从昨天到今天，我损失了大概20亿乾巫币。"

"什么？"罗洪国夫妇大吃一惊。

"20亿乾巫币？！"

罗峰曾经给了罗华5亿乾巫币，罗华用来炒股，赚了近百亿乾巫币，但现在短短的时间，就亏了约20亿乾巫币。

"放心，我算是比较稳的了。"罗华朝父母咧嘴一笑，"不过，爸、妈，说实话，我感觉宇宙中的金融市场有意思多了。"

"20亿乾巫币没了，你还觉得有意思！"罗洪国有些郁闷。

"20亿乾巫币真的不算什么。"罗华失笑，"爸、妈，你们的眼界要放宽一点，宇宙金融市场的一些超级大寡头甚至能掌控一个宇宙中等文明国度的兴衰，其拥有的财富也十分惊人。一些宇宙超级强者都掺和进来了，这里面的水深得很。"

"我就像是一只小虾。这种跨宇宙的金融投资市场的最低门槛是本金1亿乾巫币，如果不是哥给了我一笔钱，恐怕我只能在本宇宙内玩玩，很多投资市场根本无法进入。"

忽然——

罗峰、洪、雷神三人出现了。

"罗华，什么最低门槛？"罗峰走过来。

"哥，"罗华连忙站起来，"就是遇到了一点麻烦，亏了一点钱。"

"亏了多少？"罗峰随意地坐下，端起茶杯，喝了起来。

界中界那边，各大组织都在拉拢人，罗峰并不着急。

"大概20亿乾巫币吧！"罗华说道。

"噗！"一口茶水直接喷出，溅了罗华一身。

"哥——"罗华无奈地看着罗峰。

"你说多少？20亿乾巫币？"罗峰眼睛瞪得滚圆。

之前他购买金角巨兽需要的金属时，都要考虑价格。第一笔从老师那里得到的资产仅仅100亿乾巫币，他用来购买了星球、宇宙飞船、奴仆、星球防御系统，还分别给了罗华、洪、雷神一笔钱，现在罗峰的资金不足50亿乾巫币。

当然，如今他在界中界得到了不少宇宙晶，又赚了一大笔。

"哥，别大惊小怪，好吗？"罗华连忙说道，"我现在的本金还有30多亿乾巫币。"

"30多亿乾巫币？！你确定？"罗峰不敢置信。

"没错！是乾巫币！"罗华点点头。

罗峰惊讶不已。

这时，洪、雷神走了过来。

洪笑道："罗峰，怎么不联系何若，你们在说什么呢？"

"我弟弟进入了宇宙金融投资市场，亏了20亿乾巫币。"罗峰回道。

洪和雷神都愣住了。

"然后，他还剩下30多亿乾巫币。我事先声明，我只给了他5亿乾巫币。"

洪和雷神都紧紧地盯着罗华。

"你们这么看着我干吗？"罗华有些发蒙，"很正常啊，投资这玩意儿靠的就是本金。本金是1亿乾巫币，翻五倍，就变成5亿乾巫币；本金100亿乾巫币，

251

翻五倍，就成了500亿乾巫币了。本金越多，自然赚得越多，同样，亏损起来越厉害。我要做的就是尽量减少亏损，增加收益。"

罗峰、洪、雷神三人彼此相视一眼。

"嘀！"一道提示声响起，"你的账户收到一笔40亿乾巫币的汇款。"

罗华的面前浮现一面屏幕，屏幕上出现了一封邮件。

罗华一愣。

"给你的。"罗峰看着罗华。

"哥，你又给我这么多乾巫币？"罗华连忙说道，"我可没办法保证不亏损，宇宙金融投资市场变化很快，我只能保证……本金最多亏损三成。"

罗华和罗峰是亲兄弟，罗华天生聪慧，加上汲取了地球上诸多投资大师的思想精华，在地球投资界绝对称得上是能够呼风唤雨的投资大师。

和宇宙金融市场比起来，地球上的金融市场还很稚嫩。可是，地球上的很多投资思想都暗含大道理，的确算是独树一帜。罗华进入宇宙金融投资市场没多久，就迅速适应了，并且有所收获。他偶尔会跌跟头，不过，也能从中汲取经验，完善自己的投资策略。

按照罗华所说，只有经过一次次的失败，不断汲取经验，才能越加强大。投资的代价很大，必须要控制住，做好失败的准备，千万不能被一次次失败给打倒。

"本金仅仅亏损三成，没事，你尽管去做。"罗峰笑了。

"这金融投资的不确定性还真是大，赚的时候，是翻倍的，亏起来也很吓人。不过，罗华在这方面的确很有天赋。"罗峰心中暗想，"以后，我将赚到的30%的资金都转给罗华，让他去投资，相信能令罗华走得更远。"

……

和罗华交谈完后，罗峰、洪、雷神当即联系了何若。

"罗峰、洪、雷神，看到你们三个，我实在是太高兴了。"屏幕中的何若激动万分，"界中界有很多人惨死，幸好我们都还活着。"

"能看到你，我们也很高兴。"洪笑道。

"何若，现在各大势力都在拉拢自由冒险者？"罗峰问道。

"没错。"何若点点头，"北龙城、百虎楼、黑云会，以及两大圣地都在拉拢自由冒险者。他们想要夺得宝藏，首先就要有足够多的强者。"

"三斧山怎么没有出动？"雷神问道。

"三斧山和其他三大组织不同，三斧山号称四大组织之首，不培养年轻人。因为不培养新人，此次进入界中界的只有三斧山强者的一些徒弟，人很少，不成气候。"何若解释道。

罗峰、雷神、洪三人顿时恍然大悟。

不培养年轻人，所以参加宇宙见习佣兵考核的三斧山的人自然很少，难怪连冥昱都来找自己合作。

"所以，主要是我们五方势力在争夺。"何若微微一笑，"罗峰，我们现在大概确定宝藏所在地了。只是，五方势力彼此牵制，都在拼命拉拢自由冒险者。要不你们加入我们北龙城吧，暂时成为北龙城的成员也行。"

罗峰三人闻言，都很惊讶。

"你们确认宝藏所在地了？"罗峰和雷神几乎同时问道。

"嗯。"何若点点头，"我们有九成把握，宝藏就在某处。现在那个地方被我们五方势力的人马看守着，如果你们不加入任何一方势力，恐怕连进入宝藏所在地的机会都没有。"

罗峰他们点点头。

三人交流了一下眼神，已经有了决定。

第 340 章

开启宝藏

界中界，深夜。

罗峰等五人暂时加入了北龙城的阵营。

平原的核心地带，主要分布了五大阵营。

北龙城阵营。

"师兄，这位就是我常常提起的罗峰、洪、雷神。"何若正在为双方介绍，"这位是我的师兄喀山仑。"

"你们救下了我的两个师弟，谢谢你们。我还有重要的事情要去办，就让何若师弟招待你们吧！"喀山仑微微一笑，而后就离开了。

他整个人很瘦，身高大概一米五，双眸隐隐泛着绿光，身上的煞气很重。

罗峰等人目送喀山仑离去。

显然，喀山仑根本没把罗峰他们放在眼里。估计是看在何若的面上，人家才会过来一趟。

"我师兄就是这个性子，你们别介意。"何若解释道。

"没事。"罗峰淡淡一笑。

"我们北龙城阵营有2100人左右，每100人形成一个方阵，主要是为了防止发生动乱。"

何若指着周围介绍，每100名冒险者聚集在一起，这样一来，即使某个方阵发生动乱，也不会影响其他人。

“你们想去哪个方阵？现在有六个方阵比较空缺。”何若问道。

“尽量靠近你们北龙城本组织的方阵吧。”罗峰回道。

“行，没问题。”

……

罗峰一行人加入了北龙城阵营第18方阵。

第二天天亮。

和方阵内的其他成员聊了大半夜，罗峰等人得知了不少讯息。

“原来宝藏就在那里！”罗峰遥看五大阵营围成的圆圈的中间位置，那里有一座深蓝色的城堡。

“五大阵营的猜测很有道理。”雷神点点头，“界中界里，沼泽、沙漠、湖泊、平原、山脉、草原等等全部都是天然景观，只有这一座人工城堡，而且还建造在界中界的核心位置。它的上面就是光球，如此奇特，的确很可能存在宝藏。”

“明明猜到城堡内有宝藏，可是五方阵营都不敢动。”罗峰道。

洪笑道：“很正常，刚开始来到核心地带的五方阵营的人马不多，他们担心一旦大战起来，会让大量自由冒险者渔翁得利，所以不断拉拢自由冒险者，然后寻找时机，开始夺宝。”

“不知道要等到什么时候才动手。”雷神嘀咕道。

“不急。外面近200万恒星级冒险者大军的先锋估计刚进入界中界。”罗峰淡淡一笑，“从界中界的边缘飞到核心地带，大概需要七天。也就是说，战斗很可能将在七天内爆发。”

罗峰预测得没错，他们加入北龙城阵营的第三天，就发生了一件大事。

界中界，白色光球悬浮空中，光芒四射。

“嗖——”天空中出现了一道道黑影，那些黑影突然从远方飞向五大阵营。

“这么多人？”

“怎么一下子冒出这么多人？”

五大阵营都出现了骚乱。

罗峰混在人群中，仰头看天，目光一扫就差不多掌握了情况。

"此次来的有600多人，看样子，应该来自同一股势力。对于五大阵营而言，这600多人的突然到来，完全影响到势力平衡了。"

上万名冒险者议论纷纷。

"黑龙山萨奇森拜见九皇子殿下！"一道响亮的声音响彻天际。

"拜见九皇子殿下！"黑龙山圣地的一大批人同时恭敬行礼。

高空中的600多人则簇拥着一个皮肤白皙的青年。

青年站在半空中，双眸如电，环顾下方，声音传到下方的人的耳边："我乃黑龙山帝国九皇子，欲夺得界中界的宝藏，挡我者，死！"

黑龙山阵营自然是支持皇族的，因为圣地黑龙山就是皇族的根本，而其他四大阵营一时间都有些乱了。

"厉害！"罗峰看着高空中的九皇子，心中惊叹，"这九皇子一开始并没有出现，而是在周围地带不断收拢自由冒险者，而后在关键时刻突然出现，一下子令黑龙山势力大增，令其他四大阵营措手不及。"

……

平原上，其他四大阵营的人都议论起来。

"九皇子殿下。"一道高亢的声音从百虎楼阵营传来。

说话的是一个身材魁梧的年轻人，其额头有着两根弯曲的黑色长角。

他仰头看着天空中的九皇子，朗声说道："你一人就想独吞界中界的宝藏，是不是太……"

"哧！"一道刺眼的光芒瞬间刺穿年轻人的身体，其身体当即消失了。

五大阵营的人全部愣住了。

就在刚刚，一道镭射光击杀了百虎楼的领头人。

罗峰等人都很震惊。

雷神低声说道："太快了！那镭射武器好像没有蓄能，瞬间就发射了。"

"的确很快，瞬间就击杀了百虎楼的领头人。"罗峰心中暗惊。

当初他用B6级镭射炮攻击过金角巨兽，自然知道，镭射炮需要一定时间蓄能，而后才能发射，然而，刚刚那一道激光没有任何征兆就发射出去了。

……

天空中。

九皇子身后站着九名保镖，且每名保镖手中都拿着长约3米，口径约有0.3米，类似于地球上的单兵火箭炮反射器的武器。

"我给各位介绍一下。这是九把C2级镭射枪，最新款，刚弄到手。"

九皇子扫视下方，发现其他四大阵营的领头人脸色发白，不由得笑了。

"至于威力嘛，一枪差不多可以击杀宇宙级二阶强者。这次我来雷霆世界参加宇宙佣兵见习考核，为了安全考虑，顺便带了几把，没想到在界中界竟然用上了。这下，应该不会有人阻拦我了吧？"

九皇子盯着下方四大阵营的人。

四大阵营的人都傻眼了。

九把C2级镭射枪，这可算得上是天价武器！

一般来说，能量武器达到C级别，就属于限制级武器了，很难买到，就算能买到，也得付出天价。论价格，一把C2级镭射枪的价格不比宇宙级一二阶的奴仆低多少。

"很好！大家都很配合！"九皇子微微一笑，俯冲而下。

那600多人也跟着俯冲而下。

随即，九皇子带着600多人和黑龙山阵营的大批人马，浩浩荡荡地朝城堡走去。

其他四大阵营的人略微迟疑，跟在后面，也朝城堡走去。

人群在往前行进，罗峰等五人混在北龙城阵营中。

"老三，我们就眼睁睁看着宝藏被他抢走吗？"雷神没好气地道。

"我也没办法啊。"罗峰看着最前方的人，苦笑一声。

"他有九把C2级镭射枪，可以说无人能敌。而且，他的麾下还有三四千个强者，再加上皇子的身份，击杀其他组织的精英根本不费吹灰之力。"洪摇摇头，"这样一来，气势大增，没人能阻挡他。"

罗峰等五人只能眼睁睁地看着。

北龙城、黑云会、百虎楼、冰海神国这四大阵营的人都没有丝毫办法。

在没有宇宙级强者的冒险者队伍中，那九把C2级镭射枪绝对是无敌的震慑性武器。九皇子想要杀谁，谁就逃不掉。其实，单单拥有九把C2级镭射枪，是震慑不住四方阵营的数万冒险者的，主要他的麾下还有三四千个强者。

"停！"九皇子高高举起左手。

黑龙山圣地的人马当即停了下来。

其他四方阵营的人也只能停下。

远处的人群中。

"真酷！"雷神不由得感叹一声。

"这就是做大事的人，气势十足。"洪感慨道。

"现在没人能够阻挡他。"罗峰默默地看着。

九皇子喝令各大阵营的人马都停下，自己则带着九大保镖，朝城堡走去。

在上万人的注视下，他们小心翼翼地走向城堡。

"桑比，给我打开城堡！"九皇子指向城堡，大喝一声。

"是！"一名保镖恭敬地应道。

这名保镖有着一头卷发，身穿黑色合金战衣，忽然头盔自动生成，将他的脑袋包裹住了。随后，他缓缓走向古老的城堡。这座城堡在界中界屹立了千万年，一直没人来打开。

城堡的大门高12米，宽8米。

保镖走到门前，双手放在城堡的门上，猛然发力。

上万名冒险者都紧紧地盯着这座城堡，九皇子也目光灼灼地看着城堡，脸上有着兴奋的神色。

人群中，罗峰等五人也远远地看着。

随着保镖不断发力，城门微微震动，隐隐有一些灰尘从四处飘落。

"哧！"一道道电蛇从城堡各处猛地冒出，大量的雷电环绕整座城堡。

保镖根本来不及后退，雷电就已经刺穿了他的身体。

"哧"的一声，那名保镖直接化为灰烬，只剩下发红的合金战衣。

看到这一幕，上万名冒险者都大吃一惊。

"这……"九皇子的额头渗出了冷汗。

他一闪身，就退到了后面的保镖身后。如果刚才是他去推城堡门的话，恐怕他已经死了。

电蛇继续绕着城堡流转。雷电越来越多，渐渐地，整座城堡都笼罩在雷电之中。

第341章

312件宝物

一眼看去，1万多名冒险者穿着合金战衣，分成五大部分，宛如钢铁武者军团。

在雷电刺眼的光芒照射下，合金战衣不时折射出道道青色光芒。

在场所有人都紧紧盯着雷电城堡。

"嗯？怎么回事？"九皇子皱眉看着。

"殿下，距外面的冒险者大军抵达这里还早得很，我们有充裕的时间。"一名绿发女保镖低声说道，"现在我们占据绝对优势，慢慢来，界中界的宝藏绝对会是殿下的。"

九皇子看着前方耸立的古老城堡，沉默不语。

忽然——

"咔——"城堡的大门缓缓开启。

"门开了！"九皇子双眸一亮，"城堡内十有八九有宝藏！"

高大的城堡大门缓缓开启，让人隐隐看到城堡内部的布局。一些冒险者拿出了望远镜，观察着城堡内部。

恒星级九阶强者在白兰星等普通星球，能够称王称霸。此时，在整个黑龙山星域，因为一个有背景的女子奇尼娅的坚持，连普通的士兵、保镖都有了争夺界中界宝藏的机会，这将是在场大部分人一生中最值得炫耀的一件事。

"门开了。"人群中，雷神遥看高大的城堡，"宝藏要被夺走了。"

"反正没我们的份。"洪低声说道。

罗峰笑道："这宝藏的确没我们的份。这么多强者虎视眈眈，更何况，还有那位九皇子。那可是黑龙山帝国的九皇子殿下，他拥有C2级的镭射枪，连弱一点的宇宙级强者都能击毙。我们就安心看戏吧，不甘心的还有其他四大阵营的首领。"

罗峰很冷静。

对于界中界的宝藏，他当然想要得到。可是，有野心固然很好，若头脑发热，认不清自己的实力，冲动出手，很容易丧命。

九皇子只需使用镭射枪，在场的人都不可能抵挡得住。

"如果出现乱局，或者出现其他突发状况，或许我们还能浑水摸鱼，但现在没有任何希望。"罗峰看向前方的四大阵营的首领。

四大阵营的首领们似乎也被九皇子震慑住了。

没有任何人来阻拦，众人只是静静地看着这一切。

"咔！"城堡大门完全打开了。

周遭一片寂静。

大门开启，一时间却没人敢进去。

九皇子默默地看着城堡，似乎在等后续变化。

"殿下！"他身后的女保镖低声唤道。

"别急。"九皇子轻声说道，双眸死死盯着前方的城堡。

人群中，罗峰也盯着城堡。

忽然——

城堡表面的雷电迅速消失，原本破旧的城堡好似焕然一新。

"吓——"一阵阵声响从城堡中传了出来。

城堡上亮起一道道亮光，很快，亮光笼罩了整座城堡。

"哈哈！"一道爽朗的笑声从城堡中传了出来，回荡在城堡外。

"欢迎各位来到界中界，我等这一天已经千万年了！"

冒险者们都大吃一惊。

"什么声音？是谁在说话？"

"不知道。"

"难道创造界中界的界主级强者没死？"

"你说什么呢？雷霆世界被发现都千万年了，界主级强者活不了那么久，除非是不朽级强者。"

"当初，界主级强者如果成了不朽级强者，怎么可能龟缩在界中界中千万年？"

城堡外，冒险者们低声议论着。

人群中，罗峰一行人同样惊讶不已。

"这是怎么回事？"罗峰、洪、雷神三人彼此相视一眼。

"什么玩意儿？"罗峰低声问道。

"这还用问，活了这么久，肯定是那死去的界主级强者的辅助智能。"一道不屑的声音在罗峰的脑海中响起，"不知道那个智能有没有进化成智能生命，如果它进化成了智能生命，孤独了千万年，恐怕会很变态了。"

"变态？"罗峰眉头一皱。

……

五大阵营的人，包括那位九皇子，都紧张地盯着城堡。

城堡上空，道道光芒汇聚，而后竟然出现了一道虚拟的人影。

那是一个胖墩墩的白胡子老头，白胡子老头微眯着眼，俯瞰下方。

下方的冒险者们不由得心惊胆战，在场的大多数人都是有些见识的，看到眼前由光芒汇聚而成的人影，自然知道是智能。

"小家伙们，你们来到这里，是想要界中界的宝藏吧？"白胡子老头微微一笑，"没错，主人当初将他的宝藏存放在界中界，而且由我看守。"

"主人的宝藏很多。你们看！"白胡子老头指向身侧。

只见城堡上空的光芒汇聚，顿时出现了一张巨大的屏幕，屏幕上显示出了大量宝物的图案。各种各样的宝物，让人眼花缭乱，中间有一颗有着奇异色彩的水晶球。

"传承水晶球！"九皇子眼睛一亮。

"没错！那是传承水晶球。"另外四大阵营的首领都激动不已。

包括罗峰在内，上万名冒险者都激动地看着屏幕上诸多宝物的图片。

"主人的宝物很多，我给它们分了一下类，一共有68种，312件。"白胡子老头指着旁边的屏幕，顿时屏幕上出现了宝物排行榜单。

No.1 全套空间秘法传承水晶球寄存银行的账号（三重账号）。

No.2 存有主人资产的银行账户。

No.3 域主级强者血统药剂（一份）。

……

No.68 五阶原力兵器天火轮（一件）。

所有人都屏息看着。

屏幕显示出了68种宝物，每种宝物数量不一样，有的宝物只有三四件，有的是六七件，总共有312件宝物。

"这未免太惊人了吧！"

"天哪！最差的都是五阶原力兵器。"

"我若是能得到一件宝物，就能成为我们库纳星系的第一富豪了。"

一万多名冒险者双眸发亮。

罗峰等人也激动不已。

"难怪四大组织和两大圣地的人都没把宇宙晶放在眼里，那些宇宙晶全部加起来，都没办法和这些宝物相比。界主级巅峰强者的银行账户里会有多少资产呢？这应该比界中界的宇宙晶加起来都要多得多。"罗峰想到这里，难掩激动之色。

"这个界主级强者真富有！"巴巴塔的声音在罗峰的脑海中响起，"太惊人了，这个界主级强者肯定得到过某个不朽级强者的遗产，否则资产不可能有这么多。全套空间秘法是将空间本源法则全部解析后的秘法，而排第三的域主级强者血统药剂能让使用者成年即可达到域主级，一旦服用，完全能让人替换血统。这些都很珍贵。"

"还有排第九的生命果实，竟然有三颗！界主级强者受再重的伤，一旦服用，就能立马完全恢复。这对于界主级强者而言，等于多了一条命，也不知道这个界主级强者是怎么死的，竟然连生命果实都没来得及服用。"巴巴塔也很激动。

沧澜星，一个宁静的湖泊旁有一座木屋。

木屋前坐着两个男子，身上散发着让人心惊的气息。他们都穿着战衣，脚踏战靴，身上披着黑色披风。

他们正喝着上好的果酒。

"嗯？"

两人眼眸中都露出惊讶之色。

"卡布界主当年被各方势力围攻，他的宝藏真是惊人啊！"一个男子忍不住感叹道。

另外一个男子微微点头："连域主级强者血统药剂都有，不知道是哪一族的血统。"

人类族群中，成年后能达到域主级的屈指可数，也就只有几个族群才能够做到。

比如制造一份蛮卡星人的血统药剂，一般需要击杀六七个蛮卡星人，才能制造出来。不过，此等残忍的事情，是那些强大的种群所不齿的，会激起他们的恨意。

"走，去驻地。"

"好的！"

两个男子当即起身。

"唰！"他们的身影缓缓消散。

很快，他们已经到了上千万米外的宇宙佣兵联盟驻地。速度如此快，却没有对周围造成丝毫破坏。

第 342 章
为宝而狂

界中界。

城堡上空，一道道光束投下。

那白胡子老头指着屏幕，笑道："你们看清楚了吗？这就是我主人留下的宝藏。"

冒险者们目不转睛地看着，激动不已。

谁不想得到宝物啊？

其中任何一件宝物的价值恐怕都是整个诺岚山家族资产的千万倍。

人群中，罗峰仰头看着城堡上空的屏幕，屏幕上出现了68种天价宝物，令罗峰心中滋生出强烈的占有欲，恐怕在场的冒险者没有人不想得到它们，只是他们没有能力得到。

"可惜，没人敢和九皇子抢夺宝物。如果情况不混乱，我只能乖乖地看着。"罗峰的目光扫过远处最前方的九皇子。

"你们想得到这些宝物吗？"白胡子老头朗声笑道，"你们可以用雷霆石来换，这里的每一件宝物都可以用雷霆石来换。看，每件宝物都有详细的兑换价格。"

顿时，旁边的屏幕列表发生了变化：

No.1 全套空间秘法传承水晶球寄存银行的账号（三重账号），每重账号需1000万颗雷霆石，三重账号合一，即可从宇宙第一银行取出寄存的传承水晶球。

No.2 主人的资产银行账号，需800万颗雷霆石。

No.3 域主级强者血统药剂（一份），需300万颗雷霆石。

……

No.9 生命果实（三颗），每颗需80万颗雷霆石。

……

No.32 D6级轨道炮（三门），每门需21万颗雷霆石。

……

No.68 五阶原力兵器天火轮（一件），每件需10万颗雷霆石。

看到这个清单，下方的所有人顿时疯狂了。

"什么是雷霆石？"

"我怎么都没听过雷霆石啊？"

"雷霆石竟然能够兑换这些珍宝，一定很珍贵。"

在场的人议论纷纷。

"你们是不是很好奇雷霆石到底是什么？"白胡子老头微微一笑，"雷霆石是我起的名字，这是界中界特有的一种石头，说起来并不值钱。"

"你们看清楚，这就是雷霆石。"

屏幕上顿时出现了雷霆石的照片，同时还有大量的介绍。

冒险者们当即安静下来了。

他们仔细观察雷霆石的模样，或者动用辅助光脑、智能光脑迅速记下。

"不过，雷霆石和宇宙晶不一样，雷霆石的能量很低，所以你们的能量测试仪很难检测到雷霆石，为了让你们更加轻松一点……"

"这是雷霆石在界中界的分布图。"白胡子老头一挥手，屏幕旁边出现了地图，"这是界中界的简略地图，按照山脉、沼泽、沙漠等，整个界中界可以分成26个区域，雷霆石就分散在其中的一些地方，简略地图上有雷霆石的分布情况。"

"去吧！去挖掘雷霆石吧！你们为了争夺雷霆石，可能会互相残杀，这我可不会管。只要得到足够多的雷霆石，你们都可以和我来换取想要的任何一件宝物。"白胡子老头笑着说道，"你们想要得到宝物，就去拼命找雷霆石吧，我在城堡中等着你们！"

话落，白胡子老头的光影消散，城堡上空只剩下大屏幕。

周围寂静无声，渐渐地，议论声多了起来。

人群中。

"太好了。"雷神压低声音，脸上露出兴奋之色。

罗峰心中也很激动。

"用界中界特有的雷霆石来换取宝物，这个智能生命到底打的什么主意？"巴巴塔疑惑的声音响起，"从其说话的神态来看，这家伙绝对进化成为智能生命了。寂寞了千万年，智能生命有了各种情感，肯定很变态了。"

"巴巴塔，管他变态不变态，能兑换宝物给我们就行。"罗峰用意念说道。

"我明白。只是，我难得碰到一个智能生命，感到惊讶而已。"巴巴塔说道。

智能生命很稀少。因为要进化成为智能生命是很难的，首先必须是极高等级的智能，而后再经历许多事情，度过漫长的岁月后，才有可能进化成功。

若没有进化成功，智能仅仅是个工具。但一旦突破，就能成为一种特殊形态的生命。比如浩瀚宇宙中的机械族，本质上就是智能生命一族，只不过是拥有机械身体的智能生命。

"抓紧时间。"

"快！"

"第十七、十八、十九这三大方阵组成一支小队，你们前往地图上标注的离这里最近的沼泽区域，挖掘雷霆石。"北龙城的人迅速分组，"所有自由冒险者听着，你们若想要离开雷霆世界，活着离开沧澜星，就帮助我们。"

"快，都行动起来！"

"这边！这边！"

城堡外面，五方阵营的人迅速行动起来。

两三百人组成一支小队，迅速朝各个方向飞去，开始争夺雷霆石。

大家心里都很清楚，最早去挖掘雷霆石的，才是最有希望得到宝物的。

罗峰等五人是北龙城第十八方阵的，此刻已经跟着近300人的队伍迅速前往沼泽区域。

浩浩荡荡的人群疾速飞行。

"疯了。"雷神摇摇头，"此次寻找雷霆石，所有冒险者都疯了。刚才我就看到最前面的九皇子脸色一下子变得很难看。"

"能不难看吗？"罗峰笑道，"九皇子本来准备独占宝藏，没想到，闹了这么一出。也对，真正的超级强者死后，谁都会对自己的遗产有所分配。"

当初的陨墨星主人是这样，这个卡布界主也是如此。

"罗峰，我们来这里的时候，我一路探察，发现了两个有雷霆石的区域，只是当时认为它没价值，就没理会。"巴巴塔的声音响起。

"两个雷霆石区域？！"罗峰心中一阵狂喜。

那地图上的雷霆石分布区域很简单。须知，整个界中界纵横百万千米，那分布图最多让冒险者知道某个范围内有雷霆石，至于详细位置，还需要慢慢去寻找。

"雷霆石的能量很低，比宇宙晶要低很多，所以，对于其他冒险者而言，寻找雷霆石是很难的。至少，前期我们是占优势的。"

"不过，近200万恒星级冒险者大军一到，肯定会带许多先进的探测仪器进来。到时候，我们的优势就没了。"巴巴塔说道。

罗峰点点头。

界中界的宝藏引起了黑龙山帝国的几大势力的关注，后面进入此处的大军怎会没有准备呢？

罗峰他们所在的这支近300人的小队飞行在界中界的上空，一路上不时有队员逃离。

"雷霆石也是宝物，我们自己去挖掘雷霆石。凭借雷霆石，加入其他组织，比如黑云会、百虎楼、黑龙山等，完全没有问题的。到时候，一样能够安全离开沧澜星。如果运气好的话，还有可能兑换一件宝物，那就发达了。"

很多冒险者都存着这样的心思。

当看到城堡中的宝物清单后，野心大的人，想要用雷霆石去换取宝物，比如罗峰等人。

而野心小的，也想弄到雷霆石，不过是想以此加入其他组织，再将雷霆石卖出高价。

因此，近300人的队伍在飞行途中，经常有人逃离队伍，而北龙城内部人员根本无法约束他们。

界中界，天色漆黑。

五道流光正疾速飞行，正是从队伍中逃离的罗峰等五人。

"巴巴塔，还要多久？"罗峰此刻处于亢奋状态。

"按照这个速度前行，3小时29分钟后，就能抵达那个雷霆石区域。"巴巴塔回道。

"好！"罗峰很兴奋。

界中界有68种宝物啊！每一种宝物都很珍贵，价值远超罗峰现在所拥有的资产，甚至足以令域主级强者眼红，可以想象这些宝物多么珍贵。

"这种机会不把握，损失未免太大了。"罗峰心中暗道。

"不管遇到什么危险，我们都应该全力以赴。"雷神道。

自从看到宝物清单，他们的斗志都被激起来了。

中途，他们碰到了一支冒险者队伍，当即绕了路，3小时40分钟后，抵达目的地。此刻，天依旧漆黑一片。

这是草原地带，茂盛的杂草中蹲着五个人，正是罗峰、洪、雷神、铁南河、敖骨。

"下面800米深处有雷霆石，方圆2万米范围内的雷霆石总计有128926颗。"巴巴塔的声音在罗峰的脑海中响起，"周围一带或许还有雷霆石，不过，你们需要仔细探察一番，我只能探察2万米的范围。"

"128926颗雷霆石？！"罗峰眼睛一亮。

他清楚地记得屏幕上显示出的68种宝物的兑换价格。其中，五阶原力兵器天火轮只需要10万颗雷霆石即可兑换。也就是说，他们周围2万米内的雷霆石加起来足以换取一件宝物。

"罗峰，巴巴塔探察到了多少颗雷霆石？"洪和雷神都期待地看着罗峰。

"128926颗。"罗峰低声回道。

洪的脸瞬间涨得通红。

雷神更是瞪大眼睛。

"这下真发达了。"雷神忍不住说道。

"这次可是天大的机遇，不抓住的话，以后肯定会很后悔。"罗峰很激动，"赶紧下去，开始捡雷霆石。南河，你负责在这里防守。"

"是，主人。"铁南河恭敬地应道。

第343章

紧张时刻

罗峰率先钻入地底，而后洪、雷神、敖骨接连钻入地底。

"去吧，摩云！"

罗峰心念一动，顿时，一根根细长的藤蔓顺着其手臂延伸下去，去抓那些雷霆石。

雷霆石表面光滑，每颗的大小差不多，都蕴含了雷霆之力。

罗峰猜测，这估计是界中界开辟时诞生的一种奇异的石头。

巴巴塔探察到了128926颗雷霆石。即便一秒钟抓取100颗，也需要近1300秒。就算摩云藤能够分散出诸多藤蔓，甚至还有一些分叉的小藤蔓，可是，因为需要钻地，花费的时间仍是很长的。

"单单捡雷霆石都要耗费不少时间啊！"身处地底洞穴的雷神感慨道。

"我们有摩云藤，所以挖掘雷霆石的速度比较快。如果纯粹靠武者去找，就算有精神念师，钻地那么麻烦，估计上千人才赶得上一株摩云藤的速度。"罗峰笑道。

摩云藤是植物，本来其根茎就擅长穿透泥土，加上很细，所以钻地很快。

换作冒险者，本来就不擅钻地，而且界中界的岩石又很坚固，所以要挖掘雷霆石的确需要很久。

罗峰四人在地底洞穴中耐心等待，一切挖掘工作都交给摩云藤去做。

两个多小时后——

"全部搞定！"罗峰无比兴奋，忍不住摸了一下手臂上缠绕的一截藤蔓，"摩云，辛苦你了，这几天可都需要你的帮忙。来，吃一颗木伢晶。"

罗峰扔了一颗木伢晶给摩云藤，那延伸出来的一截藤蔓立即扭动起来。

摩云藤第一次进化时，就认罗峰为主人了，所以它对罗峰很依赖，自然对他言听计从。

"这就是雷霆石！"罗峰手一翻，手中出现一颗雷霆石。

滑溜的石头隐隐蕴含一股雷霆能量，不过，这能量是很少的。

"我看看。"雷神好奇地拿过来。

"12万多颗雷霆石。"洪忍不住感慨一声，"我们真是超级幸运。"

"抓紧时间，我们挖掘的雷霆石越多，得到的宝物就越多。"罗峰笑着说道。

而后，他带头朝地面冲去。

"走，上去。"他们迅速冲出地面。

"罗峰，这个区域的雷霆石很多，估计雷霆石分布的范围不止周围2万米，你去周围再探察看看。"巴巴塔的声音再次在罗峰的脑海中响起。

"明白。"罗峰等五人当即朝周围一带迅速移动。

"这个区域的周围2万米内有16924颗。"

"此处的周围2万米内有9156颗。"

"这里的周围2万米内有3208颗。"

"这一片周围的2万米内有853颗。"

……

"哈哈！发财了！罗峰，这个区域周围2万米的地下竟然有159835颗雷霆石，差不多16万颗啊。"巴巴塔激动地大声说道。

的确，雷霆石分布在周围近百千米的范围内，其中有两个地方的雷霆石比较多。一个是罗峰他们最先开采过的地方，那里有128926颗雷霆石，另外一个是之后发现的地方，有近16万颗雷霆石，而其他地方多则上万颗雷霆石，少则不足一百颗雷霆石。

幸好有巴巴塔的探测仪器，探测得非常准。

"这里真是个大宝藏啊！"雷神无比激动。

"那能换多少宝物啊！"铁南河和敖骨都惊叹不已。

他们得到的雷霆石越多，就意味着能得到的宝物越多。那可是连界主级强者都重视的宝物，价值连城。用它都能够换取不少恒星级九阶奴仆，完全能组成一个强大的军团了。

"开挖。"罗峰一声令下。

顿时，罗峰等五人开始钻地。

他们靠着摩云藤钻地，从而迅速抓取雷霆石。这个区域离界中界的核心地带非常远，罗峰等人白天飞行，一直没停，直到深夜才飞到这里，而其他冒险者大多在核心地带附近寻找雷霆石。

"摩云，辛苦你了。"罗峰心情愉悦。

这次耗费了八个多小时，终于将这个区域的雷霆石全部挖到手了，一颗不剩。

"多少？"洪忍不住问道。

"老三，我们得了多少颗雷霆石？"雷神也忙不迭地问道。

"加上之前挖的，现在我们拥有的雷霆石总共有……"罗峰微微一笑，"396201颗。"

"天哪！我们有近40万颗雷霆石了。"雷神瞪大了眼睛。

"单单得到这一个区域的雷霆石，我们就发了。"洪笑道。

的确如此。这一个区域的雷霆石很多，如果是其他队伍来挖掘，恐怕很难挖掘干净，毕竟有的分布较密，有的分布稀疏。罗峰靠着巴巴塔的探察，一下子获得了近40万颗雷霆石。

"走，抓紧时间，去下一个地方。"罗峰道。

之前赶去核心地带的途中，巴巴塔发现了两个遍布雷霆石的地方，这只是其中一个地方。

"嗯，我们快去下一个地方。"雷神双眸发亮。

从核心地带抵达第一个挖掘点，耗费近10个小时，而挖掘雷霆石，耗费近11个小时。

此时，罗峰一行人继续飞行。

近38个小时后，他们才抵达第二个挖掘点。

天黑漆漆的。

这是一条连绵的山脉，山脉上长满了茂盛的植物。

"按照简略地图注明的雷霆石的分布情况，周围2万千米内，就有两个雷霆石区域。不过，要找到每一个雷霆石区域的具体位置，要耗费不少时间。普通的探测仪器根本没有多大效果，只有顶尖的两套设备才有效，可是，即便靠着两套顶尖的设备，搜索一遍周围2万千米的地方，不知道需要多久。"

"别埋怨了，认真做事吧！"

一支上千人的队伍正分散开来，不断搜索着，刚才的对话就来自其中两名队员。

1.8万米外。

罗峰、洪、雷神、铁南河、敖骨正坐在地上。

"麻烦大了。"洪低声说道。

"外面的近200万恒星级冒险者大军已经到了。"罗峰有些着急，"这片山林就有数万人。"

刚才罗峰等五人准备去第二个挖掘点，不承想，半途碰到一支千人队伍，所以立即绕路，竟然又碰到了一支千人队伍。

远处，一些人在半空中疾速飞行。

罗峰猜测，一支近万人的大队伍正朝这条山脉聚集。界中界原先的冒险者才一万多，不可能一下子冒出这么多冒险者，那就只有一个可能——近200万恒星级冒险者大军到了。

其实，白胡子老头在城堡中公开宝物列表的时候，近200万恒星级冒险者大军的先锋就已经抵达了界中界，只是那时候还在边缘地带。

此时已经过了两三天。

界中界的很多区域都出现了冒险者大军的身影。显然，冒险者大军也得到了简略的雷霆石分布图。

"快，继续绕路。"罗峰一声令下。

五人再次绕路而行，中途又碰到另外一支千人队伍，他们只得再次绕路，飞行了数千千米后，终于抵达第二个挖掘点。

"他们还没发现这里。"罗峰等五人躲在荆棘丛中，激动无比。

这个区域没有被挖掘过的痕迹，而巴巴塔的探测仪器显示此处地底有很多雷霆石。

"雷霆石不像宇宙晶，探测起来是很难的。通过刚才那两名队员的谈话可知，这支大队伍只有两套顶尖的设备能够进行探察。"巴巴塔得意地道，"而那雷霆石分布图只是一幅简略图，整个界中界纵横上百万千米，雷霆石分布图最多让人知道某个范围内有雷霆石。"

"开挖。"罗峰果断下令。

五人迅速钻地，铁南河负责掩饰坑洞的表面。

地底。

"周围2万米内有210397颗雷霆石。"巴巴塔说道。

"摩云，靠你了。"

罗峰心念一动，大量细长的藤蔓从其手臂中延伸而出，迅速钻入泥土，不断朝各个方向蔓延。

巴巴塔负责指引，摩云藤负责抓取一颗颗雷霆石，只见藤蔓进入岩石，碰到一颗雷霆石，就会直接长出蔓叶，蔓叶则迅速将雷霆石包裹起来。

在界中界极强的引力影响下，恒星级九阶强者也要飞行近一个小时，才能飞遍2万千米的范围。最重要的是，2万千米这一范围不小，需要一趟趟来回飞行，而他们的顶级设备探测得过于仔细，但能够探测的范围反而不大。若是扫描一遍，需要探测1000次。

1个小时飞行一遍，虽有两套顶级设备，也需要500个小时才能完整扫描一遍。

地底。

三个多小时后。

一根根细长的藤蔓迅速收缩，不断变小，而后融入罗峰的体内。

"很好，这个区域的雷霆石已经挖掘完毕，我们去周围看看。"罗峰念力传音，"大家小心，千万别被发现了。"

"明白。"五人小心翼翼地钻出地底，开始在周围迅速搜索。

很快，他们就将周围搜索了一遍，这雷霆石分布区域极为宽阔，如此大的范围，有三个地方的雷霆石比较多，其他地方的雷霆石大多少于5万颗，最少的只有几百颗。

总的来说，这个区域比罗峰上一次挖掘的那个区域的雷霆石总量要多一些。

"我们赶紧去下一个地方挖。"罗峰迅速下令。

当罗峰等人在地底挖掘雷霆石的时候，上空偶尔有一些冒险者飞过，可是他们并不知道地底有人。

此时，一支小队来到了罗峰等人正在挖掘的区域。

"你们去那边挖挖看，那个区域还没被仪器探测过。"

"是，队长。"

"队长，这里有雷霆石！"

"什么？有雷霆石？"

"快通知总队长，还有界主大人。"

……

"罗峰，快，有人钻下来了。"巴巴塔的声音在罗峰的脑海中响起。

罗峰脸色一变。

而摩云藤正在迅速挖掘，每一秒钟挖掘到的雷霆石数量不断攀升。

"他们挖到了雷霆石，并且上报了。很多冒险者下来了，快走！"巴巴塔大声吼道。

"摩云，快，快，快。"罗峰连忙下令。

摩云藤顾不得抓取其他雷霆石，迅速收回，眨眼的工夫，就缩回到了罗峰的手臂上。

"走！"罗峰一声令下。

"大家小心，一出地面，马上跟着我迅速逃离。现在外面已经有上千名恒星级九阶冒险者了。不过，上面是山林，我们有逃命的把握。"罗峰念力传音嘱咐道。

其他四人都点点头。

第 344 章

兑换什么宝物

　　凭借着巴巴塔的精准探测，罗峰对地面上上千名恒星级九阶冒险者的分布一清二楚，这才有把握逃命。可是，毕竟有上千名恒星级九阶冒险者，要躲过这么多人的耳目，需要万分小心，而且还需要一点运气。

　　巴巴塔快速计算出一条适合逃跑的路线。

　　"冲啊！"罗峰念力传音。

　　"嗖——"五道流光接连冲出地表。

　　罗峰等人单单挖掘雷霆石就耗费了差不多六个小时。此时，黑夜早已过去，外面有着蒙蒙的亮光。

　　"跟着我！谨慎点，别发出声响。"罗峰念力传音道，而后迅速钻进山林中。

　　"那边有人！"

　　"不是我们的人！"

　　"追！"

　　顿时，上百名恒星级九阶冒险者迅速追来。

　　虽然巴巴塔计算出的逃跑路线准确，但是罗峰一行人不可能完全按照其计算出的标准路线逃亡，难免出现偏差。

　　"人消失了。"

　　"刚才是从那个方向消失的。"

　　数百名恒星级九阶冒险者悬浮在半空中，仔细地看着周围。

然而，此处树木生长了千万年，树干高大，枝叶繁茂，盘根错节。他们在空中几乎无法透过枝叶清楚地看到地面，而罗峰等人逃跑的速度极快。

"快，我们往那边。"

罗峰等人一口气逃跑了数万千米，而后才停下。

"呼！我们总算逃出来了。"雷神摸摸脑袋，额头上有着汗珠，又道，"刚才真险啊！"

"是啊，如果我们是在草原或者平原地带，那就完蛋了。"洪感慨道。

罗峰点点头。

正因为是山林地带，山脉起伏，枝叶茂密，这才容易逃脱。

"如果不是在山林地带，一开始发现那么多恒星级九阶强者，那我就不敢冒险了。"罗峰道。

"哈哈！罗峰你小子的确谨慎得很。"雷神笑道，"对了，我们在这边弄了多少颗雷霆石？"

"刚才那个区域有三个地方的雷霆石比较密集，我们挖了两个地方，两处分别有210397颗和198355颗雷霆石。不过，第二个地方我们仅仅挖了大半，没来得及将全部雷霆石挖到手，约17万颗雷霆石。"罗峰笑道，"在这个山林地带，我们总共挖了大概38万颗雷霆石。"

"那个区域的雷霆石总共多少？"洪追问道。

"约63万颗。"罗峰笑道。

"不错了，我们挖了过半了。"洪点点头。

雷神则撇撇嘴，道："那群人若是再慢几个小时，我们就能弄得九成以上的雷霆石了。"

"第一个挖掘点，我们挖了近40万颗雷霆石；第二个挖掘点，我们挖了近38万颗雷霆石。"罗峰微微一笑，"我们现在已经挖了近78万颗雷霆石。不过，近200万恒星级冒险者大军不断占领各个区域，我们必须抓紧时间，尽量再多挖一点雷霆石。一旦所有雷霆石区域都被占领，我们就没有希望了。"

其他四人都点点头。

近200万恒星级冒险者大军进入界中界没多久，有的进得早，有的进得晚一点，加上界中界极为广阔，要占领整个雷霆石区域，的确还要好几天的时间。

这几天内，罗峰他们还是有机会的。

一寸光阴一寸金。

罗峰等五人凭借着巴巴塔的探测仪器，不断朝遥远的区域飞去。

近200万恒星级冒险者大军自界中界入口不断进来，五人距离入口越远，就越有希望。此次飞行，他们耗费了八天的时间。

这些天，罗峰根本没有休息，而是不停地飞行，总算有些收获。

"近200万恒星级冒险者大军差不多占领了界中界的各个雷霆石区域，我们没有什么机会了，现在回核心地带，而后前往城堡兑换宝物吧。"罗峰一行人在湖泊中迅速穿行，而后悄然冲出水面。

"哈哈！这八天，我们也算赚了。"雷神笑道。

洪微微一笑。

"的确赚了。"罗峰很是开心。

八天内，他们不停地飞行，的确很累，幸好发现了一处没人挖掘的雷霆石区域。虽然那里的雷霆石不是很多，可和第一次挖掘到的差不了多少，他们非常满意。

毕竟他们本来就打算碰运气的。

"这三块区域加起来，一共有1125638颗雷霆石。"罗峰心情愉悦。

雷霆石挖掘完毕，罗峰等人踏上了回核心地带的路。途中，他们发现，简略雷霆石分布地图上标注的一个个区域都出现了冒险者。并且每一个区域的冒险者都不少于一万人，这令想要挖掘雷霆石的小队伍一点希望都没有。

……

"明天我们就能抵达城堡。搜索雷霆石耗费11天，飞回来又耗费了5天，半个多月的时间，不眠不休，大家都辛苦了，今夜好好休息吧。"

核心地带不远处的森林中，罗峰等人终于停下来，可以好好休息了。

十六天不眠不休，他们虽然很是疲累，但是个个亢奋不已。之前搜寻雷霆石的过程既紧张又刺激，现在要去兑换宝物了，谁能不兴奋？

"老三，我们这次兑换什么宝物？"雷神忍不住问道。

"我们一共有112万多颗雷霆石。"罗峰看向洪和雷神，"大哥、二哥，你们也有宝物清单列表，你们准备兑换什么宝物？"

"D6级轨道炮！"雷神眼中满是期待的神色，"那可是域主级六阶强者都很难抵挡住的限制级兵器，绝对是天价兵器。此次若是不兑换，下次就没机会了。"

"嗯！"罗峰点点头。

D6级轨道炮威力极大，可以远距离对域主级强者进行轰击，直接将其击杀。这种限制级的兵器，很多界主级强者都没有，不是没钱买，而是没有渠道。

"我想要兑换排名第11的星辰之心。"洪眼睛发亮，"你们也知道星辰之心有多么珍贵。"

"嗯！"罗峰再次点点头。

星辰之心是一件很神奇的宝物。浩瀚宇宙中，有一些能够孕育生命的星球，比如能孕育植物、野兽、人类等的生命星球。但这些生命星球是有生命周期的，当一颗生命星球老死的时候，内核会孕育出一颗凝聚所有剩余生命力的晶核——星辰之心。

"愚蠢！"一道不满的声音响起。

"巴巴塔，你怎么了？"罗峰有些疑惑。

"罗峰，难道你真的准备用雷霆石兑换D6级轨道炮和星辰之心？"

"D6级轨道炮的体积很大，其次，炮弹在轨道炮内需要不断加速，单单准备就得30秒，最重要的是，地球上的那艘机械族宇宙飞船可是不朽级强者的飞船。"巴巴塔郑重地道，"就是死在陨墨星号飞船上的那个不朽级强者。"

"嗯！是有这么回事。"

罗峰清楚地记得。当初陨墨星号飞船内死去的不朽级强者中，的确有一个机械族的强者。

"机械族以科技著称，机械族飞船内肯定有比D6级轨道炮更厉害的兵器。将来能得到比D6级轨道炮强的兵器，现在有必要浪费雷霆石吗？

"至于星辰之心，的确是好东西，对于身体进化是有促进作用的，可是促进作用有限。对于一般武者而言，这是极好的。可是，你的本体是金角巨兽，身体进化不会有瓶颈，本就可以大幅度提升和进化，完全没必要借助星辰之心。只要拥有足够多的财富，你可以得到很多进化的宝物，没必要非得是星辰之心。"

"而且，你犯了一个最大的错误，那就是没有野心！"巴巴塔很不爽。

"我怎么没有野心了？"罗峰不解。

"看你准备兑换宝物的样子，是不是打算兑换宝物后，就功成身退了？"巴巴塔反问。

罗峰无奈地道："近200万恒星级冒险者大军进入了界中界，并且占领了各个雷霆石区域，我们现在已经没有希望得到雷霆石了。接下来，很可能就是冒险者相互厮杀，争夺雷霆石。我这小队才五个人，我们……"

"你真笨！你忘记生命果实了吗，排名第九的生命果实！"巴巴塔大声吼道。

"我记得，怎么了？"罗峰很疑惑，"生命果实蕴含大量的生命之力，界主级强者只要没有魂飞魄散，即便受再重的伤，只需一颗生命果实，即可复原。可是，这跟我有什么关系，我又不是界主级强者，现在用不到吧？"

"用得到，怎么用不到呢？"巴巴塔急了，"生命果实蕴含了极为精纯的生命之力，你应该知道生命之力的作用吧。"

"知道，木伢晶不也蕴含了生命之力吗？木伢晶的生命之力可以让人类、植物、动物进化。"

"没错。"巴巴塔连忙说道，"木伢晶能让人进化，而比木伢晶珍贵千万倍的生命果实更能让人、植物、动物进化。准确地说，生命果实就是一颗高级的木伢晶，能瞬间治愈界主级强者的伤。"

"你是说，让我服用生命果实，让我进化？"罗峰问道。

"错！你忘了地球上一些怪兽吞噬木伢晶的后果了？"巴巴塔没好气地道。

听巴巴塔这么一说，罗峰记起来了。

当年雾岛一役，有怪兽吞噬了木伢晶，却自爆了，有的则蜕变成功，成为王级怪兽。这个主要取决于吞噬者体内的细胞活性，细胞活性越强，就越能吸收生

命之力。比如触手兽，它就成了皇级怪兽。

"生命果实的生命之力无比精纯，你若直接吞下生命果实，瞬间就会自爆。"巴巴塔说道，"只有细胞活性无比强大、服用者体形巨大，才能更好地吸收生命之力从而实现进化。"

"你的意思是……"罗峰眼睛一亮。

"没错，摩云藤！"巴巴塔说道，"摩云藤达到了恒星级四阶，它的极限是分散出36根主藤蔓，每根主藤蔓还能分散出诸多小藤蔓。同时，主藤蔓的极限长度可以达到3万米左右，还有庞大的根茎。"

罗峰眼睛一亮。

当初雾岛上，行星级的摩云藤就有2000米长了。

"此外，摩云藤的细胞活性非常强。当初雾岛一役，那株摩云藤断掉了一截，却迅速长出来了。你现在拥有的这株摩云藤是经过了特别的培育，其细胞活性要比那株摩云藤强得多。

"因为物种的关系，恐怕域主级强者的细胞活性都不一定比得上摩云藤。毕竟摩云藤是植物，而且有无比庞大的根茎，这才是吸收生命果实生命之力的最佳载体。而且，你无须担心它会自爆，如果吸纳不了，它会断掉几截藤蔓，让生命之力散掉，不会死去。一旦能成功吞噬生命果实，绝对能迅速进化。

"摩云藤现在是恒星级四阶，若是吞噬生命果实，突破到宇宙级绝对没问题。到时候，有宇宙级的摩云藤当帮手，你完全可以和很多队伍的首领抗衡，夺走他们的空间储存器物，将他们的雷霆石都夺过来。

"用雷霆石兑换生命果实，以此强化摩云藤，而后靠着摩云藤夺得更多的雷霆石，兑换更多的宝物，这才是王道啊！"

听了巴巴塔一番话，罗峰顿时热血沸腾。

摩云藤是很强悍的一种辅助性质的生命植物，所以陨墨星主人才会培育一株摩云藤。一旦摩云藤达到宇宙级，以宇宙级摩云藤的强悍程度，从地底冒出，击杀一名名冒险者是轻而易举的。到时候，尽管对方人多，但是仍可以击倒对方的首领，夺走其空间储存器物及雷霆石。

"没错！100多万颗雷霆石不算什么！先让摩云藤变得无比强大，然后再得到更多的雷霆石。"罗峰当即做了决定。

第二天一早。

界中界上空的白色光球射下道道光芒，罗峰等五人出发前往核心地带。

核心地带，城堡所在处。

"嗯？"罗峰等五人遥遥看着远处的城堡。

"老三，"洪微微皱眉，"城堡外面有好多人啊。"

"人的确很多。"罗峰皱眉。

隔得老远，罗峰等人看到许多冒险者围绕在城堡周围，堪称人山人海。那里的冒险者比他们一路上看到的要多得多。

"看来，我们要去兑换宝物并没那么容易。"雷神嘀咕道。

（本册完）

《吞噬星空 典藏版8》即将上市，敬请期待！